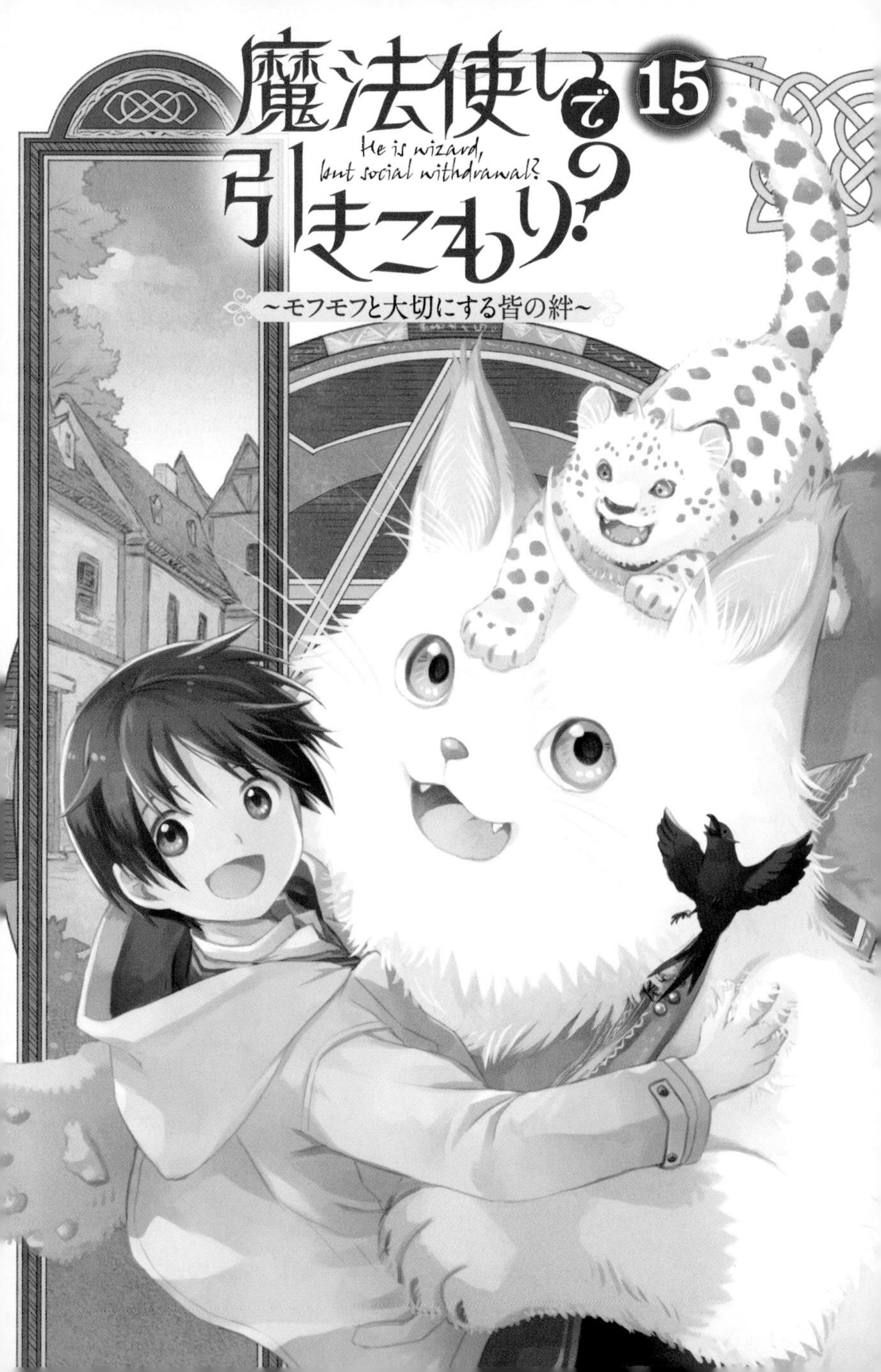
魔法使いで引きこもり？
15
He is wizard, but social withdrawal?
～モフモフと大切にする皆の絆～

夜はベッドを並べて皆で一緒に寝る。
でも、フェレスだけは別だ。
フェレス
ブランカ

最初は「フェレだけ、なんで」と拗ねていたが、
ベッドに乗り上げた瞬間にミシッと音を立てたことで
理由を悟ったようだ。
諦めて、床に敷いたラグの上で丸くなった。
シウ
クロ
アウレア

「空白の地って、どういう意味？」

「その名の通りだ。何もない」

気になったので《感覚転移》で高高度から俯瞰で視てみる。
空白の地と呼ばれる場所には何もなかった。
荒野が延々と続くのみ。砂埃がひどく、視界は悪い。
それに大小合わせた多くの竜巻が生まれては消える。

「本当に何もないんだね。
なんだか、不毛の大地だ」

「視たのか？
そういうこともできたのだったな」

魔法使いで引きこもり？ 15

He is wizard, but social withdrawal?

～モフモフと大切にする皆の絆～

小鳥屋エム

Illust 戸部 淑

He is wizard, but social withdrawal?

Presented by Emu Kotoriya.
Illustration by Sunaho Tobe

He is wizard, but social withdrawal?

Contents

Illustration by 戸部 淑

Character

主な登場人物

メインキャラクター

シウ＝アクィラ

異世界に転生した13歳の少年。
相棒のフェレスとともに異世界生活を満喫している。王都ロワルを離れ、ラトリシア国のシーカー魔法学院に進学した。ラトリシア国ではカスパルの屋敷に下宿している。

フェレス

希少獣の中の猫型騎獣（フェーレース）。甘えん坊でシウが大好き。成獣となり空を飛ぶのが大好きに。

ブランカ

雪豹型騎獣（ニクスレオパルドス）の赤ちゃん。珍しい種族なので子猫だとごまかしている。まるいおなかがチャームポイント。

クロ

九官鳥型希少獣（グラークルス）の赤ちゃん。変異種のため全身が真っ黒。きゅいきゅいという鳴き声がチャームポイント。

ヴァスタ

赤子のシウを拾って育ててくれた樵の爺様。元冒険者で、シウが一人でも生きていけるように育てた人。

神様

何故か日本のサブカルチャーに詳しい、日本人形のような顔立ちの少女。
愁太郎に「転生してみませんか」と勧めてくれた神に位置する存在。

加耶姉さま

前世で複雑な生まれだった幼い愁太郎を、唯一可愛がってくれた優しい少女。

カスパル家

カスパル＝ブラード

伯爵家の子息でシウとはロワル魔法学院からの付き合い。古代の魔道具や魔術式に興味があり、古書集めが趣味。マイペースなオタク気質。

アマリア＝ヴィクストレム

創造研究科の生徒。伯爵家の第二子。ゴーレム製作の研究をしており、人のために戦う騎士人形を作ることが目標。キリクと婚約した。

ヒルデガルド＝カサンドラ

魔法学院の一年生で侯爵家の令嬢。ロワル魔法学校の生徒だったが、魔獣スタンピード事件で身勝手な行動をとり退学となった。シーカー魔法学院でもなにかとトラブルを起こしている。

ミルト

古代遺跡研究科の生徒で狼と犬の血を引く獣人族。魔法学院に来る前はクラフトと共に、冒険者たちの依頼を受けて遺跡の案内をしていた。

クラフト

古代遺跡研究科の生徒で狼の血を引く獣人族。ミルトの従者兼生徒として魔法学院に通っている。

シルト

戦術戦士科の生徒で狼系獣人族。ブリッツ族族長の息子であり高い戦闘能力を持っているが、そのせいで傲慢な態度を取っていた。シウとの勝負に負けたことをきっかけに弟子入り(?)する。

ダン＝バーリ

カスパルの友人兼お付き。
楽しそうにカスパルのフォローをしている。

ロランド

カスパルの家令。ラトリシア国にある屋敷の管理を任されている。

スサ

ブラード家のメイド。シウとリュカのお世話係で、日中はだいたいリュカと一緒にいる。

リュカ

獣人と人族の間に生まれた少年。父を喪い孤児となったところをシウに引き取られる。最近はミルトとクラフトに家庭教師となってもらい獣人としての生き方を教わっている。

シーカー魔法学院の生徒

プルウィア

シウの同級生でエルフの美少女。その美貌のせいで貴族の子弟達からよく言い寄られているが、本人は相手にしていない。ククールスとは親戚同士。

ティベリオ＝エストバル

エストバル侯爵家の第二子でシーカー魔法学院の生徒会長。
魔法学院初の文化祭の発起人。

ラトリシアの冒険者

ククールス

エルフの冒険者。背が高くひょろっとした見た目をしているが、しっかりと鍛えている。重力魔法レベル3を持っている。

ラトリシア国

ヴィンセント＝エルヴェスタム＝ラトリシア

ラトリシア国の第一王子。冷静沈着な人物で滅多に表情が変わらない。

シュヴィークザーム

聖獣の王とも呼ばれる不死鳥（ポエニクス）。お菓子好きでいつもシウにねだっている。

オリヴェル

ラトリシア国王の第六子。ヴィンセントの腹違いの弟。後ろ盾がないことを憂えた乳母が勝手に婚約者捜しをした過去も。

シーカー魔法学院の教師

アルベリク＝レクセル

古代遺跡研究科の講師。レクセル伯爵家の第一子だが、本人曰く放蕩息子。

ヴァルネリ＝クレーデル

男爵。新魔術式開発研究科の教授。天才肌の変わり者。

バルトロメ＝ソランダリ

魔獣魔物生態研究科の教師。

ソランダリ伯爵家の第四子で、お嫁さん探しという名目で教職に就くことを許してもらっている。

レグロ

生産科の教師でドワーフ。生徒に対しては放任主義で、作りたいものを作らせている。アグリコラとも知り合い。

レイナルド

戦術戦士科の教師。熱血漢だが教え方は理論的。

コル

鴉型希少獣（コルニクス）。

エル

芋虫型幻獣（エールーカ）。

キリク＝オスカリウス

辺境伯。「隻眼の英雄」という二つ名を持つ。若い頃ヴァスタに助けられた恩があり、彼が育てたシウのことを気にかけている。

その他

ガルエラド

薄褐色肌で大柄な竜人族の戦士。竜の大繁殖を抑えるために各地を旅してまわっている。

アウレア

白い肌と白い髪が特徴的なハイエルフの子供。ある出来事がきっかけでガルエラドに引き取られる。

王都ロワルの人々

スタン＝ベリウス

王都ロワルでシウが下宿していたベリウス道具屋の主人。シウのよき理解者であり、家族同然の関係。

エミナ＝ベリウス

スタン爺さんの孫娘でおしゃべり大好きな明るい女性。ベリウス道具屋の後継ぎとしてスタン爺さんから仕込まれている途中。

ドミトル

エミナの夫で道具職人。エミナとは新婚。

リグドール＝アドリッド

ロワル魔法学校時代の同級生でシウの親友。大商人の子息ながら庶民派の性格。アリスに想いを寄せている。

アリス＝ベッソール

ロワル魔法学校時代の同級生。伯爵家の令嬢。控えめでおとなしい性格だが、思ったことははっきり言うタイプ。リグドールのことが気になっているらしい……？

これまでのあらすじ

異世界に転生した少年シウは相棒の猫型騎獣《ねこがたきじゅう》フェレスとともに、大家のスタン爺さんや孫のエミナらと家族同然に過ごしていた。王都ロワルの魔法学校ではリグドールやアリスといった多くの友人にも恵まれ、孤独だった前世とは違う人生を楽しんでいる。

その魔法学校を飛び級で卒業したシウは、ラトリシア国にあるシーカー魔法学院に進学した。下宿先はロワルの学校で先輩だったカスパルの屋敷だ。シーカーではトラブルに巻き込まれながらも、エルフのプルウィアや貴族令嬢のアマリアといった友人もできた。更にラトリシア国の王子ヴィンセントや聖獣の王シュヴィークザームにも気に入られる。

そんな中、アリスの相棒コルに譲られた卵石《たまごいし》から雪豹型希少獣《ゆきひょうがたきしょうじゅう》のブランカと九官鳥型《きゅうかんちょうがた》希少獣《きしょうじゅう》のクロが生まれた。新たな家族の誕生でシウの日常は一層賑やかになる。

秋になるとシーカー魔法学院で初となる文化祭が開催され、シウは生徒会長ティベリオの頼みで文化祭実行委員になって準備に奔走した。更にクラスの出し物の手伝いまで引き受けてしまって大忙し。それでも皆の努力のおかげで目立ったトラブルもなく、文化祭は大盛況のうちに幕を閉じた。

そして年末に差し掛かる頃。シウはガルエラドの誘いで、彼の故郷である竜人族の里へと向かうのだった。

プロローグ

He is wizard, but social withdrawal?

Prologue

山眠《やまねむ》るの月《つき》に変わった最初の日、シウはルシエラ王都を出発した。学校はまだ冬期休暇に入っていない。わざわざ前倒しで休みを延長したのは竜人族の里に行くためだ。遠い場所にあり、徒歩での旅だと聞いて休みを多く取った。

誘ってくれたのは友人である竜人族のガルエラドだ。里長《さとおさ》の許可も得ているという。とはいえ、竜人族以外には明かされていない場所だ。シウも秘密を守ると約束したからこそ許可が下りた。里まではガルエラドが案内してくれる。

まずはルシエラ王都を出てから転移魔法を使う。合流場所として指定されたのはシュタイバーン国のオスカリウス領にあるアクリダという街だ。竜人族の里に近い「街」の中では比較的安全だから、らしい。

アクリダには迷宮がある。迷宮に潜るのは冒険者がほとんどだ。世界各地から冒険者がやってくる。希少種族であるガルエラドがいたとしても、他の街よりは目立たずに済む。彼の養い子であるアウレアにも特殊な事情があったから、雑多で人の多い街は隠れるのにうってつけだった。

シウはアクリダに向かう街道沿いの森の中に一旦《転移》した。そこからフェレスに乗って街道を進む。アクリダには何度か来ているが、いつも飛竜での移動だった。街道から入るのは初めてだ。シウは旅行者気分を味わいながら門に向かった。

第一章
竜人族の里

He is wizard, but social withdrawal?
Chapter 1

アクリダは出入りするだけなら税金は取られないようだ。冒険者ギルドの会員カードを示せば素通りできた。荷を乗せた馬車は止められている。商人の場合は手数料が必要らしい。といっても高くないはずだ。

そもそも、アクリダは迷宮を中心に発展した街である。街としての儲《もう》けは「迷宮から採れる多くの素材」が主だ。だからこそ一般人の出入りに税を掛けない。辺境にありながら税を取らないのは珍しい。辺境は魔獣や密入国者の対応で経費が余計にかかる。その分を、あれやこれやと名目をつけて税を取って補填《ほてん》するのだ。アクリダはちまちまと一般人から取るよりも迷宮の儲けで楽に管理する方を選んだのだろう。

所変われば品変わる、だ。アクリダの合理的な規則について考えながら、シウは門を通り過ぎた。賑《にぎ》やかな声があちこちから聞こえてくる。門前だからか、冒険者目当ての客引きが多い。シウにも声が掛けられる。といっても、特別しつこいわけではない。宿は決まっているのか、美味《うま》い食事はどうだ、といった声掛けぐらいだ。嫌な気持ちにならないのは街のルールが徹底しているからだろう。

シウはフェレスとぶらぶら歩きながら大通りを進んだ。

やがて迷宮の入り口が見えてきた。入り口の向かい側には、シウが以前利用した高級宿がある。懐かしい気持ちでその前を通り過ぎ、細い路地を抜けていく。

大通りと違って細い路地を歩いていると視線を感じた。といっても悪い視線ではない。

第一章
竜人族の里

アクリダはオスカリウス領にとって良い収入源だ。治安維持にも力を入れている。この視線は騎獣《きじゅう》を連れた子供への珍しさから来るものだ。

　たとえばシウが、ルシエラ王都で過ごす時の格好でいたら「いい鴨《かも》」に見られたのではないか。貴族の屋敷に居候《いそうろう》している身として、最近はきちんとした格好をしているからだ。その格好のままなら、ぼったくりの宿まで連れて行かれたかもしれない。

　今のシウは冒険者らしい格好をしている。騎獣を連れていても「親の騎獣だろう」「親は騎獣を養えるほどの上級冒険者だ」と勝手に勘違いしてくれそうだ。そんな相手に悪事を働こうと考える輩《やから》はそういない。

　チラチラ興味本位の視線を浴びながら、シウは路地を右へ左へと進んだ。事前に教えられていた待ち合わせの場所までもうすぐだ。

　やがて人の目がなくなった。時間帯のせいか、あるいは元々住んでいる人が少ないのか、周辺に人の気配はない。

「ここかな？」

　蜥蜴亭《とかげてい》という名の小さな宿を前に呟《つぶや》く。

　シウは扉を開けて中を覗《のぞ》いた。薄暗く、狭い。

「……客かい？」

「待ち合わせです。『竜の尻尾《しっぽ》は尻尾ではない。竜尾である。誰も触れてはいけない』」

「ふん。お前さんか。こっちへ来な」

カウンター内にいた四十代の男性が怠《だる》そうに応える。彼はカウンターから出てシウの前に立った。耳の先端が人族とは違う形だ。三角形のように尖《とが》っている。こっそり《鑑定》すると蜥蜴人族の血を引いていると分かった。尻尾は見えない。退化している場合は小さな瘤《こぶ》程度だと聞く。人族の血が濃ければ最初からない可能性もあった。どちらにせよ、服の中に仕舞える大きさなのだろう。

シウがなんとなく残念に思っていると、男性が説明を始めた。

「この階段を下りて右側の部屋へ入るんだ。床を二度、それから一度、最後に三度鳴らすと合図が返ってくる。そうしたら床の下に階段が繋《つな》がるから、床を持ちあげて下りればいい」

「はい。ありがとう。ええと、チップは？」

「要らん。子供から取るかよ」

そう言うと、彼はシウの抱えるブランカと肩の上でおとなしくしているクロをチラッと見た。幼獣が気になるらしい。表情にほとんど変わりはないが、視線は柔らかかった。その視線がフェレスにも向かう。今度は表情も柔らかくなった。口調はぶっきらぼうだが、良い人のようだ。

シウは言われた通りに合図し、床下からのガコンという音を確認してから床を持ち上げた。階段があり、下っていくと少し広めの踊り場が出てくる。踊り場の一方に扉があった。

階段の数や深さから、ここはカウンターのあった場所より二階分ぐらいの地下になるようだ。踊り場の先にもまだ階段が続いている。薄暗く細いので、階下の部屋に行くためというよりは避難経路として作られているのかもしれない。

　シウが《全方位探索》で建物全体を確認すると、階下には物置程度の大きさの部屋しかなかった。つまり宿の部屋としては使っていない。明確に場所を分けている。ガルエラドが指定しただけあって、この宿にはいざという時の逃げ道が用意してあるようだ。

　観察していると扉が開いた。

「来たか、シウ」

「久しぶり、ガル。アウルは？」

「奥で寝ている。ここまで長旅だったのでな」

　扉を大きく開け、シウたちを招き入れてくれる。中に入ると、こぢんまりとした部屋が見えた。続き部屋もあるようだ。ぐるりと見回せば小さいながらも台所が付いていた。居《い》心地《ごこち》の良さそうな居間もある。

　奥には逃げ道用と思しき細い通路があるのも分かった。

　シウは部屋の様子を眺めながらガルエラドに質問した。

「上の、カウンター内にいた人は協力者？」

「そうだ。無愛想だが、竜人族に恩を感じて力を貸してくれる男だ」

「そうなんだ」

情けは人のためならず、だ。ガルエラドは、竜人族にとって何の得にもならないというのに「竜の大繁殖期」を憂えて「間引き」といった対処を淡々と行っている。彼だけではない。外に出ている竜人族の多くが見回っているという。その道中で人助けもしているのだろう。親切で優しい人たちだ。シウもガルエラドに教えられたことは多い。

「こうした仕掛けもヤンドが作ってくれてな」

ヤンドというのがマスターの名前らしい。仕掛けと言って見せてくれたのは紐《ひも》だ。引っ張ると、地下一階の部屋の床下に階段が現れるという仕組みである。先ほどシウが手順通りに床を叩《たた》いたことで、ガルエラドが合図に気付いて紐を引いたというわけだ。

今のところ魔法による仕掛けは見当たらない。あえて魔法を使っていないのだろう。

はたして、ガルエラドはシウの問いに真面目《まじめ》な顔で頷《うなず》いた。

「そうだ。ハイエルフの魔法探知に引っかからないよう気を付けている。万が一、我やアウルの魔力を知られていたら危険だ。それにな、案外こうした原始的な手法が役に立つ」

話しながらガルエラドの視線が上に向く。カウンターのある方向だ。シウはハッとしてガルエラドを見た。

「もしかして、ヤンドさんもハイエルフとの間で何かあった？」

「ああ、そうだ。ヤンドはハイエルフに家族を殺された。奴等《やつら》の話を『聞いていたかもしれない』という曖昧《あいまい》な理由でな。ヤンドは隠れ忍んで助かった。その時に『ハイエルフは誰かが使用した魔法、あるいは魔術式を探知できる』と知った。当時のヤンドは子供だったから話の内容は理解できなかったそうだ。だから何度も思い出しては忘れないようにした。そうして調べ続けた結果に、我等は助けられている」

「……すごい話だね。それに、ひどい話だ」

ヤンドはなんとか逃《に》げ果《おお》せたが、なにしろ子供だ、途中で力尽きた。そこに、たまたま竜人族の戦士が通りかかった。彼は死にかけの子供を憐《あわ》れに思い、ただ助けるだけではなく連れ帰って育てた。

今のガルエラドと同じだ。彼もアウレアを育てている。竜人族とは底抜けの優しさを持った種族らしい。

そんな竜人族の庇護《ひご》の下で育ったヤンドは、独り立ちしてからも彼等に力を貸している。特にハイエルフに狙われているアウレアには思うところがあるのだろう。態度は無愛想ながら、さりげない手助けがあるとか。

シウはガルエラドの話を聞いて、ふと魔法について考えた。

「でも、そうか。ハイエルフは魔術式を探知するんだね」

難しそうな魔法だ。もちろん、全ての魔術式を追えるはずはない。追いたい相手、主に同族だろう相手の使用した魔術式を探知するのではないか。やり方は分からない。それでも膨大な魔力を必要とすることだけは分かる。

どれほどの量なのか。また、どういったスキルなのか。

シウが思案していたら、ガルエラドからの視線を感じた。顔を上げると穏やかな目でシウを見ている。子供を見るような優しい目だった。彼にとってはシウもアウレアと同じようなものだろうか。そう思うと少し恥ずかしい気がする。シウは話題を変えた。

　思い付いた魔法の話を続けていると、奥の部屋から物音がした。フェレスが耳を動かし、遊んでいたクロとブランカもピタリと止まって音の発生源を見る。もちろん、シウやガルエラドには原因が分かっていた。アウレアだ。

　昼寝から目覚めたのだろう。ごそごそと動く様子が感じられ、扉が開けられる。そして、とてとてと覚束《おぼつか》ない足取りでやってきた。

「あ、シウだ！　フェレも！」

　アウレアはシウたちの姿を見るや、満面の笑みで走り始めた。その足元を見ると、シウが作った《鑑定追跡解除》付きの靴を履いているのが分かった。言いつけを守り、起きてすぐ身に着けたようだ。

「おはよう、アウル」

「おはよー、シウ。フェレもブランカもクロも、おはよーっ！」

「にゃ」

　フェレスは尻尾をぶんぶん振りながらアウレアに纏《まと》わりついた。クロやブランカも後を追う。二頭はフェレスの足の間を縫ってアウレアに近付き、匂いを嗅ごうとする。久しぶりに会うためか、アウレアを忘れているようだった。「この人は誰かな？」と首を傾《かし》げている。しかし、すぐにアウレアを「好き」だと感じたようだ。

希少獣《きしょうじゅう》は素直で優しい気配の持ち主に——子供に多いが——惹《ひ》かれる。きっと同じように澄んだ心を持っているからだろう。

部屋はたちまち子供たちの騒がしさで賑やかになった。

◇◆◇◆◇

出発は翌日になる。転移ができるシウと違い、ガルエラドたちは長旅続きだったからだ。念のためアウレアを休ませておきたいと言うから、シウは「もちろん」と了解した。それにガルエラドはアクリダで用事があるらしい。

「ここで旅の準備をしたい」

「うん、分かった。あ、食材は買い足す必要がないからね？　頼まれていた分以外にも大量に仕入れたんだ。調理済みの料理も山ほどあるし」

「いつもすまんな。助かる」

と言うガルエラドの顔に、以前のような恐縮した様子はない。シウを身内として考えてくれているのだろう。親しい者同士で助け合うのは当然のことだ。

「我が買い出しに行く間、アウルを見ていてくれるか？」

「あ、僕も買い出しに行ってみたいんだ。ダメかな？　見守りならフェレスに任せて大丈夫だと思う」

　フェレスは子供たちのお守りに慣れている。人間だろうと希少獣だろうと関係なく見守ってきた。それに、シウには「感覚転移」という魔法もある。監視カメラのように使える便利な魔法だ。いつでも視認が可能な上に、何かあっても一秒とかからずに転移ができる。

　ガルエラドもそれを思い出したのだろう、了承してくれた。

「では、フェレスよ。アウルの子守りを頼めるだろうか」

「にゃ！」

　仕事だ、と判断したフェレスはガルエラドに「任せて」と頼もしく返した。

　シウは幼獣二頭についてもフェレスに頼んだ。

「クロとブランカもいるけど大丈夫かな？」

「にゃ。にゃにゃにゃ」

　いつもやってるから平気〜と、これまた安心できる返事だ。シウはフェレスを優しく撫《な》でて、ガルエラドと出掛けた。

　その際、部屋全体に結界を張っておくことも忘れない。

　表通りを抜け、商店が並ぶ通りに出た。どの店も繁盛している。賑やかな声があちこちから聞こえてきた。

　その様子を眺めながら、ガルエラドがふと思い出したように口を開く。

第一章
竜人族の里

「そう、シウから借りている魔法袋のおかげで随分と助かっているのだ。だから、我等の分だけなら買《か》い溜《だ》めする必要はないのだが」

　普段はたまに寄る大きな街で物資をまとめ買いしているそうだ。魔法袋があれば安くて良い物を大量に手に入れられる。おかげで旅がとても楽になったとか。

「とはいえ、今回はせっかくアクリダの街に寄れた。皆が欲しがるような素材を手に入れておきたい」

「ここでしか買えない物もあるだろうしね」

　もしガルエラドに時間があれば、あるいは以前の彼なら、迷宮に潜って素材を得ただろう。それを売って現金に換える方法も取れる。ガルエラドの実力なら簡単なことだ。しかし、今の彼にはアウレアという被保護者がいる。まだ幼いアウレアを長時間置いて迷宮に潜れるはずもなく、かといって連れてもいけない。

「幸《さいわ》い、旅の間に得た竜の素材で懐《ふところ》が潤ったのでな。魔法袋もあるから多くの物資を持参できる」

「容量に不安があるなら僕の方にも入れておくからね」

「いや、そこまでは。それにシウばかりに頼りきりではいかぬ。そう、里の者にもシウの魔法袋の容量が無限大だ、などとは言わないようにな」

「分かった。僕だってホイホイと誰にでも喋《しゃべ》るわけじゃないよ。今のところはガルと、お世話になっているスタン爺《じい》さんにしか教えてない」

拗《す》ねたつもりはないが口が尖っていたらしい。ガルエラドが指で摘んできた。珍しいスキンシップだ。というより、シウをアウレアと同じぐらいの子供だと思っていないだろうか。更に唇が突き出てしまいそうだ。

そんなシウを見て、ガルエラドは「ふ」と笑った。

「スタン爺さんというのは、シウがよく話をしてくれる思慮深《しりょぶか》いご老人のことだな？　そのような方と同列であるのは嬉《うれ》しくもあるが、どうにも心配でならぬ。我が里の者を疑っているのではない。しかし、人生とはいつ何が起こるか分からぬもの。ましてや、我等が警戒すべき相手は卑怯《ひきょう》な振る舞いを厭《いと》わない者どもだ」

それはハイエルフの、とある一族について語っている。彼等なら、罠《わな》に掛けたり人質を取ったりと、善良な人を裏切らせる方法は幾つも取れるだろう。

大事な情報は誰にも明かさない方がいい。知らなければ漏れることもない。

「じゃあ、転移魔法もあまり使わない方がいいね」

「少なくとも里に行くまでは自重してくれ。戻りはお前の自由だが」

「うん、分かった」

ガルエラドの指示に従います、と宣誓するかのように手を挙げる。その意味が分からなかったらしく、首を傾げられた。シウは笑いながら説明した。

最初に入った店は素材買取屋だ。名前の通り、素材を買い取ってくれる。主に魔獣素材

第一章

竜人族の里

を取り扱う店のようだった。買い取った素材は加工販売専門の店に卸《おろ》すのが基本で、交渉すれば一般人でも素材のまま購入できる。加工販売店で買うよりも安く済むため、交渉が苦手でなければ素材買取屋での購入がお勧めだ。

ガルエラドも何軒か回って交渉し、各店で欲しかった素材を集めた。シウは最初、無口な性質のガルエラドに交渉ができるのか心配だった。ところが意外と上手《うま》く話を付けている。淡々とした口調や強面《こわもて》の見た目で「吹っ掛けてやろう」という相手の気持ちを挫《くじ》くのだろうか。店の人がガルエラドの顔色を窺《うかが》いながら徐々に金額を下げていき、相場程度に落ち着くのが見ていて面白い。シウでは下げてもらえなかっただろう。

店を出ると、ガルエラドがほんのりと嬉しそうな様子になるのが分かった。

「巨大《きょだい》黄蜂《きばち》の毒袋が五十も買えたのは良かった」

「そんなに毒ばかり買ってどうするの？　狩り？」

「いや、狩りに使うと食べる時に困る。これは外敵から身を守るために使う」

鎧《よろい》に仕込むらしい。万が一、魔獣に噛《か》みつかれても毒があれば仕返せる。あえて噛ませる場合もあるというから、シビアな戦いだ。それだけ過酷な場所にあるのだろう。

「どこまで噛ませるかの判断が難しそうだね。あ、蜘蛛蜂《くもばち》の糸もあるよ」

「良い品のようだ。加工は難しいが、何かに使えるだろう」

アクリダはアルウスとの取り引きが頻繁にあるらしく、蜂系の素材も豊富に揃《そろ》っていた。アルウスの迷宮に多い素材だ。互いに融通しあっているのだろう。ショーケースにアルウス産と思われる品が並べられている。

ガルエラドはさっさと店に入り、店主に注文した。「蜘蛛蜂の糸なら持っている」と言いかけたシウだが、思い直す。「土産《みやげ》に」と考えて購入する品だ。口を挟むのは失礼になるかもしれず、お値打ち価格の良品を受け取るガルエラドをシウはただ黙って見守った。


店には、他にもアクリダの迷宮で獲れる素材が多く並んでいた。シウはアクリダ迷宮に潜った経験はあるが、低層階だけで終わった。だから中層以降の素材を興味深く眺めた。高価な品としてはトロールの皮がある。更にコカトリスだ。

「これは尻尾か。立派だなあ」

コカトリスは捨てる箇所がないと言われる素材の宝庫だ。尻尾は魔力回復薬に、皮部分は籠《こ》手《て》に最適とされる。コカトリスは空を飛べない怪鳥で、その羽は高級ペンになる。書きやすさからファンが多いそうだ。人気はあるが、危険な魔獣でもある。嘴《くちばし》で突かれるとその場所が石化してしまうからだ。ただし、当の嘴を粉にし、基材となるヘルバ液に赤《あか》茸《きのこ》を混ぜると石化解消薬になった。バジリスクのような強い魔獣による石化の場合、完治まではいかないけれど応急処置程度に使える。

何よりも肉が人気だった。火《ひ》鶏《どり》よりずっと美味しいらしく、高級食材扱いだ。シウはそれを本で読んで知っていた。

「ご主人、コカトリスの肉はどこへ行けば手に入りますか？」

素材がこれだけ揃っているのだ。肉もあるはずだと思った。ところが、店主は残念そうな表情を見せた。

「あー、そいつはかなり前のものなんだ。肉はもう流れてしまったろうよ」

「そうですか」

「アクリダだと中層より下に生息しているから滅多に出ないんだ。出たとしても、すぐに仲買が押さえて領都や王都へ持っていっちまう。悪いな」

「いえ」

魔獣魔物生態研究の授業でもバルトロメが「美味しい」と自慢したことがある。一度は食べてみたい肉だ。なにより、目の前にコカトリスの素材がある。

シウは腕を組んで考え込んだ。

「うーん」

「どうした、シウ」

唸《うな》るシウに、買い物を終えたガルエラドが近寄った。

「あ、もう終わった？」

「ああ。ほとんど揃った」

旅に必要な食材はシウが持っている。ガルエラドの魔法袋にも調理済みの料理を山のように入れていた。他に必要なものと言えば、今晩の食事ぐらいだろうか。せっかく街にいるのだから街で買える料理にしようと話し合っていた。

そして予想より早く買い物を済ませたことで時間も空いている。

シウはガルエラドに笑顔を向けた。

「ちょっとだけ抜けてもいい？」

「それは、構わぬが」

「迷宮に潜ってくる」

「……うん？」

店主も唖然《あぜん》とした顔をしていたが、ガルエラドも珍しくぽかんとした顔でシウを見下ろした。


ほんの少し入るだけ、すぐに戻ってくるから。

そんなシウの言い分にガルエラドは顔を顰《しか》めた。迷宮は危険だと止めるのに対して「前にも潜った経験がある」や「全然大丈夫だった」と言い張って、納得してもらう。

それでも心配なのか、ガルエラドは迷宮の前までついてきた。途中からは、シウに付き添いたい気持ちもあったようだ。彼も迷宮に潜ってみたいと考えたのだろう。一緒に行くかと誘ったが、自分の楽しみのためにアウレアを留守番させておくのは良くないと思い直したらしい。宿にはヤンドもいるしフェレスだっている。シウが常に視《み》ていると言っても、気になるようだ。結局、先に蜥蜴亭へ戻った。

ちなみに説明の間にも《感覚転移》で視えた様子をガルエラドには伝えている。今は遊び疲れて眠っているところだ。ちゃんとベッドに入ってお昼寝している。

フェレスは扉の前で仁王立ちだ。護衛として頑張っている。

ガルエラドが戻ればフェレスの護衛役は終わりだ。アウレアが起きてくれれば、また遊びの時間になる。


シウはギルドカードを提示して迷宮に入った。お金も払う。前回はキリクと一緒だったため素通りできた。迷宮を管理しているギルドも領主一行からお金は取らない。

今回は一般人として正式な方法で入る。一般人といってもシウは未成年だ。見た目は更に幼く見える。入り口で止められる可能性もあったので、大勢の冒険者パーティーに紛《まぎ》れる形で入った。

ギルド内の店で転移石も買ったため、戻る時は一瞬である。

ところが、転移石を使わずともシウの魔法で転移ができた。レベルの高い空間魔法の持ち主なら可能なのか、あるいはシウだけなのか。そのあたりは判断が付かないが、中層まではシウの《転移》で進んだ。本来は「迷宮から出た転移石」がなければ転移はできないとされている。何事も試してみるものだ。

中層に着くと《全方位探索》を強化する。目的のコカトリスを探すためだ。同階層にはいなかったが、二階層下に群れを発見した。辺りに誰もいないことを確認し《転移》する。

幸い、この階層には冒険者が一人もいなかった。となれば自重せずに狩れる。

シウは早速、見付けたコカトリスを《空間壁》で囲んだ。そして首を落とす。これも空間魔法だ。細い板を出現させればいい。後は《自動化》すれば残りも一瞬で倒せる。

倒した後、コカトリスの解体も自動化魔法に覚えさせようと、その場で一匹を捌《さば》いた。

「迷宮に住む魔獣の魔核《まかく》は大きいと聞いたけど……」

各部位を眺め、脳内の記録庫にある書物と比較する。

「魔核だけじゃなくて、体も二回りぐらい大きい気がする」

迷宮内の魔素が彼等の餌《えさ》となっているのだろうか。迷宮に関する書物によると、人が多く入ってくることにより迷宮は活性化するという。

「迷宮自体が魔物だって話もあるし、考えたら怖いな」

言葉ほどに怖いと思っていないから表情は変わらない。シウは平然と、各部位に分けたコカトリスの肉を空間庫に放り込んだ。

ついでに食材となる魔獣があればと見て回るも、出てきたのはオークやオーガだ。特に欲しい素材ではないが、ちょうど一つ上の階層に冒険者が到達したのを探知した。彼等が更に一層下りてきた場合、群れになっているオークやオーガを倒すのは厳しいだろう。

それなら倒しておいた方がいい。これも《自動化》で終わらせた。

戻りは一瞬だ。購入した転移石を使って一階に戻り、何食わぬ顔でゲートを抜ける。

その足で素材買取屋に寄って不要な品を卸した。オークの睾丸《こうがん》や肝臓、肉だ。オーガは角と皮だけを売る。どちらも高値で買ってもらえた。

「魔核はなかったかい？　親父《おやじ》さんが持っているのかな？」

シウが父親のお使いで来たと思っているようだ。にこにこ顔で聞かれる。

「魔核は魔道具に使おうと思って別に取ってあるんだけど」

「できれば売ってほしい！　中層階のオークやオーガの魔核はそうそう出ないんだ。最近、中層階レベルの冒険者が減ってねぇ」

上級者は実入りの良い深層へ潜るらしい。そして、迷宮に慣れてきた「そこそこ」の冒険者は安全を優先して中層へ行かなくなる。そういう時期がたまに重なって、中層階の素材が出てこなくなるのだとか。

「じゃあ、出します。あと、コカトリスの素材は――」

話し終わる前にはもう店主が揉《も》み手《て》をせんばかりに喜んでいて、シウはお得意様扱いになっていた。

◇◆◇◆◇

迷宮に潜っていた時間の方が短かったのではないだろうか。素材買取屋で思わぬ時間を食ってしまった。夕方には戻れたが、シウは護衛を頑張ってくれたフェレスに「遅くなってごめんね」と謝った。もっとも「シウだ～」と飛びついてくる気楽さだったので、彼は気にしていないようだ。シウはホッとした。

クロとブランカはお昼寝中だった。アウレアは起きていたものの、二頭を起こしてはならないと静かにしていたようだ。シウを見て、静かにベッドを下りる。そしてシウの足にギュッと抱き着いた。頭を撫でると嬉しそうに笑う。

「お昼は食べた？」

「うん。エビの、焼いたの」

ガルエラドが屋台で買ってきたのだろう。アウレアは「こんなかたち」だとか「おいしかった」と、それがどんな食べ物だったのかを説明してくれた。他にも蕎麦《そば》や野菜の料理を食べたと報告する。シウが作っておいた料理だ。これにも美味しかったと言ってくれる。

一通り説明を終えると、アウレアはハッと顔を上げた。

「シウ、食べた？」

「食べたよ。迷宮でも摘み食いしたし、その後も屋台でヤキソバが売っていたからね」

「そば！」

「うん。アウルが食べた『そば』は蕎麦粉から作ったものだね。タレは醤油《しょうゆ》味《あじ》。屋台で売っていたのは小麦粉で作られたものだよ。ソース味だった」

「ソース？　コロッケの？」

「そうそう」

「アウル、コロッケ好き」

満面の笑みでまたシウに抱き着く。

シウのことを「美味しい料理を作る人」だと思っているようだ。だから「大好き」という感じだろうか。シウがアウレアの頭をよしよしと撫でていたら、奥の部屋からガルエラドが出てきた。

「迷宮で良い素材は得られたか？」

「うん。コカトリス、いっぱい獲ってきたよ」

にんまり笑って答えると、ガルエラドが目を瞠《みは》った。本当に狩って来たのか、という思いと同時に期待感が透けて見える。なんといっても、ガルエラドは自他共に認める肉好きだからだ。シウはまた笑顔になった。

「夕飯はコカトリスの肉でいろいろ作るね」

「……楽しみだ」

その声には嬉しさが滲《にじ》んでいた。


その夜、ガルエラドがあまりにバクバクと美味しそうに食べるものだから、じっと見ていたアウレアが興味を持った。「アウルも食べる」と自ら言い出した。

シウが小さめの唐揚げを取り皿に置くと、アウレアは意を決して唐揚げを口にする。途端、白い肌にぱあっと赤みが差した。

「おいちい！」

幼児語になってしまったアウレアが、ほっぺたを押さえながら嬉しそうに笑った。

「とってもおいちいね！」

「もっと食べる？」

「たべる！」

コカトリスの肉は柔らかい上に脂《あぶら》っぽくない。胃もたれしないタイプの肉だ。これも高級食材として人気の秘密だろう。獣特有の臭みも少ない。それでいて、ちゃんと肉を食べていると分かる味だ。唐揚げでもチキンソテーでも美味しくいただける。蒸《む》し鶏《どり》にしてサラダに交ぜてもだ。

どんな料理にも合いそうで、シウは唐揚げを前に唸る。

「もっと狩っとけば良かった……」

食べ物には妥協しないのがシウである。愚痴《ぐち》めいた呟きになった。

聞いていたガルエラドが苦笑するも、否定の言葉は出ない。彼もコカトリスの料理が気に入ったようだ。

フェレスもコカトリスの内臓を喜んで食べた。味について聞いてみると「しっとりもちもち」で美味しいらしい。

夜はベッドを並べて皆で一緒に寝る。

フェレスだけ別だ。最初は「フェレだけ、なんで」と拗ねていたが、ベッドに乗り上げた瞬間にミシッと音を立てたことで理由を悟ったようだ。諦めて、床に敷いたラグの上で丸くなった。

　ちなみにガルエラドでもベッドに乗ったらミシミシと音が鳴る。彼も「寝返りを打つのが怖い」と苦笑していた。次を考えると、ヤンドに「もう少しベッドを補強してほしい」と頼んだ方がいいのかもしれない。

◇◆◇◆◇

　朝になり、シウたちはアクリダの街を出発した。まずはエメ街道を北に抜ける。やがて国境が見えてくる。国境を越えた先にあるのはシャイターン国だ。

　移動には馬車を使った。アクリダの街で馬車を借り、シャイターンの街で返す。互いの領主が交易のためにと許可を出しており、商売として成り立っている。

　竜人族の里はシャイターン側の街の方が近い。本来ならそこでガルエラドと合流すれば良かったのだろうが、滞在できない理由があった。シャイターン側の辺境にある街がアクリダほど大きくなく、人数が少ないゆえの「目配り」が行き過ぎているからだ。住民も人族がほとんどである。迷宮のあるアクリダならば他種族も多く出入りし、隠《かく》れ蓑《みの》になった。人族ばかりの小さな街に竜人族が子供を連れて入れば、目立つことこの上ない。

　そうした理由で、馬車を返す役目はシウが請け負った。ガルエラドたちは街の外で待機だ。

案の定、シウが馬車を返却すると、担当者にしつこく詮索された。

「子供一人を寄越すだなんて、親は何を考えているんだ。そもそも親はどこで降りた。子供をほったらかして遊んでいるのか？」

「いいえ。僕、これでももうすぐ成人です」

「えぇ？　あんた、人族じゃなくてドワーフか妖精族《ノーム》の血を引いてるのか？」

それからも根掘り葉掘り質問を繰り返す。辺境にあるこの街は、余所者《よそもの》の情報に飢えているのだろう。

あまりにしつこい追及に、シウは適当な言葉で誤魔化《ごまか》した。

「内緒です。大っぴらに話してしまえば人狩りに捕まってしまうかもしれません」

「おお、そうか！　そうだな。分かった。黙っているよ」

担当者は「重大な秘密」を知れたことに納得したようだ。笑顔で話を終えた。

街を出るまでの短い間にも人の目がある。彼等に悪気はない。余所者の動向が気になるだけだ。ただ、見られる側にとっては居心地が悪い。これではガルエラドも滞在しづらいだろう。シウに返却を頼むはずだ。

きっと明日にはシウの噂《うわさ》が広まっている。

どうにかこうにか街を出て、シウは森で待機していた皆と合流した。

✦第一章✦
竜人族の里

「大変だったろう。悪かったな」

「ううん。でも、シャイターンの北部にある港市場とは雰囲気が全く違った。港市場の人もお喋りはするけど、もっと遠慮があるというか……。この街の人たちは好奇心が旺盛《おうせい》すぎて、ちょっとびっくりした」

門番にも出入りの際に話を聞かれた。入る時に質問されるのは分かる。何のために街へ来たのか調べるのが彼等の仕事だ。しかし、種族は何か、どうやって生活しているのかをしつこく聞くのには驚いた。シウが冒険者の会員カードを示してもだ。

街を出る時も――確かに、移動手段を持たない子供が一人で街を出るのだから不審ではあるが――住まいや親の仕事、資産について問うてくる。「金は持っているのか、出して見ろ」とも言われた。

ちなみに、これは賄賂《わいろ》の要求であった。その時のシウは気付いていなかったが、途中で見かねた商人が「時間がかかっているね。子供なんだからもういいじゃないか」と助けてくれて逃げられた。その後、気になって《感覚転移》で視ていると、その商人がお金を渡していたのだ。賄賂だった。彼はシウのように止められず、さっさと通れていた。

商人が通り過ぎてからもシウは《感覚転移》を発動したまま合流地点に向かっていたから、その後の門番らが話す内容を知った。

「さっきの子供、親がいないようだった。奴隷商に売れたんじゃないか？」

「珍しい種族のようだったからな。勿体《もったい》なかった」

「仕方ねぇ。邪魔が入っちまった。あの商人は領都に顔が利くんだ。バレたらまずい」

「だな。バレたら領主に殺されちまう」

「けど、黒の森に近いこんな場所へ配属されちまったんだ。少しぐらい金儲《かねもう》けしたって罰は当たらないぜ。全く、やってらんねぇよ」

「まぁ、それは分かるけどよ。湿気《しけ》た街だ。ろくな店もねぇ」

同じ辺境にある街でもアクリダとは大違いだ。国境を越える隊商らは大きな街アクリダで補給する。アクリダには宿も多い。街は潤い、更に発展する。この街は通過点だ。時々、そう、たとえばシウのように借りた馬車を返しに来る旅人がいるぐらいで、商人も仕事のついでに荷を下ろすだけ。

配属された兵士には面白くない仕事と映るらしい。

彼等は不満ばかりを口にしていたが、オスカリウス領のように黒の森に接しているわけではない。この街は安全な場所にある。結局は考え方の問題だ。

シウが視てきた事実を伝えると、ガルエラドは苦笑した。

「すまないな」

「ううん。寄りたくない理由がよく分かった。アウルがいたら誘拐されていたかも」

「シウでも心配だったのだがな。ただ、お前は強いだろう？」

だから頼んだのだと言う。ガルエラドはぷりぷり怒るシウの頭に手を置いた。宥《なだ》めるように撫でる。

ガルエラドの手を止めようとはしなかった。

「うん。あ、別にもう怒ってないからね」

　怒っていた事実と宥められている現実が恥ずかしく、シウは気まずげに俯《うつむ》いた。ただ、

「助かった」


　さて、この先は徒歩になる。平地には向かわず、西側にある山を目指す。山に分け入り、延々と歩く予定だ。

　ガルエラドは飛竜で戻る手段も考えたそうだが、竜の大繁殖期で思うように捕まえられなかった。それに飛竜の航路が万が一にもハイエルフに知られたらまずい。飛竜は単純なので調教スキル持ちに聞かれたら素直に答える。情報がダダ漏れなのだ。

　それに元々、里の人間はよほどのことがない限り、飛竜での出入りを認めていないという。徒歩での出入りが基本だ。ただし、それは竜人族が頑丈だからでもある。

「アウルが小さいため、二人だけでの山の旅がどうなるかも心配していた。今回はシウのおかげでかなり楽ができるな」

　シウというよりはフェレスのおかげだ。今もフェレスの上にアウレアが乗っている。眠くなっても落ちないように騎乗帯は改良してあった。フェレスも普段以上に気遣っている。頑丈なブランカを乗せるのと、小さな人間の子では危険度が違うと分かっているのだ。

「僕のおかげか。ガルは肉が食べたいんでしょ？」

「ははは。そうだ。肉がいい。お前の料理は美味いから食べ慣れるのが怖いな」

「そう言われると益々調子に乗っちゃうなあ。作るのも食べるのも好きだけど、同じように美味しいって食べてもらえるのは嬉しいもん。アウルも蕎麦を美味しいって食べてくれるからね～」

話を聞いていたアウレアが「ねー」と言いながら首をこてんと傾げる。可愛《かわい》い仕草だ。

ガルエラドは蕎麦の良さが分からないらしく、神妙な表情で頷いて無言を貫いた。

◇◆◇◆◇

西側にあるシャイターンの国境まで二日。奥深い山の麓《ふもと》が国境になる。シウたちは一旦そこで野営し、山に足を踏み入れたのが三日目の朝だ。そこから更に三日かけて北に向かう。

ここはブラオンシルワという名の急峻《きゅうしゅん》な山脈が続く。山脈の南側、麓付近をシウたちは進んでいた。山越えはしない。竜人族の里はブラオンシルワの南にあるからだ。では何《な》故《ぜ》、北に向かって歩いていたのかと言えば、通り抜けられない場所があるからだ。

そこは「空白の地」と呼ばれている。

シウたちはブラオンシルワと空白の地の境目を進んでいた。

「空白の地って、どういう意味？」

「その名の通りだ。何もない」

シウは首を傾げた。気になったので《感覚転移》で高高度から俯瞰《ふかん》で視てみる。

空白の地と呼ばれる場所には何もなかった。荒野が延々と続くのみ。砂埃《すなぼこり》がひどく、視界は悪い。場所を変えても同じだ。それに大小合わせた多くの竜巻が生まれては消える。

「本当に何もないんだね。なんだか、不毛の大地だ」

「視たのか？　そういうこともできたのだったな」

ペンペン草一つ生えない場所だ。生き物の気配が全くない。延々と広がる荒野には風から身を守る岩場もなかった。どうやって風が生まれるのかも分からない。

「まるで何かに一掃されたみたい」

そう言うと、ガルエラドがハッとした顔でシウを見た。

「そう見えるのか」

「うん。元々は起伏のない平地だったみたいだね。これだけの広さだから、きっと人が住んでいたはずだ。山が近くにあるから水の恵みもあっただろうし、栄えてもいただろうね。それなのに今は荒野になっている。何があったのか、争いがあったとしても抉《えぐ》れた跡はない。本当にただ平坦《へいたん》な荒野が続いているだけで……」

「そうか」

それきり、ガルエラドは黙ってしまった。

ガルエラドは今回の里帰りに大回りのルートを選んでいる。実は近道ルートもあるにはあるそうだ。ただし、黒の森が近くなる。黒の森には強大な魔獣が多く、いつ氾濫《はんらん》するか分からない。危険な場所だ。接している国は対応に苦慮している。

一番被害を被っているのはオスカリウス領だろうか。黒の森と接する面積が広く、国軍も駐留して日夜見張っている。黒の森から発生する魔獣スタンピードは最低でも年に一度、多い年には数度もあった。これを国軍だけでなく領軍、そして領内にいる冒険者を掻《か》き集めて押さえ込む。

この黒の森があるから、シャイターンも西側に領土を広げようとは考えなかった。西側には深い山脈が続き、その南に黒の森がある。山脈は緩衝材であり、無理に開拓するほどの旨味《うまみ》もなかったのだろう。

竜人族の里は空白の地と黒の森の間にある。

黒の森と呼ばれる部分との境目には特殊な結界が張られており、無尽蔵に広がることはないという。だからといって安全なわけでもなかった。

魔獣スタンピードが起これば簡単に結界を越えるからだ。その対応に、強いとされる竜人族たちでさえ全力を要する。

それほど危険な場所だ。ガルエラドでも一人で踏破するのは厳しいようだ。

また、その近道ルートの途中にはハイエルフの一族から分派したゲハイムニスドルフの村がある。人族と交わって生きる道を選んだ一派だ。彼等は滅多に村の外には出ないというが、魔力に長けた一族だ。近くを通れば気配を感じ取れるだろう。その際、シウという外部の人間を「引き入れた」と思われたくない。ガルエラドが「揉め事を起こしたくない」と考えるのも分かる。

アウレアのためだ。

本来なら、アウレアはゲハイムニスドルフの子である。村の出身者が外に出て、特殊な仕事の最中に産んだのがアウレアだった。最悪なことに、ゲハイムニスドルフと敵対するハイエルフ至上主義のアポストルスにそれを知られてしまった。

危うい存在となったアウレアをゲハイムニスドルフの人々は拒否した。

両親を失った憐れな子を引き取る勇気のないゲハイムニスドルフに、ガルエラドは失望しただろう。かといって、昔から付き合いのあった彼等との関係は今後も続いていく。それを理由に仲《なか》違《たが》いはできない。

結局、竜人族の里で引き受けるわけにもいかず、ガルエラドが一人でアウレアの面倒を見ることになった。里を出て、だ。

そうした諸々が、ガルエラドに遠回りの面倒なルートを選ばせた。もちろん、安全なルートだというのが第一である。

シウたちは空白の地の周辺をなぞるように進んだ。ガルエラドが「遠回りだ」と言っただけあって距離はある。しかし、彼が驚くほどのスピードで進めたのは、シウの体力があったこととフェレスがアウレアを乗せて運べたからだ。

　せっかくなので、ガルエラドには冒険者仕様の飛行板を強制的に覚えてもらった。基礎属性魔法がどれも高く、冒険者としての素養も高い。ならば問題なく乗れるだろう。ハイエルフに襲われた時に素早く逃げられる手段として、冒険者仕様の飛行板に乗れた方がいい。

　道中、ガルエラドの体重移動の癖《くせ》を見て、重しを付けるなどして調整もした。足の間にアウレアを挟んで飛ぶための安全帯も付け加える。

　アウレアは飛行に対して恐怖感は持っていない。高高度を飛ぶ飛竜にも乗れるし、騎獣であるフェレスに乗ることで中低空飛行にも慣れている。とはいえ、シウはブランカの無謀さを知っていた。だから徹底して「落ちた時の怖さ」をアウレアに教え込んだ。

　ガルエラドは過保護だから、アウレアにちょっとした痛みも与えたくないようだ。大事に守っている。しかし、それではダメだ。シウを育ててくれた爺様の、時に行き過ぎとも取れるスパルタ教育もどうかと思うが、適度な痛みや怖さは教えてあげた方がいい。

　そんな話し合いは子供たちが寝静まった夜にした。ガルエラドはシウの境遇に驚き、そこまで厳しくはできないと戸惑った様子もあった。もちろん、引き合いに出しただけだ。シウは、ブランカを飛行板に乗せる時の苦労について語った。ブランカの無謀さについては、ガルエラド自身も旅の間に見て知っている。真剣な様子で話を聞き、シウの意見を受け入れた。

「そうだな。アウルがあんな風に落ちては危ない。騎獣のブランカだから無事で済むが、人間なら怪我《けが》をする」

という納得の仕方でだった。

そうこうするうちに空白の地が途切れた。これまでは進行方向の左側が空白の地だった。空白の地を俯瞰で視ると東西に長い長方形型になっている。シウたちは東側から山に入り、突き当たったところで北へ、曲がり角で西へと歩みを進めた。また曲がり角が来て、今度は南へと向かっている。最初の一辺は途中からだが、ほぼ三辺をなぞった形になる。

この移動中、シウはとにかく暇だった。危険な魔獣もそうそう出ない。だから《感覚転移》で空白の地を観察しながら歩いていた。そうして気付いたのは、どの場所にも生き物の気配がないということだ。時折《鑑定》もした。すると、地面付近で毒を検知した。更に砂を《鑑定》してみれば毒性があると分かった。砒素《ひそ》系ではないが硫黄《いおう》に近い鉱物のようだった。名前は表示されない。前世で見知った鉱物とも違う気がする。魔法によって何らかの変化を生んだのかもしれない。ともあれ、吸い込めば体に害をなす。近付かない方がいい。

水源も見付かった。地中に《感覚転移》を移して視たところ、地下水がある。北にあるブラオンシルワから流れ込んでいるようだった。少なくとも地下水自体に問題はない。

水があれば生物がいてもおかしくなかった。それなのに生き物はいない。もちろん毒性のある地面が生命の営みを阻むのは理解できる。そうだとしても、耐性の付いた生き物が少しぐらいいてもいい。

シウは「どうしたらこんな風になるのだろう」と、歩きながら考えた。ふと、ある事実に気付く。それをまだ鑑定していなかった。

シウは《感覚転移》と合わせて《鑑定》した。

はたして。

「魔素がないんだ……」

全くゼロというわけではないけれど、全体の割合で考えると「ない」に等しい。

ここは魔法を使う生き物にとっては正しく不毛の大地だ。魔法に頼った生き方をする魔獣なら特に厳しいだろう。魔力の少ない今の時代の人間ですら自然と魔法を使っている。魔素がなければ息苦しくなるに違いない。

大昔に存在したオーガスタ帝国時代の人々など、もっと魔力を使用していた。だから魔素の急激な減少に耐えられず、滅亡したのだ。

魔素は空気と同じ、そこかしこに存在する。ある空間だけに存在しないというのは有り得ない。空気ならどこにだってあるからだ。完全に遮断されていなければ流れ込んでくるものだ。つまり空白の地の境目に何かがあるのだろう。

シウは空白の地と山の間を細かく《鑑定》してみた。ところが何も見付けられない。結界が張られている様子もなかった。シウは諦めずに《感覚転移》を使って見続けた。すると、境目で揺らぎを感じた。山から空白の地に入った途端に魔素の量が激減する。それがシウに揺らぎとして教えてくれた。

不思議な現象だった。

シウは気になると、とことん調べたくなる性質だ。直に鑑定すれば分かるかもしれないとも考えたが、ガルエラドに「入ってはいけない場所だ」と釘《くぎ》を刺されている。言い付けは守った方がいい。それに里に行けば理由が分かるかもしれない。少し楽しみな気持ちで暇潰しの調査を中断した。

ちょうど、暇もなくなった。魔獣が現れ始めたからだ。

空白の地の近くは魔素がないせいか、強い魔獣の姿はほとんど見かけない。といっても、隣り合うのは奥深い山脈だ。平地となる空白の地の近くには獣の住処《すみか》になりやすい岩場もあれば、小さな生き物たちを育む草地もある。それらを餌にする魔獣が山脈側から出てくる。

ほとんどは小型の魔獣だ。シウやガルエラドの敵ではない。足を止めずとも、どちらかが倒して急ぎ追いつくという方法で進んだ。

ガルエラドは竜戦士という職種だけあって、圧倒的な力で魔獣を薙《な》ぎ倒《たお》す。アウレアの安全を気にしないでいいという状況は滅多にないからだろうが、思う存分に力を振るっていた。ちょっと引くぐらいのオーバースキルで、シウは物理攻撃のすごさを目の当たりにした。

　ともあれ、全力を出して発散できたガルエラドの機嫌は良かった。


　空白の地が見えなくなり、辺りが森ばかりになると魔獣が増えた。

　交代で倒していても、つい足が止まる。良い獲物を見付けた時がそうだ。

「解体やっちゃうよ」

「悪いな」

「簡単だからいいよ」

　森に入ると、シウが初めて見るナーデルハーゼという兎《うさぎ》型《がた》の魔獣に出会った。肉は美味しいが、体毛を針にして飛ばすため厄《やっ》介《かい》な魔獣だ。バルトロメが喜びそうだと思い、何匹かは解体せずに保管する。

　少し手前の、岩場が多い場所ではグララケルタを大量に狩った。蜥蜴型の魔獣だ。グララケルタの頬袋は魔法袋に作り直すことができる。そのため高値で売れる素材だった。何度か群れで襲われ、それぞれのリーダー格を数匹狩れた。体が大きくなればなるほど頬袋に入る量は加速度的に増える。かなり大容量の魔法袋が作れるだろう。

　他にも岩場でガーゴイルを見付けた。空を飛ぶので厄介な魔獣だ。ガーゴイルは爪や翼、岩のような皮などが素材として使える。

　シウがショックだったのはコカトリスの大量出現だ。わざわざ迷宮に潜る必要はなかった。その八つ当たりではないが、群れで襲ってきたコカトリスは一匹残らず倒した。

草地ではジャッカルに似た、カニスアウレスという魔獣が出た。ジャッカルより二回りは大きい。殲滅《せんめつ》したのはガルエラドだ。あっという間の出来事だった。

木の形をした魔物、トレントも現れた。シウはトレントも初めて見た。ゆったりと歩いているから脅威は感じられない。といっても危険な魔物だ。気付かぬうちに精気を吸い取られる。

トレントを倒すにはコツがあるそうだ。本体は硬く、普通の剣では切れない。高価な魔剣であれば切れるらしい。他にも、魔法を使って水分を吸い取れば切りやすくなるとか。魔素吸収でも構わない。ただ、近付けば精気を吸い取られる。そのため自分自身に結界魔法をピッタリと掛ける必要がある。高レベルの魔法使いがいれば可能だ。

当然、シウはトレントをあっさりと倒した。倒しても硬い木のままだから加工は難しいが、その分良い武器の素材となる。シウはほくほく顔で空間庫に戦果を放り込んだ。

◇◆◇◆◇

竜人族の里はオリーゴロクスとも呼ばれている。古代語で「原初の場所」という意味だ。シウがガルエラドから聞いたのは「里の名」としてだ。彼は古代語に興味がないようだから「言葉に込められた意味」については気にならないようだった。といっても、古代語が全く理解できないわけではない。以前、どこかの遺跡に潜った経験があって簡易な古代語なら解読できるようになったそうだ。里の名は生まれた時から身近にあり、当たり前すぎて疑問を抱かないのだろう。

古代語は、基本的にはシウの記憶にない文字だ。現代の言葉とも違う、全くの別物だった。ただ、名詞に聞き覚えがあった。ラテン語やドイツ語に近い。それと分かるのも、前世のシウが暇に飽かせて見ていた語学放送のおかげだ。名詞だけとはいえ、今生で古代語を学ぶ際には助かった。

大昔、シウのように記憶を引き継いだまま転生した者が言葉を残したのだろう。彼、あるいは彼女が偉業を成したから残っているのか、あるいは言葉を作る仕事に就いたと考えられる。

残念ながら日本語らしきものは公に残っていない。そもそも外国語も名詞しか残っていないのだ。言葉は変遷《へんせん》し、長い時の間に消えた可能性はある。

もっとも、ロワイエ歴になって以降に元日本人が活躍したのは分かっている。前世にあった家電とよく似た魔道具も生まれていた。それに和製英語が冒険者の間にだけ残っている。日本で生まれ育った記憶を持つ者が冒険者になったようだ。元日本人らしき勇者の存在も大きい。勇者の手記はシウも手に入れて読んでいる。彼が広めたカルチャーは多い。

言葉以外に引き継がれているものはある。風習や料理がそうだ。

それは転生者だけの力ではない。多くの人が紡《つむ》いだ歴史が今を作っている。

✦第一章✦

竜人族の里

オリーゴロクス——原初の場所——にも、きっと意味があるのだろう。

歴史に思いを馳《は》せながら、里まで「あと一日」というところで警邏中《けいらちゅう》の竜人族と出会った。予《あらかじ》め、ガルエラドから「戦士が交代で見回っている」と聞いていたため驚きはない。シウの《全方位探索》にも表示されていた。敵意のない人間の気配だ。

彼等は離れた場所から「止まれ」と声を上げたけれど、すぐ、

「ガルエラド、サートゥルニーのガルエラドか？」

と続けた。里帰りについては知らせてあったそうだから、分かっていての誰何《すいか》だ。

高い木の上から警戒の姿勢を崩さないのは、余所者のシウがいるから。彼等は気配を消し、こちらの様子を見ている。

ガルエラドも声を張り上げて答えた。

「そうだ！　客人を連れている。長老ソヌスに許可を得た」

「聞いている。少し、待て」

声を掛けてきた一人以外にも、離れた場所に一人が隠れていた。二人一組で動いているらしい。二人は警戒しながら同時に姿を見せた。警戒といっても、初めて会う人間に対するそれだ。シウを敵だと思っているのではない。ガルエラドが客人だと話したことからも、失礼な態度は一切見られなかった。

里までは彼等が先導してくれる。

第一章

竜人族の里

竜人族は身体能力が高い。ほとんどの時間を走って進んだ。もちろん、最初は「客人に合わせて歩く」予定だったそうだ。しかし、シウたちには騎獣のフェレスもいれば、飛行板という便利な魔道具もある。ガルエラドも「問題ない」と伝えた。よって自重はせず、竜人族の本気を見せてくれたというわけだ。

ガルエラドも懐かしい面々と再会して発奮したのだろうか、慣れた森の中を楽しげに走り続けた。

里に着いたのは山眠《やまねむ》るの月の二週目、木の日だった。アクリダの街を出たのが前の週の水の日。一週間以上もかかった。それでも、ガルエラドに言わせると「とても早い」行程である。案内役の竜戦士たちも「そんな日数で？」と驚いたほどだ。

里の入り口には多くの人が集まっていた。案内役の一人が竜声《りゅうせい》魔法を使って連絡したらしい。竜声魔法は竜人族が持つ固有のスキルだ。

集まった中から一人が前に出る。

「よく帰ってきた、ソキウス・ガルエラド」

ソキウスには同志や仲間という意味がある。竜人族は絆が深い一族だ。全員が「仲間」なのだろう。ガルエラドが「長老」と親しみを込めた呼びかけで挨拶を返している。

長老という通り、彼は年老いていた。深い皺《しわ》の入る褐色《かっしょく》の肌《はだ》と白髪、少し濁《にご》って見える瞳が年齢を教えてくれる。濁ってはいるが、その瞳が金色なのは分かった。竜人族に多いのだろうかと、シウは周囲の人を観察した。

　集まった他の竜人族は全体的に立派な体格の者ばかりだった。角もある。ただ、どういうわけか、容姿の色合いがてんでバラバラだ。たとえば長老に似た金色の瞳を持つ者もいるが、それ以外にも青や緑とバラエティに富んでいる。肌の色や髪の色だって違った。

　神話時代に古代竜と人が交わったという話がある。その名残《なごり》だろうか。

　考えているうちに、長老がシウの前に立った。

「そなたがシウ＝アクィラ殿か。わしはソヌス、ウェネリスのソヌスだ」

　ウェネリスが何かは分からないが、姓、もしくは派閥のようなものだろう。特に問うことはせず、シウは挨拶を返した。

「初めまして、シウ＝アクィラです。こちらがフェレス、それからクロとブランカです」

　シウが視線を向けると、フェレスが最初に「にゃにゃー！」と挨拶する。

　ふぇれだよー、と気の抜けた挨拶だ。その後に続くのはクロ。

「きゅぃ」

　これは意味のないただの鳴き声だった。そして。

「みゃ」

　最近、声が低くなってきたブランカが甘えるような仕草で鳴く。お腹《なか》が空いた時に出る声だ。ほんの少しの不満と甘えが混じった可愛い声である。

　そんな希少獣たちと違い、アウレアはちゃんと挨拶した。

「アウルだよ。こんにちは！」

しかも、フェレスから一人でサッと降りて立つという賢さだ。

アウレアは以前にも里に来ているはずだが、幼かったために覚えていないようだ。まるで初めて来たかのような挨拶だった。長老や他の面々はそれを口にすることなく、ただただ可愛い孫が帰ってきたかのように相好を崩してアウレアを見つめた。


その夜は歓迎会が行われた。

最初、シウは誘われたものの参加を断った。ガルエラドにとっては久しぶりの里帰りになる。懐かしい面々だけで話をしたいのではないか。そう思って遠慮したのだが、長老のみならず、里の人々が入れ代わり立ち代わり誘ってくれる。それならと、シウもお言葉に甘えた。

その前に荷物を一旦「宿泊場所」に置かせてもらった。宿ではなく、小屋だ。里の中心から少し離れた小高い場所に立つ。小屋の中は広いけれど区切りはない。それを補うためではないだろうが、だだっ広い庭に囲まれている。裏庭もがらんとして広い。普段は使われていない小屋で、だからかどうか、ガルエラドには「自由に使っていい」と言われた。

小屋の本来の用途は「新婚の夫婦が子作りの時に使う」ものだ。里全体が家族のような近しい関係で、狭いコミュニティになる。そのため、特別感を出そうと作られたらしい。

もちろん来客用としても使う。こんな辺鄙《へんぴ》な場所に誰がどうやって来るのか不思議に思うが、ガルエラドがシウを誘ったように「外で仲良くなった友人を連れてくる」パターンもあるだろう。

よくよく聞けば、迷った挙げ句に辿《たど》り着《つ》いた冒険者の例もあるとか。

交流のあるゲハイムニスドルフの村から、予定外に多くの使者がやってきた時にも使われる。

ゲハイムニスドルフとは時折物々交換をするようだ。互いに得意不得意の分野があり、補い合っている。たとえば竜人族が彼等の代わりに買い出しへ行くと、ゲハイムニスドルフの側からは小物細工や薬を手間代として持ってくる、という形だ。

歓迎会では小屋の話から、いつの間にかゲハイムニスドルフの話題に変わっていた。シウの話し相手はソヌスだ。

「では、ゲハイムニスドルフの村はここから近いんですね」

「竜戦士の足で二日の距離になるか。近いと言えば近いかもしれん」

話し込んでいると、幾人かのお年寄りがチラチラとシウを見ているのが分かった。地獄耳なので「部外者にそこまで話してもいいのだろうか」といった不安の声が聞こえる。シウは適当なところでソヌスとの会話を切り上げた。

ちょうど、アウレアがこっくりこっくり船をこぎ始めているのを見付けたところだ。珍しくガルエラドが隣にいない。いつもは面倒見の良い彼も、今は家族や友人に捕まっている。

シウは女性陣に囲まれていたアウレアのところに寄った。

「アウル、寝るなら部屋に行こうか」

「シウー。アウル、あっちこっち、なの」

ふらーふらーと身を傾げて、ふにゃりと笑う。気持ちはまだ起きていたいらしい。

シウは笑って、女性たちに声を掛けた。

「すみません、うちの子たちもそろそろ限界なので途中で抜けますね」

「あら、本当だ。チビちゃんたちは完全に撃沈ね」

ブランカはフェレスに咥《くわ》えられて、ぶらんぶらん状態だ。彼も眠さに負けたブランカを寝床まで運ぼうとしたところらしい。

クロはフェレスの上で踏ん張ろうとして、そのまま寝落ちしている。立ったまま寝ている姿が可愛い。

フェレス自身も目をしょぼしょぼさせていた。

「じゃあ、あたしらも準備に行こうかね。シーツやら何やら大変だろ」

「あ、もう用意はできているので大丈夫です」

「そうなのかい？」

「はい。魔法を使えば掃除も浄化もあっという間です。布団も持参しました」

「あらまあ！　そりゃ、すごいね！」

興味津々の表情であったが、さすがに「今日は遅いもんね、見に行くのは遠慮しとく

よ」と言ってくれた。

シウはアウレアを抱き上げ、先に小屋へ戻った。

◇◆◇◆◇

翌朝、ガルエラドが何故か土間で寝ていた。

確かに、彼は土の上でも平気で寝てしまうところはあった。旅の間、シウと交代で夜番をしていたのだが、テントに入るのが面倒なのか平気で土の上に寝転んだ。虫刺されや寝《ね》心地《ごこち》の悪さを心配するシウに対して、ガルエラドは「肌が強いから」と返してきた。大らかな考え方である。

本人がいいのならシウも構わない。しかし、せっかく里帰りしたというのに家には戻らなかったのだろうか。不思議に思いながらも、シウは朝の日課を始めた。ストレッチや軽い運動だ。終われば朝食作りに取りかかる。共同の炊事場を使っていいのかどうか聞くのを忘れていたため、小屋の裏にある広い土地の片隅を借りた。

料理が出来上がった頃、女性が数人やってくるのに気付いた。表に回ると、朝食を持ってきてくれたのだと分かった。彼女たちは裏手から煙が上がっているのを見て一足遅かったと気付いたようだ。シウは申し訳ない気持ちと有り難い気持ちがない交ぜになりつつ、とにもかくにも中に入ってもらおうと小屋の扉を開けた。

そこには寝転んだままのガルエラドがいる。

「男手ばかりで食事に困るだろうと思ってね。昨日、持ってくると伝えたつもりだったんだけど」

「ガルエラドには通じていなかったようだね」

「まだ寝ているよ。ったく、男どもは飲みすぎなんだ」

皆が豪快に笑う。さすがに近くで騒げば目も覚める。二日酔《ふつかよ》いで寝ていたらしいガルエラドは唸りながら起き出した。

「うむ……。なんだ、ウェールか」

「なんだはないよ、ガルエラド。あんた、子供に料理を作らせているのかい！」

「いや、シウは」

額を手で押さえながら、ガルエラドが言葉を濁す。二日酔いが酷いようだ。珍しい姿に思わず笑ってしまいそうになるが、それを堪《こら》えてシウは助け船を出した。

「料理は僕の趣味なんです。作らせてもらってる、が正しいぐらいで」

「そうなのかい？」

「はい。あ、それと、裏庭に魔道具を使って竈《かまど》を作りました。勝手にごめんなさい。ここを出る時に戻しておきますので――」

「いいさ、そんなこと。竈の一つや二つ、問題ないよ。それよりどんな料理を作ったんだい？　気になるねぇ」

第一章
竜人族の里

「あたしも人族の作る料理を見てみたい」

と、ワクワク顔で詰め寄ってくる。シウはホッとして彼女たちを裏庭に誘った。ふと振り返ると、解放されたガルエラドもホッとしている。シウは笑いを堪えて女性たちを追いかけた。


　せっかくなので皆で朝食を摂《と》る。持ち寄ってくれた料理もテーブルに並べ、好きなように取って食べる形式にした。

　シウの作った料理は女性陣に好評だった。野菜を中心としたレシピの多さと美味しさに感動してくれた。

　ガルエラドがそうであったように竜人族は皆が肉好きだった。肉食のみというわけではないが、割合は多い。竜人族の体は筋肉質だ。その体格を維持する必要もあったのだろう。深い山に住んでいることも拍車を掛けた。なにしろ魔獣が多く生息する。狩れば、当然「肉」になった。その長年の習慣から、食事のほとんどを肉が占める。

　しかし、いくら竜人族の体が頑丈でも肉ばかりでは体の調子も悪くなる。時には山菜を摂るなどして体調を整えてきた。特に女性の場合は目に見えて分かるようだ。

　しかし、春から秋にかけては山菜も採れるが冬になれば数は減る。残念ながら、冬でも山に入れる男性陣は山菜に興味がなかった。どうしても冬場は食料が乏しくなり、短時間で狩れる魔獣を優先する気持ちも分かる。

結果として、冬に体調を崩す人が出てしまう。それに毎日同じ料理ばかりで飽きている、という気持ちもあったようだ。だからシウの料理に感動した。野菜の多さ、多彩さに目を白黒させ、食べてからは大いに喜んだ。

ちなみに調味料も使うには使うそうだが、街で手に入れなければならないことから量は少ない。特別な時だけ使うと聞いて、シウは眉尻が下がるのを感じた。普段は近くの岩塩山から取れる塩だけで味付けしていると聞き、更に同情心が芽生える。

「本当はハーブも欲しいのよ。だけど荷物になるじゃない？　やっぱり穀物が一番足りないから調味料は諦めるしかないの」

「ハーブなら育てられるよ？　穀物だって種類を選べば上手くいくと思うけど」

「穀物は無理よ。この地域は本当に厳しいの。まめなゲハイムニスドルフの村でさえ育てるのに苦労してるもの。あの人たちも食《く》い扶持《ぶち》を賄《まかな》い切れてないんだから」

自分たちにはもっと無理だと断言する。

シウは里の中を少し歩いただけだが、確かに畑らしいものはなかった。鑑定魔法を掛けてみると土壌も良いとは言えない。土壌改良には時間が必要で、手を出すには女性たちが言うように「まめ」でないと難しいのだろう。

そもそも、肉食でなんとかなってきた竜人族だ。小さな声だけでは食の改革に乗り出せない。野菜や穀物をよく食べるようになったのも比較的最近のことで、人族の街に出た仲間やゲハイムニスドルフの影響だという。

実は、シウはガルエラドに相談を受けていた。彼自身が野菜を食べることの必要性を知ったところだ。自分自身では気付きにくい体調の変化も、子供であるアウレアの変化を見れば劇的だった。シウが「野菜からしか摂れない栄養もある」と説明したのを、ガルエラドは覚えていた。

痩せた土地でも育てられる作物はあるか。

それを聞いたシウは、種や苗を持参した。

「土壌改良すれば育てられると思うよ。この土地でも育つ穀物はある。毎回、魔獣が闊歩《かっぽ》する山を歩いての買い出しは大変だし、挑戦してみる価値はあるんじゃないかな」

植えるのは来年の春になるだろう。それまでに畑を準備すればいい。

あとは調味料だ。ハーブは意外と森の中で採取できる。なければ育てればいい。幸い、魔法を使える竜人族なら北国であろうと育てられる。温室を作るのだ。繊細な魔法が使えないのなら魔道具を介して温めればいい。魔道具ならシウが用意できる。

胡椒《こしょう》の木も森の中で見付けてあった。肉を食べるなら絶対にお勧めだ。

この世界でも胡椒は温暖な地域で採れる。ピリリと辛い黒胡椒が有名だ。少し風味は違うが、緑胡椒という珍しい品種もある。これが寒い地域でも育つ胡椒で、シウもイオタ山脈で暮らしていた頃は緑胡椒を使っていた。

オリーゴロクスはイオタ山脈に似ている。山深く、魔獣が多い。シウは爺様と一緒に畑を作っていたが、土壌を良くしようと離れた山から黒いふかふかの土を運んだものだ。

追加で作った料理を披露しながら説明すると、女性陣は前のめりで聞き入った。料理の幅が広がるなら畑作業だってできると、彼女たちは乗り気だ。

里では基本的に危険な魔獣狩りは男性が、里の中での作業は女性が請け負っている。畑作業も彼女たちが思うほど大変ではないと知って、やる気になってくれた。

料理担当のリーダー格であるウェールは行動力があるらしい。今すぐ長老ソヌスの家に行こうと言い出した。

ウェールはガルエラドと仲が良いらしく、

「さっさと行くよ」

と、二日酔いが抜けきらないガルエラドを突っついた。

アウレアも自分で歩いて付いてくる。シウの渡した靴を履き、ふらふらと幼児特有の歩き方だが楽しそうだ。普段はガルエラドが抱き上げて運んでいる。里にいる間に少しでも自力で歩く練習ができればいい。

アウレアを見守るのはフェレスだ。転ばないよう近くで見ている。同じくフラフラしている幼獣がちょこまかと動き回っているので、のんびりとはいかない。フェレスはブランカにも目を配った。

もっとも、ブランカは低くなってきた声が面白いのか、ずっと鳴いていた。その声が彼女の居場所を教えてくれる。今もそうだ。

「溝に落ちたの？　ああ、汚れちゃったね。《浄化》と。ブランカ、もうちょっと気を付けて歩こうか」

「みぁ！」

わかった、という返事ではあるが、たぶん全く分かっていない。シウは苦笑した。

旅に出た頃から、ブランカはぐんぐんと成長している。比例するかのように、動きも速くなり移動する範囲も広がった。

賢くもなっている。旅の間は危険だと分かっていたようだが、里に入れば魔獣の危険はない。本能的に安全な場所だと知ってか、気を抜きすぎだ。警戒心なく草むらに飛び込む。そこに溝があろうと構わない。興味津々で彼女なりの探索を続けた。

その後ろを、クロが心配そうに追いかける。保護者のような気分なのかもしれないが、彼もまだ幼い。気になる虫がいればジッと観察を続けた。

ともあれ、全員が楽しそうだった。そんな子供たちを後ろから眺め、シウは長老の家にのんびり歩いて向かった。

長老は、家の中が騒がしいからと外に出てきてくれた。子供らが遊んでいるらしい。里に小さな子の姿はなかったが、見た目に大きくとも長老からすれば「子供」なのだ。竜人族は人族よりも長寿だから、そうしたこともあるのだろう。シウは微笑《ほほえ》ましい気持ちで長老の後を追った。

歩きながら説明を始めたのはガルエラドだ。

「ソヌス老、実はシウに我が里の事情を相談し、食材以外にも種や苗を用意してもらったのだ。どうか、畑を作ることに同意してもらえぬだろうか」

「うむ。ウェールが一緒に来たというのなら、話は聞いているのだな？」

「さっき教えてもらったの。できるなら、やってみたいわ」

「安定して穀物が採れると子供の生存率が高くなるかもしれぬ。ゲハイムニスドルフの方々も言っておったな」

ゲハイムニスドルフの村では農業に力を入れているというが、それでも全部を賄えているわけではない。足りない分は竜人族に頼んで街で購入する。そんな彼等に、竜人族の分まで育ててほしいとは言えない。欲しければ自分たちで何とかするしかないのだ。

その「何とか」をシウが提案したところ、ソヌスはあっさりと許可を出した。

ただ、ウェールと同じ心配を口にする。

「この地は土が痩せているそうだ。穀物を育てるのに適していない。ゲハイムニスドルフの専門家にそう言われたのだが」

シウも昨日から今日にかけて見える範囲を調べているが、ソヌスの言う通り、土壌は良くない。でも、手はある。

「こういう土地や、北国でも育つ品種があります。蕎麦という穀物です」

蕎麦と聞いてガルエラドが目を逸《そ》らした。彼は蕎麦があまり好きではない。シウは苦笑を隠して続けた。

「それに、小粒種になりますが小麦も育てられると思います。ただし、大がかりな土壌改良が必要ですね。水も引きましょう」

「う、うむ」

シウはガルエラドにも説明した。

「ここに来る途中で森をよく観察してみたんだけどね、恵み豊かな良い森だった。落ち葉を利用して腐葉土が作れるよ。それらを混ぜ込んで良い土にするんだ」

「そうか」

「すごいわね。そんな大変な作業をするんだ？」

シウは「するんです」と笑顔で答えた。イオタ山脈で育った経験が役に立つのだと思うと何やら嬉しい。大変ではあったが、おかげで小麦以外は自給自足ができた。小麦は買った方が美味しいとの理由で、村に下りた時に山の恵みと物々交換していた。

「竜人族のご先祖様方がこの地に定住したのは、地熱があったからだとガルに教えてもらいました」

「その通りじゃ。この辺りは何故か雪が残らん。降っても積もらずに融けてゆくのだ」

この地の西側には火山があって、離れているものの影響はあるらしい。また、幾つかある地下水脈の一つが高温だと判明した。先ほど歩きながらシウが鑑定したものだ。地下水の汲《く》み上《あ》げをしようと探知して気付いた。いわゆる温泉である。

温泉に入りたかったシウからすれば、羨ましい土地だ。残念なことに竜人族の誰も温泉には気付いていない。それもそのはずで、源泉は深い位置にある。飲み水として利用している井戸の方が浅い位置にあった。せっかく美味しい地下水が引けるのだから、わざわざ深く掘る必要はない。

とはいえ、せっかくの温泉だ。勿体ない。シウは時間に余裕があれば温泉を引こうと提案するつもりだ。その前に、まずは土壌改良である。

「地熱があるのは有利です。ハウス栽培も可能だから。僕の住んでいたイオタ山脈よりも条件はいいです」

「そうなのか？」

ガルエラドが驚いた様子でシウを見下ろした。ウェールやソヌスもだ。二人とも背が高い。シウは竜人族の里に来てよくよく理解したが、彼等の体格はとてもいい。女性も背が高くて筋肉質だった。そんな彼等に挟まれるとどうにも居心地が悪い。常に見上げているのも疲れる。

シウが溜息《ためいき》を噛み殺していると、ソヌスが呟いた。

「イオタ山脈とな……」

それからシウに話し掛ける。どこか痛みを覚えるような表情だ。

「あのような山奥に住んでおったのか」

「はい。爺様と十歳頃まで住んでいました。位置的にはオリーゴロクスより南になるんですけど、イオタ山脈には地熱がありませんから冬は大変でした」

「そうであろうな。あそこは厳しいと聞く。それでなくとも深い山だ。子供ならば尚更《なおさら》、苦労したろう」

「ソヌス老、シウは育ての親と二人だけで山奥に暮らしていたそうだ。我等よりもよほど大変であったろうと思う」

「なんと、そうだったのか」

「ガルエラドが言うほどだもの、大変だったのね」

食事に事欠いたのではないかとウェールに心配される。シウは笑って手を振った。食事への不満は、単純に「日本食が食べたい」という思いがあっただけで、食べ物自体には困らなかったからだ。なんといっても爺様には知識があった。冒険者として世界を巡った経験が食事にも現れた。だからこそ自給自足が成ったのだ。

二人だけだったから新しい試みにもすぐ挑戦できた。料理を失敗しても、それはそれで楽しい時間だった。

竜人族の里とは事情が違う。

社会というのは、ある程度の人数がいれば出来上がるものだ。ルールが生まれ、そのうちに冒険がし辛くなる。新たな事柄に挑戦しようとしてもストップがかかるのだ。失敗した場合の損失について冷静に考える人が出てくるからだろう。変化を恐れるのは人間の持つ恒常性維持という本能らしい。それは悪いことではない。そうやって人間は種を守ってきた。

時々、現状を誰かが打破する。たとえば外から戻ったガルエラドや、彼の話を聞いてやる気になったウェールのように。

「とにかく、一度やってみましょうよ。春になって種や苗を植えるまで、やれることはなんでもやるわ」

どんと胸を叩いて笑顔で請け負う。

ガルエラドが外の世界で見付けた「挑戦」という名の種を、中にいたウェールが受け取って育てる。ソヌスは穏やかな表情で若い彼等の背中を押す。

シウは彼等の前向きな姿に感動を覚えた。

◇◆◇◆◇

早速、畑作りが始動した。ガルエラドも手伝うつもりのようだったが、シウは断った。ウェールも「男たちは他に仕事がなければ狩りに行くもの」と答えた。

アウレアについては里の中だから危険はない。シウも見ていると約束した。

竜の大繁殖期による暴走を見張る役目は、シウが想像する以上に移動の日々で大変だ。幼児のアウレアを連れての生活は気も抜けなかったろう。せっかくの里帰りだ。仲間との語らいはガルエラドにとっての息抜きになる。

シウとウェールの説得を受け、ガルエラドは躊躇《ためら》いながらも別行動に納得した。里の出入り口では仲間が待っていた。彼等もガルエラドと親交を深めたかったに違いない。

見送りが終わると、シウは女性たちと土壌改良に取り組んだ。といっても、今は土属性魔法で地面を引っくり返すだけだ。もちろん、これだって大事な作業である。シウは農業に関する講義をしながら実際にやってみせた。

「竜人族の方々は魔力も高いし、スキル持ちも多いそうですね」

シウが問えば、ウェールは胸を張った。

「そりゃね。アンティークィタスドラコ様の血を引いているんだ、当然だよ」

アンティークィタスドラコとは古代竜、いわゆる「ドラゴン」の別名だ。古代竜には何通りもの呼び方があって、これも古代語の一つになる。

古代竜は今でも生息しているらしいが、その血を引くと言われる竜人族でさえ滅多に出会えないという。若い女性たちの中にも見た人はいないようだ。少し残念に思う。シウが読んだ本の通りなのか、聞いてみたかった。

「では、土属性持ちの人に掘り返しをやってもらいましょうか。いない場合は、専用の道具があるので置いておきますね」

「魔法を使わずに手作業でやるってこと？」

「はい。いつも使える人がいるわけじゃないでしょう？　道具での作業方法を知っていれば、何故そうするのかも理解が深まると思います」

「ふうん、そうかい。まあ、この程度の作業、あたしたちなら簡単にできるけどね」

腕の筋肉を見せながら笑う。シウが小さくて細いため、最初は「本当に大丈夫なのか」と心配していた女性だ。彼女に限らず、皆がシウを年齢よりずっと下の子供だと思っているようだった。


腐葉土は里に入る前に通った森で何ヶ所か見付けてある。シウは女性たちと共に森へ行き、これを大量に取った。運ぶのは女性たちだ。小さなシウには任せられないと、さっさと運び出した。

「す、すごいね」

「これぐらい、なんてことないよ！　ははは！」

豪快に笑い飛ばし、シートに包んだ土を全員で運ぶ。「魔法袋を使おうか」と尋ねる暇もなかった。シウは女性たちの後を追い、畑の予定地に戻った。

そこでシートを広げて腐葉土を観察する。

「これを混ぜるのかい？　なんだか変な虫もいるよ」

「それが良いんだ。ミミズは土を豊かにしてくれるから、そのまま置いといて」

「へぇ！」

「ところで水を通したいんだけど、川からの引き込み用に溝を作ってもいい？」

敬語はもう使っていない。彼女たちも使わないし、慣れないから止めてほしいとも言われたからだ。シウも彼女たちに合わせる方がいい。

「いいよ」

「何か気を付けることがあれば教えてほしいんだけど」

「特にないよ。でもさ、水なんて引かなくても、水の魔法でパパッとやっちゃいけないのかい？」

「うーん。水属性は誰もが持っている魔法？　それに魔力は枯渇しない？」

シウが問うと、ウェールが腕を組んで考える。

「そう言われると誰も持っていないね。枯渇もよくあるよ。魔獣狩りに行くとついつい張り切っちゃうんだ～」

シウが詳しく話を聞くと、彼等は男女関係なしに魔法も体力もガンガン使うのだとか。とにかく豪快だ。それに女性であろうと狩りに行く。男女で仕事を振り分けてはいるが、狩りを好む女性だっている。そこは自由にしてもいいらしい。

「だったら整備しておこうか。もし、里に弱者だけが残るような事態に陥ったら困るでしょう？　その人たちだけで生き抜かなきゃならないんだ」

「う、うん。そりゃ、そうだね」

というわけで、早速作業を始める。女性たちはシウの後を追うように付いてきた。

「あんた、本当にすごいねぇ。それに魔力量も多そうだ」

「あー、いえ」

「何言ってんだい。すごいからこそ、こんな山奥まで来られたんだよ。あのガルエラドと一緒にだよ？」

　しみじみとウェールが語る。その横でシウは溝を掘り続けた。魔法を使うので疲れはない。女性たちは溝を覗き込みながら「器用な魔法だ」「側面や底を固めるのか」と見学している。

「えっと、僕は魔力が二〇しかないんだ。それでも無駄を省けば案外使えるものだよ」

「たったそれだけ？　人族ってそんなに少ないのかい！」

「違うよ、アエスタース。たったそれだけで、こんな大技を使えるってことだよ。あたしらは、その何倍も魔力があるってのにね。この溝掘りの作業なんて、あたしがやったら絶対に魔力切れを起こすよ。計算してみなって」

「あ、そうか。ウェール、あんた賢いね」

「まあね！」

　アエスタースという女性は自警団員だ。戦士と似た職種である。どうも、脳筋と呼ばれる系統の人が就くようだ。このタイプの人は前向きで明るい人が多い。彼女も底抜けに明るかった。気《き》っ風《ぷ》もいい。

「あんたも賢いよね！」

　豪快に笑ってシウの背中をバンッと叩く。衝撃で前のめりになった体が溝に落ちかけるが、それを引っ張って助けてくれたのもアエスタースだった。

シウたちが畑造りに精を出している間、アウレアとブランカは土をほじって虫を探す遊びに夢中だった。クロは虫ではなく綺麗《きれい》な石を探しているようだ。一心不乱に突いている。鳥型《とりがた》希少獣《きしょうじゅう》に人間のような表情筋はないけれど、その仕草で楽しんでいるのは分かる。

　フェレスは川遊びをしていたが、シウが溝を作った途端に「楽しそう」とやってきて匍《ほ》匐前進《ふくぜんしん》を始めた。猫型《ねこがた》騎獣《きじゅう》だけあって狭い場所が好きなのは分かるが、まだ土を固める前の状態だから全身が泥だらけになった。

「水を流すよ～？　フェレス、退《ど》かないの？　どうなっても知らないからね」

　苦笑で注意するも、本獣は「にゃ！」と気楽な返事だ。

　シウは「まあ、大丈夫か」と、取水口に取り付けていた遮水板を抜いた。勢いよく流れてくる水に、フェレスは「にゃ、がぼ、にゃぐ！」と嬉しそうだ。幼児や幼獣二頭よりも遊びに夢中である。

　このフェレスの楽しげな声に気付いたブランカが、耳と尻尾をピンと立てた。アウレアと顔を見合わせるや、一人と一頭が同時に溝へ駆け寄る。

　シウが「危ないかな」と構えたところで、フェレスが先に溝から飛び出した。そして自分の大きな体を使い、アウレアが溝に落ちないよう押し戻す。ブランカは首を噛まれて捕獲され、宙ぶらりんとなった。

「みぁっ！」

溝に入れないことへの抗議で鳴くも、フェレスはブランカを放さなかった。

アウレアはフェレスに抱き着いて嬉しそうだ。泥だらけのフェレスと同じ姿になったことが面白かったのかもしれない。


畑や水路の次は温室《ハウス》を作った。本格的なガラスを使った建物ではなく、簡易な方のビニールハウスである。その方が何かあった際の修理が楽だからだ。慣れれば自由に設置もしてもらえる。スライム製のビニールも安価で手に入れやすい。もちろんロール状になったビニールを置いていくので、しばらくは買う必要もないだろう。

その他にも農機具などを置いておける倉庫を建てた。アエスタース以外にも自警団長のノックスが見に来て「ついでだから」と手伝ってくれる。ロール状のビニールはここに置く。


農機具の手入れや温室で使う支柱といった器具類の管理は、鍛冶《かじ》を一手に引き受けているノウスに任せた。ガルエラドの父親だ。必要な材料は火山近くの鉱山で取ってくるらしい。街まで行くよりは早いし気楽だと笑う。それほどに買い出しは大変なのだろう。

とはいえ、一人で鍛冶を担うのは大変なはずだ。シウは気になったので聞いてみた。

「精錬作業はどうしていますか？　一人でやるには厳しいと思うのですが」

「そういった時は誰かを呼ぶさ。そのへんを歩く誰かを捕まえればいい。昔、街の鍛冶屋で世話になったことがあるんだ。怪我をして動けなくなったところを助けてもらったのさ。

気の良い男だが偏屈でもあった。だから一人で鍛冶屋をやっていたんだ。その知識を学んできた。だからまあ、なんとかなっているよ」

彼のように里で仕事をする男性もいる。男性だからといって全員が外の作業を担うわけではない。女性と同じだ。中の仕事がしたければそれでいい。

もっとも、里の中で仕事をしている男性のほとんどは、年齢や怪我といった問題を抱えている。男性は基本的には戦士になるらしい。竜人族の言う戦士とは魔獣を狩る者のことだ。外に出れば他にも戦いはあるだろう。たとえばゲハイムニスドルフを執拗《しつよう》に狙うアポストルスを排除する、などだ。

ともあれ、それぞれにできる仕事を割り振り、皆が助け合って生きている。怪我をしても不自由さを嘆くのではなく、まだできる仕事があると前向きに考えるらしい。ノウスも怪我の後遺症で前線には出られないが、今でも体は鍛えているという。筋肉や体力は鍛冶に必要だというのもあるし、里が魔獣に襲われた際に率先して戦うつもりだからだ。

何事に対しても前向きな彼等は、シウが持ち込んだ新しい仕事にも取り組んでくれた。

◇◆◇◆◇

夜になると、また宴会のような食事会が始まった。戦士らが見回りついでに狩ってきた獲物がメインだ。

獲物の解体は男性陣に任せ、シウは調理担当の女性たちと料理を作った。ウェールと話し合って、まずは皆の好みに合う食材を探そうと考えた。その結果で何を育てるか決める。といっても、蕎麦だけは決定している。厳しい土地でも育つ種類だ。主食にもなる蕎麦は外せない。

　試食として出す分はシウが作った。とにかく新食材を知ってほしいと全力を出す。その料理が大きなテーブルに並んだ。皆は最初、怖々とした様子で手を伸ばした。

「うん？　これはなんだ」

「麺かな？」

「こっちはパンだろう。街で見たから知っているぞ」

　最初から蕎麦粉だけで挑戦すると美味しさを実感し難いかもしれない。ガルエラドが良い例だ。それに作り慣れていないとボソボソした食感の料理になる。シウは今後を考え、蕎麦粉に小麦粉を混ぜてパンを焼いた。

　サンドイッチ用、丸パン、薄焼きにしてガレットにもする。麺にもした。麺の付けダレはあっさり醤油ベースより、こってり胡麻《ごま》ダレが食べやすいだろう。鴨出汁《かもだし》も作った。鴨肉も載せればご馳《ち》走《そう》感《かん》が出る。

「こりゃあ、面白い食感だ！」

「肉がより美味しく感じられるぞ。この肉もまた美味い」

　鴨も喜ばれたが、一番人気は唐揚げだった。

若い男性らの声に、ウェールが素材が何であるかを説明した。

「それ、コカトリスよ。シウたちが道中で狩ったんですって。シウがメインでよ？　すごいわよね。それを分けてもらったの」

「あれを狩ったのか！　石化しないで狩れるなんて、一流戦士じゃないか」

「なぁ、ウェール。こっちの、これはなんだ？」

「コカトリスの卵で作った『オムライス』という料理なんだって」

　実は米も育てられるのではないかと思い、シウは種籾《たねもみ》を持ってきていた。たとえ無理だったとしても、この里の仕入れ先はシャイターンの街が多いと聞く。シャイターンは米の生産が盛んなため、仕入れるのは簡単だ。小麦の方が馴染《なじ》みはあるだろうが、米は腹持ちが良い。何より、仕入れが順調にいくとは限らないため、複数の主食を食べられるようになるのは良いことだ。

　しかし、シウの思惑は一人の発言で吹き飛んだ。

「卵だって？　子供が生まれた時でもないぐらいのご馳走じゃないか！」

　その台詞《せりふ》で、大勢がオムライスに殺到した。全員に行き渡らせられるよう、小さなお椀《わん》サイズで用意していた皿があっという間に消える。

「中に入っているのは米か？　昔、シャイターンで食べたな」

「俺も旅の間に何度か食べたよ。懐かしいなぁ」

「だが、味が違うと思わないか？　こっちの方が美味しく感じるぞ」

「そりゃそうよ、シウは料理上手なんだからね？　味付けもちゃんとしてるの」

誰かの疑問に答えたのはウェールだった。シウが調理するのを一番近くで見ていたのが彼女だ。

「それより、意見をしっかり言ってよね。皆の舌に合った料理を教わる予定なんだから。何も言わないならダメだったってことで覚えないよ。分かってる？」

「おお、そうか。ウェール、お前が覚えてくれるなら助かるぜ」

「お前、料理の腕だけはいいもんな」

「なんだって？　それはどういう意味よ！」

喧嘩腰《けんかごし》に聞こえるが、ただの軽口だ。皆が楽しそうに語り合う。

これを見ると、ガルエラドの無口で無表情なところは彼本来の性格だということが分かる。では彼の家族はどうだろう。シウはチラリとノウスを見た。柔らかい物腰は昼に会った時と同じだ。皆に向ける視線も優しい。ガルエラドの母親と姉も楽しげに笑う。《鑑定》してみたところ、二人は「女竜戦士」という職業であった。ガルエラドは家族と似ていないようだと思ったが、どうやら「そっくり」らしい。シウは笑顔になった。


食事会が落ち着いてきた頃、ガルエラドとその家族がシウのところへやってきた。長老のソヌスも一緒だ。

「改めて礼を言わせてほしい。竜の大繁殖を抑えてくれたばかりか、ガルエラドを何度も助けてくれたそうだね。本当にありがとう」

「あ、それはもう――」

すでにソヌスから感謝の言葉をもらっている。シウは慌てて手を振った。

しかし、家族のみならず、ソヌスもまた頭を下げる。

「以前より竜の大繁殖期に備えてはいたが、予期せぬ事態が続いてしまった。そのせいで人手が足りず、ガルエラドには大きな負担を強いた。一人では請け負いきれない仕事量であったろうと思う。それが原因で失敗も有り得た。そうなれば多くの人々に被害が出たであろう。本当に、本当に助かったのだ」

もう随分前のように感じるが、シウは竜の大繁殖期にかち合ったことがある。ちょうど魔獣スタンピードが起こった時だ。その時のシウはロワルの魔法学校が主催する合宿中だった。火竜が現れて大変な騒ぎとなった。この火竜を、シウとフェレスは少し離れたロワイエ山にある火口まで誘導した。そしてガルエラドに連絡し、間引きに勤《いそ》しんだ。

他にもガルエラドと共に地底竜の様子を見に行ったこともある。砂漠竜の討伐にも手を貸した、と言えるだろうか。ただ、シウにも旨味はあった。竜の素材は貴重だ。それなのに多くを譲ってもらった。何よりも。

「たまたま近くにいたからです。誰だって、目の前で災いが起こったらなんとかしようとするでしょう。自分にできることなら尚更」

「それが、できる者ばかりではないのだよ」

ソヌスが苦い顔で言う。シウがガルエラドに視線を向けると、眉尻を下げた表情が返ってくる。ノウスやガルエラドの母クレプスクルム、姉アプリーリスは苦笑いだ。少し悲しげにも見える。

シウは首を傾げた。

「……僕は前々から不思議に思っていたのですが、竜人族の方々がやっていることは誰にでもできるようなことではありません。こうした言い方は良くないのかもしれませんが、どこかの誰かに被害が出ても竜人族には関係がないと思うのです。人族と特に仲が良いというわけでもない」

人族との間に約定があるとも聞いてない。そんな役目を負う必要があるのだろうか。シウの疑問に対し、ソヌスは重々しく頷いた。そして、ゆっくりと首を振る。

「古代竜の血を引く我等は、それに次ぐ立場であろうと思う。たとえばだ。王が王たる使命を果たさずして王と名乗れるものだろうか。我等は古代竜の血を引く者として従える竜どもを安定させねばならぬ。それにな、人族と相容《あいい》れない部分はあれど憎んでいるわけではない。かつては手を取り合い共に仲良く暮らした時代もあった。その末裔《まつえい》を、見殺しにしようとは思えぬのだ」

そこで言葉を区切り、ソヌスはシウを見つめた。

「むろん、王のように振る舞うつもりはない。我等は我等のできることをしているだけだ。そなたと同じよ。そう、ガルエラドからゲハイムニスドルフの話を聞いておるだろう。あの村の者とて同じこと。連綿と受け継ぐ歴史があるのだ。大昔の盟約であるというのに今もなお、守り続けている。この世界のためにな。ひいては、それが我等自身のためになる。巡り巡って還《かえ》ってくるものだ」

「そうでしたか。詮《せん》無《な》いことを申しました。若輩者《じゃくはいもの》の戯言《ざれごと》として、お許しいただけるといいのですが」

「構わぬよ。そなたは聡《さと》い。物事には理由があると考える。何故なのかを知りたいと思い、それを知ろうとする。知れば、飲み込むだけの強さもある。強いから聞けるのだよ」

「強い、でしょうか？」

「心がな。そなたは取捨選択のできる人間であろう？　線引きができる。自分にとっての正しさ、あるいは正義であろうか。その線を迷わずに引ける。それは強くなければできぬことよ」

　ソヌスの言いたいことが少し分かる気がした。

　シウは自分自身と家族であるフェレスたちを第一に考える。その上で余裕があれば人助けをするだろう。それも、自分の知る範囲の中でだけ動く。たとえば見も知らぬ誰かのために自身を犠牲にしようとは考えない。

　たまにシウを優しいと言う人がいる。だが、それは大間違いだ。

「僕は、さもしい人間です。恵まれた能力を、自分とその周りのためだけにしか使いません。それで良いのだと言ってくれた人もいるけれど、こうして偉大な方々の話を耳にすると悩むこともあります」

「我等には我等の思惑がある。そなたには関係のないところでな。そなたが悩む必要はどこにもない。何もかもに手出しできると考えるは愚か者よ。人が神になどなれようはずもない。もっとも、神はこのように些末《さまつ》な事には手出しせぬであろうがな」

シウは「そうですね」と頷いた。

神は人の生き死にを気にしない。手を出してしまえば、それはもう自由な命とは言えなくなる。神の使い、眷属《けんぞく》と呼ばれる存在になってしまう。シウの知る「神様」はそれを望まない。

幸不幸を含めた全ての自由こそが、神が人に与えた恩恵であり愛なのだ。

シウに自由であれと伝えた神様の、優しくも厳然とした気配を思い出す。好きなように生きればいいと背中を押してくれた神様だった。

「心が軽くなりました。ありがとうございます」

「いいや。我等こそ、我等の仕事を手伝ってくれて感謝しているのだ。ガルエラドのことも然り。何よりもアウレアが気がかりであった。久しぶりに顔を見たが、ふくふくとして良い顔色になっていた。本当に安心したのだよ」

「そうなの。以前と全く違っていて驚いたわ。とても元気になっていた」

「子供の生存率は低いから心配していたのよ」

クレプスクルムとアプリーリスが話に入る。前回、ガルエラドが里帰りした時は彼女たちがアウレアの面倒を見ていたようだ。

「今も里には幼児が一人しかいないの。だけど大人になるまで無事かどうかは……」

二人が沈痛な面持ちで語る。シウも眉を顰めた。

「そんなに状態が思わしくないのですか？　栄養状態が悪いのかな」

「そういえば、あなたは『栄養』についてウェールに説明していたわね」

クレプスクルムの話を聞いてアプリーリスが笑顔になった。

「あなたの作った料理、どれもとても美味しかったわ。それも栄養に関係あるの？」

「あります。だって、美味しければ食欲も湧きますしね。多くを摂取できる。アウレアは菜食のみでしたから工夫しないと偏ります。ガルも大変だったろうと思います。とはいえ、竜人族でも野菜の摂取は必要なはずなんですが」

シウが問えば、二人の女性は首を傾げつつ答えた。

「確かに、調子の悪い時には野草を食べるわね」

「狩りの間に齧《かじ》ってたわ」

ワイルドすぎる答えにシウは目を丸くした。ガルエラドが小さく笑っているのは「竜人族にありがちな話題」だからだろうか。シウは内心で呆《あき》れながら、提案した。

「その子供の栄養状態を僕に視させてください。もしかしたら食事療法で変わるかもしれません。とにかくもまずは確認したいです。その上で対策を考えましょう」

「ありがとう！」

「お願いします」

「有り難い。どうか見てやってください」

　ノウスも喜んで頭を下げる。彼等の子供ではないらしいのに、まるで我が子のことのように喜ぶ。これが竜人族なのだ。底なしの温厚篤実《おんこうとくじつ》ぶりである。


　話が一段落した後、ガルエラドはアウレアの食事の件を母と姉に追及された。そのあまりの手抜きっぷりに――女性二人はそう感じたらしく――ガルエラドは説教されてしまった。とはいえ、彼女たちも野菜を食べずに生きてきた。あまり強く言えない立場だと思うのだが、シウが止めるまでお説教は続いた。

　助け船を出すため、シウは「食事の調査を手伝ってほしい」とガルエラドに頼んだ。彼はこくこく頷き、母と姉から逃れた。

　その調査結果だが、蕎麦を含めたほとんどの料理が皆に受け入れられたようだった。満足度も高かったらしい。ウェールも詳しく聞いて回ってくれていたので、どういう味付けや食感が良かったのかも分かってきた。

　まずは肉食の彼等に合わせて濃い目の味付けにしたのが良かった。濃いといっても塩分を強くしたのではない。胡椒やハーブを使い、ソースで変化を付けるなどしてバリエーションを増やした。旨味成分もふんだんに取り込む。たとえば昆布、ネギ、鶏肉《とりにく》などだ。干した茸も使った。ネギ科は自生しているが、昆布を手に入れるのはシャイターンの街に行かねば難しい。しかし、軽い食材なので機会があれば手に入れてほしかった。鶏肉はコカトリスで代用が可能だ。骨はスープの出汁に使った。茸なら山にいくらでもある。

食感は噛み応えのあるものが好まれた。そのため、柔らかすぎるパンは物足りないようだった。女性はふわふわの柔らかいパンに喜んだけれど、男性は腹持ちが悪いと感じたそうだ。蕎麦も、里から出た経験のない人には合わなかったようだ。麺をすすって食べる、ができない。柔らかいのも慣れなかった。しかし、ガレットは食べやすいと人気があった。具材を好きなように挟めて、丸めて食べるというのが楽しかったようだ。小麦と混ぜた生地のもちもちとした食感も気に入られた。

蕎麦は育てやすくて栄養価もある。これと小麦も育てることで決定した。米も「食べ応えがある」と人気は高かったが、農業初心者の女性が手を着けるにはまだ早いと、先送りだ。ただ、味は覚えてもらった。いつかきっと米も育てられる時が来る。

そう思うと、シウは今から里の未来が楽しみだった。

He is wizard, but
social withdrawal?

第二章
竜人族の過去

He is wizard, but social withdrawal?

Chapter II

シウが子供の栄養状態を見てほしいと頼まれたのは昨日のことだ。彼女の名前はソノールス。里でただ一人の幼児である。赤子と呼んでもいいだろうか。とても小さい。彼女より上の子供もいるが、年は離れている。見た目は大人に近く、シウも彼等が子供だとは思っていなかった。

　子供の生存率が低いと聞いていたものの、その少なさを知ってシウは衝撃を受けた。

里全体で言えば青年の姿も少ない。年頃の女性はいるのに、だ。シウが不思議に思ってガルエラドに問うと、青年たちの多くが里を出て武者修行中なのだと教えてくれた。一部は先輩に付いて竜の生息地確認という仕事に就いている。交代制ではあるが、次代の長候補や補佐は残っているらしい。里を守る強者は外に出ないそうだ。

　そんな話を聞きながら、シウはガルエラドの案内で赤子のいる家に向かった。

　家に着くと、アプリーリスが赤子を抱いて待っていた。

「この子の母親は産褥熱《さんじょくねつ》で亡くなったの。元々体の弱い子だった。でも、頑張って産んだのよ。すごいでしょう？　だからね、皆で絶対に元気な子に育てようって決めたの。普段は自分たちでなんとかするのよ。でも今回だけはゲハイムニスドルフの村に頼み込んだわ。貰《もら》い乳《ちち》のために半年間住んでね。離乳食になったから里に戻ったのよ。そうしたら徐々に弱ってきて……。竜人族の子はこの時期が一番危険なの。これを乗り切ると育つのだけど」

屈《かが》んで見せてくれた赤子の顔色は悪い。アプリーリスの後ろには自警団長のノックスが立っていた。赤子の家族になるそうだ。家族と説明されたものの、彼は「我が子」とは呼ばなかった。歳《とし》の離れたきょうだいになるのだろうか。それにしては離れすぎている。

シウが考えたことに気付いたのか、ノックスが「ああ」と口を開いた。

「外の人間には分かり難《にく》いだろうが、ここでは人族のような『夫婦とその子供を一つの家族』とは考えない。大昔から続く氏家があり、それを『原初の偉大なる七人英雄家』と呼ぶ。その血筋を『家』と考えるんだ。人族の言い方では親戚になるのか」

「はい」

「といっても、親戚内に女手がないなど、困ったことがあれば各家の者が助けてくれる。アプリーリスも他家だが、交代で夜に来てくれるんだ。昼は我が家の者が見ている。ただ、年も年だから夜は休ませてやりたくてな」

ノックスは隻腕だ。赤子の世話をするにはやや不安があるのだろう。氏家の人数も少ないようだ。それを補うために各家から応援が来る。

シウはアプリーリスからソノールスを受け取った。念のため、親戚であるノックスに断ってからソノールスを《完全鑑定》する。

相変わらず、途轍《とてつ》もない量の情報がシウの頭の中に流れてくる。全部は視《み》ていられないから、必要だと思われる箇所だけを抜き取っていく。気を抜くと大量の情報で頭がいっぱいになるので、余所事《よそごと》を考えずに集中した。

そのせいで、つい口に出ていたようだ。

「えーと、名前がソノールス＝ノワ――」

言いかけたシウを、背後で見守っていたガルエラドが体を張って止めた。ドンッという衝撃に「おわっ」と変な声が出る。

どうやらガルエラドが抱き着いたらしいと気付いたが、何も言えない。口を手で塞がれているからだ。シウがむぐむぐと声にならない声を上げていると、ノックスが苦笑しながらガルエラドの腕を退《ど》けてくれた。

「それでは死んでしまうぞ。相変わらず加減を知らぬ男だ」

「そうよ、彼の体が浮いていたわよ」

「む、そうだったか。すまない、シウ」

しょんぼり肩を落とすガルエラドに、シウはコホコホと咳《せき》をしながら首を振った。

「でも、びっくりしたわ。そっか、シウは里の規則を知らないのね」

まだ声の出ないシウに、アプリーリスが困ったような顔で笑った。

「さっき鑑定して彼女の二つ目の名を知ったのでしょう？　でもね、その名は口にしないでちょうだい。わたしたちの間では『真名』と言うの。番《つが》いの相手にしか教えない大事な名前よ。他に知っているのは親だけ。この子の場合は父親も死んでしまったから、あとは名付けた占術師《せんじゅつし》しか知らないわね」

「占術師？」

「ええ。食事会には出ていなかったわね。プルクラというのよ。確か、今年で二百五十歳だったかしら。わたしと同じぐらいの年齢に見えるから分からないかもしれないわね」

「えっ？」

「あ、これも知らないでしょうから教えてあげる。竜人族の中には稀《まれ》に強い個体が生まれるわ。女なら大抵は占術師になるんですって。今はプルクラ以外にいないから、わたしも聞いた話だけどね。強い個体は長命になるの。だからかしらね」

　竜人族が長寿だという話は聞いている。シウは思い出しながら口にした。

「普通は三百年ほどなんだよね？」

「そうね。強い個体はもっと生きるの。それぞれの強さによって寿命はまちまちらしいけれど。ガルエラドもそうなのよ。そしてね、強い個体は真名の他にも別に名があるの。姉のわたしでも知らないわ」

　どちらの名前にも意味が込められる。真名は我が子のために、二つ目の別名は長く生きる子供のために贈る言葉だ。

　シウは頷《うなず》いた。

「分かった。とにかく、ソノールスの真名は見なかったことにする、でいいかな？」

「そうね。もしくは将来彼女の夫になるか、よ」

「冗談にしても彼女に悪いよ」

「そうかしら。短い寿命の人族と燃え上がるような恋愛、というのも素敵な気がするのだけれど」

「アプリーリス、無神経なことを言うな」

「ガルエラドは細かいのよ。人族だって寿命の違いは分かっているわ」

姉弟《きょうだい》喧嘩《げんか》が始まってしまった。じゃれ合いのようなものだろう。シウは二人を無視し、ノックスに向き合った。ソノールスの鑑定結果を告げる。

「やっぱり栄養不足でした」

「そうか、やはりそうなのか」

「今までも、子供たちの成長に必要なミネラルといった栄養素が足りなかったのかもしれません。竜人族は肉食だと聞いていますが、肉は魔獣が多いですよね？」

「そうだが……」

シウの質問の意図が分からないノックスは、不思議そうに首を傾《かし》げた。

「魔獣の内臓はどうしていますか？」

「焼き捨てているよ。人の身では食べられないものが多い」

「魔獣の内臓は扱いが難しいですしね。騎獣《きじゅう》なら食べられるんだけど」

部位や魔獣によっては人族でも内臓は食べられる。が、好んでは食べない。他に使《つか》い途《みち》もある。たとえば薬の素材だ。あえて食べようとは思わないのが魔獣の内臓だった。

「普通の獣はほとんどいないのかな？」

「そうだな、熊ぐらいだろうか」

「肝臓を食べることは？」

「熊の肝臓なら戦士は食べる。が、新鮮なうちだけだ。狩りをする者の特権として、戦士しか食わんな」

「そうですか。あれは栄養が豊富なんですよね。女性も山に入れば栄養のある山菜を食べるそうです。おやつ代わりにと話していました。だけど、子供たちには回らなかった」

シウの言葉にノックスは項垂《うなだ》れた。もちろん、肝臓は新鮮でなければ食べられないものだし、腹を壊す場合があると知っているからこそ大人しか食べなかった。山菜もおやつ程度にしか採れなかったのではないか。群生していればともかく、森を歩く途中に採れる量は知れている。

そんな状況でも生き残れたのは、竜人族の体質にもよるのだろう。肉食に向いた種族だったから栄養が偏っても乗り越えられた。夭折《ようせつ》した子らには乗り越えるだけの余力がなかった。もしかしたら元々虚弱であったのかもしれない。いや、虚弱というよりは人族と同じ体質だったとも考えられる。

そして、この地は人族が暮らしていくには厳しい場所だ。

ウェールが合流し、シウは興味深い話を聞いた。彼女も長老たちから聞いたそうだ。

この里では大昔から、火山近くにある岩塩を採取して調理に使っていたという。嘘《うそ》か誠《まこと》か、具合が悪い時には直《じか》に舐《な》めたこともあるとか。そうすると力が漲《みなぎ》ったらしい。話

✦第二章✦
竜人族の過去

を聞いたシウは咄嗟《とっさ》に「大袈裟《おおげさ》な比喩《ひゆ》表現だ」と思ったが、案外本当にミネラルたっぷりの岩塩だったのかもしれない。

ところが、数百年ほど前に起こった竜の大繁殖期で岩塩山が消し飛んだ。竜が吹き飛ばしたのではない。近くに住処《すみか》を持つ古代竜が、自分の縄張りで暴れた竜たちに「怒った」ためだ。

元々、古代竜とは神のごとき存在である。竜人族にとってだけではない。昔から人間たちは古代竜の泰然《たいぜん》自若《じじゃく》とした姿に畏敬《いけい》の念を抱いていた。

その古代竜が怒り、竜を懲らしめた。竜人族はさぞや震え上がっただろう。そして、岩塩山の消滅に衝撃を受けた。彼等は自然災害として受け入れるしかなかった。

しかし、岩塩山の消失はその後の竜人族に影響した。ゆっくりとではあるが、人口が減っていったそうだ。当初は「古代竜の祟《たた》り」だと考えられていたらしい。竜の大繁殖期騒動を押さえ込めなかった竜人族への罰だと思い、粛々《しゅくしゅく》と受け入れていた。

最近になってようやく「もしや岩塩山の消失が人口減少に繋《つな》がっているのではないか」と考えるようになった。気付くのが遅かったのは、早々に別の場所で岩塩を見付けていたからだ。味は違っても塩は塩、同じものだと受け止めていた。

「その山の岩塩には豊富な栄養素が混じっていたんだね」

過酷な場所での生活が続けられたのも特別な岩塩のおかげだった。

残念ながら、今はない。できることから手を付けていく。

「まずは食事改革から始めよう。栄養豊富な岩塩がまだどこかにあればいいけれど、不確定要素に時間を掛けるよりも先にできる方法があるからね。もちろん、長年竜人族の体を作ってきた岩塩だから探すのはアリだと思う。僕らは食べられる食材探しや調理方法、必要な調味料の買い出しといったところに力を入れよう」

　ウェールが笑う。シウの力説が面白かったらしい。どうやら岩塩探しを夢物語だと思っているようだ。そういえば彼女には「コカトリスを飼いたい」とも話したが、その際に呆《あき》れられたのを思い出す。シウが大言壮語を言う人間だと思われたかもしれない。否定するには言葉ではなく行動で示そう。シウはやる気になった。


　昼になると、シウはソノールスのために角《つの》牛《うし》乳《にゅう》で作った野菜入りの離乳食を用意した。最初は初めての匂いにイヤイヤをして口を付けようとしなかったが、何度か唇に当てればパカッと開く。そこをすかさず押し込んだのはアプリーリスだ。少々強引なやり方にハラハラするシウだったが、ソノールスは飲み込んでくれた。

　念のため何度も《鑑定》を掛けてアレルギー症状が出ないかを確認する。初めて食べる素材ばかりだ。危険は排除したい。幸《さいわ》い、症状は出なかった。シウはホッとした。

　その後は差し出されるままに食べてくれ、皆も安堵《あんど》の表情だ。

「ここ最近、食べるのも億劫《おっくう》だったのに。すごいわ」

「ねぇ、良い匂いだよね。あたしも食べたい」

第二章
竜人族の過去

「ちょっと、ウェール。あんたは大人じゃないの。これはソノールス専用なのよ？」

「分かってるって。分かってる。だけどほら、今後を考えて、味見をね？」

諦めず要求するウェールに、アプリーリスは「余ったらね」と素っ気ない。

そんな二人を眺めながらシウは考えた。牛乳には栄養がある。角牛の乳ならば尚更《なおさら》お勧めしたいところだ。しかし、この地に連れてくる手段がない。それに繊細な角牛を竜人族が育てられるだろうか。

そもそも、山羊《やぎ》が飼えていたらゲハイムニスドルフに貰い乳を頼む必要もなかった。山羊は竜人族が近付くと怯《おび》えて騒ぎになるらしい。古代竜の血のせいだろうか。

ともあれ、家畜にするのならそれなりに強くなければならない。

「やっぱりコカトリスかな」

牛乳を諦めるにしても、他に栄養豊富な食材が欲しい。安定して手に入れられる食材だ。シウが考えたのはコカトリスだった。コカトリスの卵も鶏卵と同様に完全栄養食である。むしろ、栄養素は豊富だ。

ウェールはシウの独り言を聞いて苦笑した。

「そりゃ、コカトリスの肉は美味《おい》しかったけどね」

「だが、この里で育てられるだろうか？　嘴《くちばし》に触れると石化するのだぞ、シウ」

ガルエラドが心配そうだ。シウは「大丈夫」と笑顔で答えた。

「最初から触らずに済む方法で育てればいいんだよ。餌《えさ》の場所を決めておけば勝手に集まるだろうし、卵を産む場所も用意しておく。もちろん、ちゃんと石化を解消する薬も置いておけばいい」

「え、そんな薬があるの？」

「コカトリスの嘴があれば作れるんだ。里に来る途中でたくさん狩ったから、薬を作っておこうか」

「あんた、最高ね！　その薬、いっぱい作ってよ」

ウェールが喜んだ。薬さえあれば問題ないと思ったようだ。というより、石化はするものとして考えているらしい。ガルエラドは溜息《ためいき》を吐《つ》いて、ウェールに複雑な視線を向けた。

◇◆◇◆◇

シウは早速、コカトリスを狩りに行くと決めた。といっても、群れがいる場所は里から遠い。道中で狩ったコカトリスについても、皆には「すぐそこ」の感覚で説明したが、位置的には空白の地を挟んだ向こう側の山脈だ。普通なら何泊も掛かる距離である。それもあって、シウは一人で行くことにした。

ガルエラドには「転移で行く」と分かっていたらしく、同行したがる戦士たちの申し出を代わりに断ってくれた。善意を断るのは心苦しいが、転移については隠していたい。

中には、シウを一人だけで行かせることに難色を示す者もいた。シウの見た目は子供で、実際に未成年でもある。子供を大事に思う彼等にとって耐え難いのだろう。それに対してもガルエラドは説明してくれた。シウの方がずっと山に慣れているのだという風に。

　さすがに日帰りできるとまでは言えない。日帰りの距離にコカトリスがいないのは竜人族も知っているからだ。皆には泊まりで出てくると話した。

　その間、アウレアと共にクロとブランカの世話をガルエラドに頼んだ。二頭にはよくよく言い聞かせた。クロは神妙な様子で「きゅぃ」と鳴き、納得したようだ。ブランカは分かっていないようで「みぁぁ？」と首を傾げていた。シウがガルエラドを示せば、彼が遊んでくれると思ったらしく、喜んで駆け寄った。ホッとして、シウは慌ただしく里を出た。もちろんフェレスが一緒だ。

　前回コカトリスを見付けた岩場に《転移》で着くと、探知するまでもなく群れを発見した。彼等にとって岩場は過ごしやすい場所のようだ。そんな場所にシウとフェレスが現れた。獲物を見付けた彼等は当然のように襲ってくるが、シウには空間魔法がある。あっという間に捕まえた。生かしたまま空間内に閉じ込めておく。

　それを何度か繰り返した。シウが動く必要はなかった。一つの群れが消えても次の群れが流れ込んでくるからだ。山脈の麓《ふもと》にある岩場はよほど過ごしやすいらしい。場所を取り合っているのだろう。ともあれ、魔獣が増えすぎるのは良くない。特に竜人族が街へ行く場合の遠回りルートだ。ここで削っておこうと、シウは周辺の見回りも兼ねてコカトリス以外にも魔獣を狩った。多すぎるコカトリスも倒してしまう。

　落ち着くと、シウはどうしても行ってみたいと思った場所に《転移》した。西へ数百キロメートルの距離になるだろうか。過去に岩塩山があったという場所だ。

　転移した途端に風景が一変する。先ほどまでいた山とは全く違う。木々は鬱蒼《うつそう》と生い茂り、誰の手も入っていない。冒険者どころか竜人族も来ないようだ。

　シウが《全方位探索》を強化すると、火山方面に大きな存在を感じた。もしかしたら古代竜かもしれない。シウは気配を消して移動した。時折、地面に触れて鑑定魔法を掛けてみる。残念ながら過去にあったという岩塩山らしき名残《なごり》はどこにもない。

「まさか、地形が丸ごと入れ替わったのかな」

　有り得るかもしれない。以前、そんな遺跡を見た。地面が、まるで卵焼きをひっくり返したかのように入れ替わっていた。あの自然の驚異を古代竜が起こせる。

　シウは溜息ともつかない息を吐き、頭を振った。

「……これ以上、近付くのは止めようか」

　ガルエラドがいるならともかく、シウ単体で古代竜に見付かるとまずいかもしれない。

　シウはただの人間だ。竜人族の血は引いていない。何が気に障るか分からないのに、逃げる算段が付いていない状態で危険な真似《まね》はできない。

　シウはまた元の場所に戻った。

　しかし、時間が余る。まだ夕方にもならないのだ。魔法は便利だが、便利すぎて逆に持て余す時もある。

　ふと、不毛の大地に視線が向かった。

「こっちも行っちゃダメだと言われているし」

　直に鑑定魔法を掛けてみたいが――直接でなければ魔法の精度が悪くて詳細が分からないからだ――ガルエラドの口ぶりでは許してもらえそうにない。

　となると、あとは山脈側である。フェレスも山に入って生き生きしている。シウは狩りの続きを始めた。

　思い切り山を走り回った後は、久しぶりにシウとフェレスだけでの野営となった。土属性魔法を使って四阿《あずまや》を作り、内側にテントを張る。

「あ、小屋を出しても良かったんだ」

　ガルエラドがいると驚かれたり引かれたりして小屋を出せなかった。冒険者らしく、テントを張って旅を続けていた。今は誰の目もない。快適な小屋を出そうか迷ったものの、シウは「ま、いっか」とテントに入った。

　どのみち居心地《いごこち》は悪くない。テントの中には特製の布団を敷いてあるし、四阿自体は頑丈で結界も常時発動中だ。

「にゃにゃー」

　何より、フェレスがいる。彼は久しぶりに一人と一頭だけで過ごすと分かっているからか嬉《うれ》しそうだ。ゴロゴロと甘える姿にシウの顔も綻《ほころ》ぶ。その日は存分にブラッシングとマッサージをした。更に、フェレスが大きくなってからは滅多にしなくなった「一緒の布団で寝る」も楽しんだ。冬のモフモフは最高の抱き枕であった。

◇◆◇◆◇

翌日、シウは時間潰しと趣味を兼ねた薬草採取に勤《いそ》しんだ。魔獣狩りの時に目を付けていた穴場に《転移》して集めて回る。

昼になると帰り支度を始めた。生きたコカトリスを一匹ずつ縄で縛る。事前に選別は済ませてあった。飼うのだから、健康で元気な個体のみを残している。嘴には石化解消の薬を使ったカバーを作って嵌《は》めた。万が一を考えてだ。

「鑑定してみても問題なし」

もちろん、嘴のカバーは常に付けておくものではない。魔獣とはいえストレスになる。家畜として飼うのだから、そこは大事にすべきだ。もちろん、今のシウのように移動させる場合もあるだろう。危険を排除するためにもカバーはあった方がいい。

シウはまず、縛った状態のコカトリスをフェレスの騎乗帯に取り付けた。左右に四匹ずつだ。重力魔法を使って重さを軽減させる。後はバランスの問題だけだ。

フェレスには低空飛行で飛ぶよう指示し、様子を見た。コカトリスは縛られた上にカバーを付けられたことで暴れても無駄だと悟ったのか、おとなしかった。おかげでフェレスは安定して飛べている。これなら大丈夫だろう。

シウもフェレスに乗り、少し飛んでもらってから《転移》した。里の近くにある森にだ。もちろん《全方位探索》で周囲に竜人族がいないことは確認してある。

以降は、不自然に思われないよう気配を徐々に解放しながら進む。

途中で見回りの竜戦士と出会った。生きたコカトリスを八匹も連れているシウに驚き、それだけの実力があるから付き添いを断ったのだと分かってくれたようだった。

シウとフェレスが里に戻ったのは夕方頃だ。

夕方とはいえまだ明るく、シウはそのまま畑の近くにコカトリスの小屋を作った。周辺に頑丈な柵を張り巡らせる。柵の中で放し飼いにする予定だ。

小屋は寝心地《ねごこち》を考えて作った。彼等が普段住むのは岩場だ。地面があって岩に囲まれた狭い場所を好む。そのため、畑を作る際に出てきた石や岩を利用した。大きな岩を刳《く》り貫《ぬ》いたり石を繋げたり。地面もあって、一部には下草も敷く。

縄を解かれたコカトリスは柵内を走り回り、シウが近付けば襲ってこようとする。一日捕らえていた割には元気だった。

彼等は結界に阻まれてシウに近付けず、どうにも襲えないと分かると岩小屋に向かった。良い住処があると気付いたようだ。大きな体の雄が先に入って確認する。やがて残りの雌が入っていった。

コカトリスはハーレムを作るというから、シウは強そうな雄一匹と雌七匹を連れてきた。繁殖すれば肉が得られる。卵もだ。

竜人族にとってもコカトリスの卵は贅沢品《ぜいたくひん》になる。コカトリスを見に来た竜人族らはワクワクした様子で「楽しみだ」と顔を綻ばせた。

夜になると、シウは女性たちと共に料理を作った。

「昨日はシウがいなかったじゃない？　だから、いつもの肉料理を作ったのよ。それだけじゃ何だから、見様見真似《みようみまね》で山菜炒めも出したの。そしたら、皆がブーブー言うんだよ」

「量が少ないとか味が違うだとかね。あんまり煩《うるさ》いもんだから『肉ばっかり持って帰るんじゃないよ！』って言い返してやったのさ。ついでに『味の違いが分かるって言うなら、せめて誰が作ったのかぐらい判別できるような舌になりな』ってね。あいつら、シウが置いていった見本用の山菜炒めに気付かなかったんだよ。バカだねぇ」

ははは！　と豪快に笑う。竜人族の女性は強い。体も大きい。彼女たちと並んで調理をするにあたって、シウは踏み台を利用していた。それでも背後から覗《のぞ》き込《こ》まれる。

「ふーん、そこで塩を振るんだ？」

なるほどねぇ、と頷く。背後だけでなく右に左に女性ばかりだ。圧迫感がすごい。

「灰汁《あく》取りのためにね」

説明すると、女性たちはまた頷いた。

今回、シウはガルエラドに頼まれて食材の買い出しを担当している。竜人族が大量に食材を手に入れると目立つからだ。秘密の里に戻るのではないかと気付かれ、追われるかもしれない。竜人族に興味を持つ人間がシウ以外にだっているかもしれないのだ。目立たずに隠れていたい竜人族にとって、シウの買い出しは助かったようだ。

買い出しを担当したといっても「できれば頼みたい」程度で、つまり何を買うかはシウの裁量に任されていた。シウは考えた末、保存が利くだろう蕎麦《そば》や小麦、ジャガイモなどを持参している。新鮮な野菜は一昨日の調理で使い尽くした、と伝えてあった。本当は空間庫にまだまだ入っているが置いてはいけない。保存が難しいからだ。

とはいえ、新鮮な野菜も体には必要である。これから冬を迎える竜人族の里で野菜をどうやって得るのか。一緒に考えてほしいし、工夫することを覚えてもらいたかった。

シウは手を動かしながら、そんな話を続けた。

「新鮮な野菜ならではの栄養もあるんだ。冬でも山菜を探してみて」

「分かったよ。あ、熊の肝臓も栄養があるんだっけね？」

「うん。だけど、変なブツブツがあったら食べちゃダメ。あれは病気だから」

これは竜戦士なら知っているはずだが、もし女性だけで狩りに行くのだとしたら危険である。シウは必ず確認するよう念押しした。

「分かったよ。シウは明日、森に行くんだよね？」

「そのつもり」

竜人族の狩りを見せてもらう予定だ。彼等がヒュブリーデケングルという魔獣を狩ると聞いて興味を持った。

ヒュブリーデケングルはカンガルー型の魔獣だ。カンガルー型ということは腹に袋がある。この袋を加工すれば簡易魔法袋になるらしい。竜人族が外貨を稼ぐ良い素材となっている。ヒュブリーデケングルの毛皮も売れるため、群れを見付けたら必ず討伐するそうだ。

ところが、彼等はその簡易魔法袋を持っていない。せっかくの良い素材なのに全てを売ってしまうという。それはあまりに勿体《もったい》ない。幸い、生産魔法持ちがいれば加工はできる。シウは生産魔法のレベルが高いし、簡易魔法袋の上位となる魔法袋も作れる腕前だ。教えてあげられる。現場での作業もあるため、狩りには生産魔法持ちにも付いてきてもらう予定だ。

そうした話をしていると、ウェールがシウの手元を覗き込んだ。女性たちが入れ替わり立ち替わりやってくるが、彼女はリーダーとして必ず確認していた。

「へぇ、それが混ぜご飯ね。ねぇ、だけど、なんだかツンとするよ」

すると別の女性が顔を顰《しか》めた。

「それ、腐ってないかい？」

シウは首を振った。

「これは『酢』という調味料の一つでね。体にとても良いんだ。何より殺菌効果《さっきんこうか》がある。食中毒の対策に良いんだよ」

「しょくちゅうどく、ってなんだい？」

「んー、そうだね。たとえば、腐ってはいないのに何故《なぜ》かお腹を壊したって経験はないかな？　たぶん、暑い時や湿度の高い時だったと思うけど」

「ああ、あるね！」

見える範囲の女性たちが頷く。シウとしては「誰か一人ぐらいは経験があるだろう」程度だったのに、何人もが頷いたので不安になる。調理の仕方を見ていると、少々大雑把なタイプが多いようだ。衛生管理についても叩《たた》き込《こ》んだ方がいい気がしてきた。

まずは積極的に酢を広めようと考える。

「里ではベリーを使ってお酒を造るんだってね。それなら酢も作れるよ。料理の種類も増えるし、体にも良い。だから作ってみよう。ベリー酢なら、ここにあるものより甘くて香り高い。夏の暑い日に水で割って冷やして飲めば最高に美味しいよ」

「へぇ、そんな飲み物にもなるのかい！」

ウェールは素直に喜んだ。

シウがお酢を使って作っているのは山菜寿司《ずし》だった。それだけでも美味しいとは思うが、更に稲荷《いなり》寿司にする。薄揚げを甘辛く味付けして詰めていく作業はシウがやった。大豆加工は難しいし、彼等が好むかどうか分からない。ただ、こんな料理もあるのだと知ってほしかった。そのため両方を並べて置くつもりだ。

食事会が始まった。山菜寿司はシウが思った以上に気に入ってもらえたようだ。

ジャガイモ料理も人気があった。里では秋になると山芋を食べるという。シウが似たようなものだと説明したせいか、食べない人はいなかった。

油もそうだ。彼等はシウの勧めるままに受け入れた。普段の調理では獣の脂《あぶら》を使うというから、シウが「近くに油の木があるのに？　勿体ないよ」と言えば「じゃあ、それを使う」と答える。少し心配になる素直さだが、シウとしては獣の脂を使うより植物油の方が臭くないし体にも良いと思って、お勧めした。

ちなみに油の木とは文字通りの意味で、樹液が油になっている。当然、燃えやすい。自然に山火事が発生した場合に被害を拡大させるのが油の木だ。そのため森に住む人には嫌われていた。

竜人族も油の木を発見した場合は切り倒し、処分していたのだとか。

「確かに扱いは大変だけど、それでも勿体ないよ。オリーブオイルほどではないけれど、万能の油なんだ」

しかも複雑な加工が必要ない。絞《しぼ》ればいいだけだ。木属性の魔法があれば簡単に採取できる。油の劣化も遅い。作業の間は油特有のベタベタした気持ち悪さはあるが、それを補って余りある良さが油の木にはあった。

「ガラス瓶に入れておけば長期保存も可能だよ。あとで、ガラスの素になる砂を探してみるね。川の近くの地中から抽出しておく。それでガラスも作ろう」

「そんなことができるの？」

「土属性があるし、生産魔法のスキル持ちだからね。物づくりは得意なんだ」

「あんた、本当に便利な子だね。うちの子になんない？」

「うちの子って。ウェールさんは結婚しているの？」

独身だと聞いた気がして、シウは首を傾げた。ウェールは笑って首を振った。

「ううん。だからほら、氏家の子にならないかって話だよ。あ、でも、うちはマルティス家だからな〜。ガルエラドが怒るかも」

「ガルが？」

「そうだよ。あれ、知らないのかい？　ガルエラドはサートゥルニー家さ。他にソーリス、ルーナエ、メルクリイ、ヨウィス、ウェネリスって氏家がある。それぞれの家で肌の色や髪の色が違うんだよ。小さい頃は誰がどの家の子かが分からなくてね。見た目で覚えたものさ」

「なるほど」

シウも不思議に思っていたのだ。角が生えているという共通点はあるが、人々の肌の色がカラフルすぎた。髪の色も違っていて、血が混ざり合うと種類が増えるのだと勘違いしていたほどだ。ウェールによると、それは違うらしい。

「子供は必ず、どちらかの氏家の姿になるよ。新しい色にはならないね」

「ハイエルフの場合は見た目が混在するのにね」

「不思議だよねぇ。やっぱり種族が違うからかね？　ハイエルフと人族、それに竜人族もだけど、元になる種は全く違っていたのかもしれないよ」

精霊や古代竜から生まれた「人」と、何もないところから存在した「人」だろうか。

そうだとしても――。

「それなのに異種族同士で子供ができるんだね」

「そうだよね！　神様は面白いことをなさる。ははは！」

大笑いするウェールが楽しそうで、シウは「そういう話だったかな」という言葉を飲み込んだ。

◇◆◇◆◇

翌朝、シウは竜戦士だけでなく料理担当の女性たちも連れて森に入った。雰囲気はピクニックだ。楽しげに笑っている。笑っているが、全員が武装していた。女性であろうとも戦える種族だ。剣や短刀に弓と、それぞれの得物を身に付けている。

付き添う竜戦士たちは、やや緊張気味だった。若い女性たちを守らねばならないと思っているのだろう。

シウがピクニック気分だと感じる大半の理由はフェレスたちのせいかもしれない。

「たのしいね～」

とはアウレアで、その声に「にゃ！」と答えるのはフェレスだ。そしてブランカが、

「み゛ぁぁー」

と返事をした。彼女も楽しそうだ。足取りが軽い。

クロは、シウが常から「森の中では静かにね」と話していたためか黙っている。もっとも、彼の尾羽は楽しげに揺れていた。気持ちは隠せないようだった。


ガルエラドは先に進んでいる。先行の竜戦士と周辺の安全を確認している。

シウは最後尾を進みながら、皆に食べられる山菜を教えていた。薬草もだ。

「あれは咳止めの薬草、しかも食べられるよ。あっちにあるギザギザの葉は切り傷に効くんだ。刻んで出てきた汁を付けるといい。食べても問題ないけど少し苦みがある。天ぷらのような揚げ物にするといいね。あ、茸《きのこ》の見分けはできる？」

「茸ってのは毒だろ？」

「あー、うん。絶対に間違えない茸だけを教えるね。それ以外は食べちゃダメだから」

もう冬なので茸の姿はあまり見かけない。獣が食べてしまったのだろう。それでも残った茸を見付けたら選別していく。

そんな感じで道草を食っている間に、先行していた竜戦士から連絡が入った。連絡は竜声《りゅうせい》魔法だ。竜人族にのみ発現するスキルである。全員が持つわけではないというが、実際にこうして役立っている。

「おっ、ヒュブリーデケングルが見付かったってさ」

「シウ、急ごう。群れだって。やったね！」

女性陣が喜ぶのはヒュブリーデケングルの毛皮が欲しいからだ。肉は大して美味しくないが、毛皮は暖かいそうだ。冬の布団を新調できるかもと大騒ぎで駆け付ける。


現場では男性陣が早くも獲物を挙げていた。ナーデルハーゼという、体毛が針のようになっている兎型《うさぎがた》の魔獣だ。それに岩熊《いわくま》も倒れている。

肝心のヒュブリーデケングルはまだ倒せていない。群れで動くヒュブリーデケングルには迂闊《うかつ》に近付けないようだ。

倒せていなくて良かった。シウは急いで皆に告げた。

「胸にある魔核《まかく》を狙うのは禁止、狙うのは首で！」

少しでもズレると腹の袋に傷が付く。綺麗《きれい》な状態で解体したいため、首より上を狙ってもらいたい。竜戦士らは「お、おう」と戸惑いながら答えた。

「あんたたち、シウの言い付けを守ってよね。大事な大事な保存袋になるんだから！」

簡易魔法袋に入る量は物置程度しかない。その代わりに入れたものの時間の進みが遅くなる。薬物野菜でも長持ちするのだ。冷蔵庫よりずっと良い。冬になると少ない食材でやりくりしなければならず、干した果実しか食べない日もあるという。女性たちの目の色が変わるのは当然だ。

彼女たちは当然のように戦闘にも参加した。竜戦士もメインで戦う。シウが呆れるほどの戦力過多だ。あっという間にヒュブリーデケングルの群れが狩り尽くされた。

その後も魔法袋を持つシウとガルエラドを当てにした女性たちが、竜戦士の尻を叩いて魔獣を狩りまくった。フェレスもウキウキと参加する。

アウレアや幼獣二頭は女性の一人に任せ、シウは早速ヒュブリーデケングルの解体を始めた。横には生産魔法のスキルを持つディアログスがいる。彼によく見えるよう意識しながら解体と同時に説明していく。

「胸にある魔核の場所が、腹の袋に近いでしょう？　ほら、ここ。だから魔核を狙うのは禁止なんだ」

「できれば首を切るのも止めてほしいけどね。毛皮が汚れる」

「かなり近いな。それなら納得だ」

「ああ、それは確かに」

弓で頭を射るのが望ましい。しかし、ヒュブリーデケングルはカンガルー型というだけあって上下に激しく動く上、足も速かった。行動を予測し、小さな的《まと》を狙えるのはククールスのように腕が立つ者でないと難しい。

「加工は帰ってからやりましょう。袋自体の解体処理もここでは無理かな」

魔法が使えないからではない。張り切って魔獣を狩り続ける人たちがいるからだ。

三目熊を見付けた時の狂喜乱舞ぶりは離れていても聞こえてきた。他にも食べられる魔

第二章
竜人族の過去

獣を狩るたびに女性の喜ぶ声が届く。その一部が運ばれてくると、なんとなく解体せざるを得ない。見せびらかしにきただけだとは思うが、シウやガルエラドの持つ魔法袋の容量が彼等の想像より大きいと知られるのも困る。それならば、現地で解体して容量を減らした方がいい。

シウはヒュブリーデケングル以外の魔獣を解体し続けた。不要な部位は全て燃やし、荷を軽くする。その一連の流れを見たディアログスは目を丸くした。どうやら竜人族にはない繊細な魔法使用だったようだ。

夕方になると切り上げ、皆は意気揚々《いきようよう》と里に戻った。子供たちはガルエラドに任せ、料理は女性陣で作る。シウはディアログスとヒュブリーデケングルの解体だ。

解体が終われば簡易魔法袋の作り方を教える。とはいえ、シウも実際に作ったことはない。本で読んだだけだ。しかし、作れる自信はあった。

「グララケルタの加工は経験があります。同じようなものだと本に書いてあったし、問題ないでしょう。まずは素材の剥ぎ取りですね」

「分かった。それにしても細かいな。いつもはここを大きく切り取って街に持っていくんだ」

「その方法だと嵩張《かさば》るから運べる量も少ないでしょう？　それに剥ぎ取りからの時間が経ち過ぎて、街での下処理に時間がかかる。値付けが低かったのではないですか」

「いや、それでもいい値段になったんだ。小麦をこれぐらいかな、買えてた」

手で示す量を見て、シウは少し困った。

竜人族は男女関係なく大雑把な性格の人が多かった。倒した魔獣を見るとよく分かる。倒せればいい、という感じだ。売れる部位について考えていない。だから取れる素材が少なくなる。

しかも商売について疎い。せっかく高値で売れる素材も、これではダメだ。それをどう伝えればいいのか。シウが迷っていたら、顔色を見たディアログスが苦笑した。

「買い叩かれていたか」

「たぶん、そう思います。切り口が悪いと処理にも一手間かかりますし、そんな理由で値を下げられた可能性はありますね。とはいえ、かなり足元を見られているような気がします」

ディアログスが眉尻を下げる。しょんぼりした姿に、シウは慌てて笑顔を見せた。

「ここ、この線で切りましょう。これを裏返して引っ剥がせば大丈夫。ここまでをディアログスさん自身で加工して持っていくと、買取価格が跳ね上がります」

「そ、そうなのか？」

「はい。これに装飾はできませんしね。上から別の布や革を被せることになります。つまり、一番大事なのが内側となる腹袋の処理なんです」

ヒュブリーデケングルもグラケルタ同様に外側の加工ができない。染めや彫り、刺《し》繍《しゅう》をすると中身にまで影響する。最悪は魔法袋の機能が消えてしまうのだ。そのため、表地が別に必要となる。

逆に言えば、腹袋をきちんと処理していれば鞄《かばん》にするのは早い。表地を被せて貼り合わせるだけだからだ。

「裏側は木の枝で鞣《なめ》します。浄化し、次に『人が使える』よう加工していきます」

まずは入り口をこじ開ける。そして中身を一度取り出してから裏返す。この作業は生産魔法持ちか空間魔法持ちでないとできない。

腹袋の中にはヒュブリーデケングルの保存食や食べかす、あるいは子が入っている。親が死んだ時点で子も死ぬが、何が入っているか分からないため作業は慎重に行う。それからガタガタの皮を鞣し、浄化魔法で全てを綺麗にする。もう一度裏返せば、中の処理は終わりだ。

さほど時間は掛からない。シウの作業を見ていたディアログスは唖然《あぜん》となった。

「こ、これだけ？」

「そうです。最後に人間用の保存袋として作り替えます。生産魔法持ちなら簡単にできます。術式はこんな感じですかね」

「……すまん、読めない」

「あ、そうか。これ、現代語でした。古代語なら大丈夫ですか？」

「古代語なら、なんとか」

竜人族には彼等専用の文字がある。ところが、その文字で術式は書かないという。ディアログスには学があるとガルエラドから聞いていた。そういう人は古代語で魔法を学ぶという。それなら、敢《あ》えて竜人族の文字で書く必要もない。それに。

「古代語にすると一気に文字数が減るのだな」

そう、簡単に済むのだ。シウが先ほど示した現代語による術式よりずっと少ない。

「古代語の方が文字としては完璧なんですよね」

「そうなのか？　ああ、なるほど、こういう意味になるのか。分かりやすい式だ」

彼のように古代語を覚え、街に出て勉強した経験のある竜人族は、魔術式を見ても理解ができる。しかし、大抵の竜人族は「大体なんとなく」で魔法を覚えていた。膨大な魔力があるからできることだ。人族からすれば羨ましい話だった。

その代わり、不必要に魔力を使う。それでも不発や被害が広がらないのは、イメージがしっかりしているからだろう。素直な性格だから攻撃対象もはっきりしている。だから余計なところに被害が及ばない。

なんだかんだで竜人族は上手《うま》く力を使いこなしている。

シウが考えているうちに、ディアログスが一つを仕上げた。

「よし、できた。これでどうだろう」

晴れ晴れとした顔でディアログスが笑顔になる。シウは受け取って確認した。

鞣し方は上手とは言い難いが、使用に問題はない。この辺りの細かい作業は慣れだ。これから幾つも作れば綺麗になっていく。

「良いと思います」

中身も零《こぼ》れない。出し入れもスムーズだった。これで縁《ふち》を強化すれば完璧だ。

「じゃあ、最後の仕上げですね。糸で補強しましょう」

「針と糸か……」

ディアログスは生産魔法持ちだが縫い物は苦手らしい。とはいえ、この作業も生産魔法持ちがやらないといけない。魔力を込めて縁を縫い、強化する。でないと中身が零れてしまうからだ。

シウの説明を聞いたディアログスは肩を落として縫い物を始めた。


夕食のメニューは採取したばかりの茸や山菜を使ったスープ、それから三目熊のステーキだ。ジャガイモは蒸《ふ》かして塩を振るだけ。しかし、それが案外美味しい。熱々のふかし芋を手に皆が食事を楽しんだ。

食後、小粒リンゴを使ったデザートを出してみた。森で見付けたものだ。採取した時もそうだったが、作っている最中も「それは酸っぱくて食べられたものじゃない」と皆に止められた。しかし「まあまあ、見ててよ」と、笑ってジャムにした。

あっという間にできたジャムを蕎麦粉《そばこ》で作ったガレットの上に乗せ、クルクルと巻けば出来上がり。クレープ風のデザートだ。

最初は不安そうだった女性たちも、匂いに釣られて集まった。そして躊躇《ためら》うことなく口にする。

「美味しい！　それに甘いわ」

男性たちもやってきて「あの酸っぱい実が？」と言いながらも、おそるおそる食べ始める。すぐに顔が綻んだ。

「酸っぱい味も残っているのに、爽やかだ。甘いせいか？」

と、高評価だった。男性陣がわいわい騒ぎながら食べているからか、普段は甘いものを食べないガルエラドまで口にする。シウもいきなり甘いジャムを皆に披露するつもりはない。食べ慣れない食材だ。だから甘さ控え目に作ってある。ガルエラドも一つ丸ごと食べられたようだった。

皆を眺めていると、ディアログスがやってきた。シウに何か聞きたいらしい。

「この甘いのは砂糖か？」

料理班には教えていたが男性には聞こえていなかったらしい。シウは頷いた。

「街で売られている砂糖とは別物なんだ。原料は甜菜《てんさい》で、寒い土地でも育つ優秀な野菜だよ。ここの畑にも植えてもらう予定」

「こんな土地でも作れるのか？」

「うん。街で使われる砂糖のほとんどはサトウキビを精製したものでね、温暖な地域でしか育たない。他にもサトウキビの代わりとなる甘味はあるけれど、寒い地域でも比較的簡単に育てられるのが甜菜なんだ」

「そうなのか」

新たな知識を得たと、ディアログスが頷く。そんな彼にガルエラドが話しかけた。

「ディアログスは甘味を知っているのか？」

「ああ。街に行った時に何度かな。最初は口の中がおかしくなった気がして気持ち悪いと思ったが、意外と慣れるものだ」

「そうなのか……」

「ガルエラドは食べなかったのか？」

「我も気持ち悪くてな。それきり口にしなかった。だが、少し反省している」

「何故だ？」

「アウルにもそれを強いたからだ。あの子には多くの苦労を掛けたが、中でも食べ物については本当に申し訳なかったと思っている」

よほど反省しているらしい。肩を落とすガルエラドを見て、ディアログスがその肩をポンと叩いて慰める。

ガルエラドは肉食、アウレアは菜食者だった。種族も違う。細かいところまで思い至らないのは仕方ない。甘味についても、ガルエラドは「気持ち悪い」と感じた。自分が気持ち悪いと思うものを大事な子に与えはしないだろう。

悪気のない失敗だ。取り返しの付かない失敗でもない。ならば挽回《ばんかい》できる。

シウは二人の背後に目を向けた。アウレアが「おいしー」と笑顔でガレットを頬張っている。そんなアウレアを女性たちが優しい表情で見守っていた。

◇◆◇◆◇

翌日、シウは村長補佐の家にいた。竜人族の文字を教えてもらうためだ。教師役の村長補佐ウェスペルは、若い頃にフェデラル国の学校に通った経験があるという。ソヌスいわく「里で一番の勉強家」らしい。頭も良いのだと紹介してくれた。

「よろしくお願いします」

シウが頭を下げると、ウェスペルは「うむ」と頷いた。

「礼儀正しい子だ。我は好きだ」

その口調がガルエラドに似ている。聞けば、ガルエラドもウェスペルの教えを受けたという。その影響を受けたのだろうか。佇《たたず》まいや口調がそっくりだ。

シウはずっと、竜人族というのは「ガルエラドのような人ばかりがいる」と思っていた。実際は違った。むしろガルエラドのような無口で無表情、生真面目《きまじめ》なタイプは少ない。その少数派にウェスペルが入っているようだ。

無表情、かつ半眼で話すものだから見た目は怖い。しかし、それはただひたすらに真剣な思いで話そうとするからだ。

「では、竜人族の文字が何故この形になったのかを説明しよう」

ウェスペルによると、竜人族の文字は古代語が元になっているという。古代帝国時代の終焉《しゅうえん》により、人々は物理的に隔絶された。しばらくして交流が再開したようだが、竜人族は彼等よりも長く閉じこもっていたようだ。交流がないままに時が流れ、文字も変遷《へんせん》した。そして独自の形へと変化していった。

とはいえ、竜人族の文字には古代語の名残がある。現在のロワイエ大陸に広まる文字は古代語とは完全に成り立ちが違った。口語として残ったものはあるが、書き文字は全く別物だ。生き残った人々は古代語をそのまま踏襲せず、新しく作った。

竜人族の文字は古代語の流れを汲《く》む。そのため、ディアログスのように古代語を覚える者もいた。似たような文字なら覚えやすい。

ただ、今の里の識字率は低いという。元々が戦闘民族だ。体を鍛えることには積極的だが、頭を鍛える方は苦手らしい。いまだにロワイエ大陸の共通語を覚えていない者もいるのだとか。

ガルエラドは旅の間に仕方なく覚えたと話していた。ただし、難しい文字は書けない。

皆が話す言葉はロワイエ大陸の共通語になる。多少の訛《なま》りはあるが話は通じた。どこかの段階で話し言葉だけが重なったようだ。竜人族が寄せたのだろう。もちろん独自の言葉はあるようだが、よく使われる言葉だけは共通語である。書き文字だけが違う。

何故、文字を変えなかったのか。それには理由があった。

彼等の一族に伝わる「大事な秘密」を守るためだ。

竜人族はある物語を文字で後世に伝えた。

ウェスペルが写しを見せてくれる。それが教材だ。

その物語には、帝国が栄えるより前のことから、そして滅んだ時のことまでが書かれていた。


――昔々、世界には多種多様な種族がいた。彼等は常に争っていた。

大きな竜は小さき者らの様子を眺めた。大きな竜には彼等が何をしているのか分からなかった。同族同士で争うことに意味を見いだせなかったのだ。

ある日、人族の娘が一人でやってきた。大きな竜に「わたしが生贄《いけにえ》となります。その対価として皆の争いを止めてほしいのです」と頼んだ。

大きな竜も生あるものとして当然ながら食事はする。しかし、人を食べたことはない。

大きな竜は考え、興味もあって娘の話を受け入れた。

それは複雑な味だった。美味しいような気もしたが何かが違う。

大昔、善も悪も分からない幼い頃、大きな竜は神に叱られた。同族と喧嘩をした際に、相手の尻尾《しっぽ》を噛《か》み千切《ちぎ》って飲み込んだからだ。

そう、まるで同族を食べた時のようだと、大きな竜は気付いた。

まさか人族は我等と同じような種族なのだろうか。考えたが分からない。

答えの出ない問題よりも先に、大きな竜は契約を果たすべきだと飛び立った。争いに終止符を打ったため、小さき者らが住む街に降り立つ。人々は慌てふためき、逃げ惑った。

やがて、争っていた者同士が手を携え、大きな竜に向かってきた。石や槍《やり》を投げるのだ。竜にとっては微風ほどの感覚だ。しかし、憎しみの心が向けられていることに悲しみを覚えた。

　契約を果たしに来たが、この仕打ちは想像していなかった。大きな竜は落胆した。それでも争いは止まったのだ。娘の望みも叶《かな》えられた。

　大きな竜は元の住処へと戻った。人々は竜に勝ったと騒いだ。


　しばらくして、人族が竜の住処にやってきた。

　彼等は大きな竜が気持ち良く寝ているところに礫《つぶて》を投げてくる。鬱陶しいと、炎を吐いて尻尾を振り回した。たちまち、人族は消え去った。

　今度は娘がやってきた。また一人でやってきた。以前の娘とはもちろん違う。しかし、彼女は大きな竜に衝撃を与えた。

　娘は言った。

「わたしが生贄となります。ですから、どうか人を殺すのはおやめください」

　竜は答えた。人は美味しくない。気分が悪くなる。だから食べない。また、眠りを妨《さまた》げに来る者を排除して何が悪いのかと。

娘は言った。

「わたしが一族の者らに、あなたの眠りを妨げないようにと言い聞かせましょう。ですから、どうかお願いします。我が一族の者を殺さないでください。その代わり、わたしの一生を捧《ささ》げると約束いたします」

大きな竜は考えた。人の一生は短い。その間なら、娘の願いを聞いても問題あるまい。だから娘の約束を受け入れた。何より、大きな竜はもう人を食べたくなかった。

娘は生涯を大きな竜の下で過ごした。そうすると会話も生まれる。大きな竜は人の考えを学んだ。

やがて大きな竜は、人を食べた時の嫌な気持ちが何であるかを察した。それは、自分と同じように考えられる、高度な思考を持つ生き物を食べたからに他ならない。

もちろん、獣だとて意思はある。楽しい苦しい痛い辛いという感情も。

しかし、竜と対等に話せる獣がいるだろうか。人の中にはいた。大きな竜は驚き、そして喜んだ。

そう、心の底から喜んだ。

大きな竜は初めて自分が孤独だったのだと気付いた。

仲間は遠くに散らばり、滅多に会わない。番うこともないから人のような「家族」もいなかった。いつもひとりだ。神の僕《しもべ》として、ただ世界を見ていた。

ただ、見ているだけだった。

それが竜の仕事だからだ。

大きな竜は世界と関わりたいと願った。

竜の眠りを守るという一族とは、いつしか長い付き合いができていた。

その中に、熱心に大きな竜の世話をする娘がいた。

大きな竜が最初に食べた、あの娘に似ていた。

大きな竜は娘と同じ形になってみたいと願った。自分ならそれが可能だということも分かっていた。

人の形を得た大きな竜は、娘との間に子を生した。

大きな竜は神の僕としての仕事を放棄し、世界と関わった。

時は流れた。大きな竜は血脈を見守るだけの存在となった。世界は見ない。ただ、一族のみを見守った。愛した娘の子、そして、その子供たちが幸せであればと願った。

いつしか世界には人が増え、豊かになり、多くの種族が混ざり合った。

大きな竜の血族もまたあちこちに広がっていった。

世界は急速に発展しているようだった。

大きな竜は世界のあちこちに広がる血族を見守りながら、豊かな世界を微かに感じていた。

ある日のことだ。突然、世界が震えた。

最初の異変は、竜の下位になるワイバーンの騒ぎだ。繁殖期で我を失ったのだろう。いつものことだと大きな竜は思った。彼等は定期的に「大繁殖期」へと突入する。そうなれば、我を忘れて暴れるのだ。そのせいで大きな竜の大切な血脈たちが迷惑を被る。

人はちっぽけな存在で、ワイバーン如《ごと》きが暴れるだけで死んでしまう。

大きな竜は以前と同じように、我が眷属《けんぞく》の者どもよ静まれと、命じた。

しかし、彼等は聞き入れなかった。

何故、人を守るのだ。人は我等を使役し、殺して食べる。今の世界はおかしい。何故、人は自分たちが正しいと言い張り世界に君臨するのだ。この世界で一番強いのは竜なのに。

おかしい、おかしい、おかしい！

騒ぎはワイバーンだけに留《とど》まらなかった。あらゆる下位竜種が怒りを露《あらわ》にする。

そのうちに強大な魔獣が出現した。大きな竜はそれらを押さえ込もうと空を飛んだ。ところが、まるで油に囚《とら》われたかのように体が動かなくなった。翼を動かすとミシミシと音が鳴る。

気が付けば竜は墜落していた。

何故だ、どうしてだ。我はどうしたのだと身悶《みもだ》えた。

魔獣たちも同じであった。竜の眷属もだ。ただの獣たちも力尽きて倒れる。

大きな竜は、もしやこれは人族の魔法のせいかと考えた。

彼等は大きな竜ほどに魔法は使えないが、こねくり回す。協力し合い、巨大な力を振るった。大きな竜が気付かぬうちに魔法が発展したのだろうか。

しかし、大きな竜の力で視えたのは、多くの消えゆく人の命だった。


大きな竜には世界を見る役目があった。

それを放棄し、自身の血族のみを見続けた。異変はあったのだ。急速に発展する人の世界に違和感はあった。それでも血族が幸せならと、見逃していたのは大きな竜だ。

大きな竜は最後の力を振り絞り、血族に力を分け与えた。

可愛《かわい》い我が子たちよ。なんとしてでも生き残り、どうか竜の仕事を継いでほしい。

代わりに世界を見続けてほしいと、願いを遺した。


世界が崩れていくのを、大きな竜は動かない体で感じ取った。

世界が何故崩れたのか。大きな竜は最後まで分からなかった。

けれど、異変は確かにあったはずなのだ。次は間違えてはならない。

血族のためにも、彼等が幸せに長く生きられるよう、もう見逃してはならない。

やがて、大きな竜は死んだ。

その遺志と力を継いだ血族たちは世界が滅亡しかけるほどの災いを生き延びた。

この世を謳歌《おうか》した人族もまた生き延びた。その中には、大きな竜の血を引く者もいるだろう。なにしろ血族は世界に混ざり合った。


だから、大きな竜の血を色濃く引いた竜人族たちは彼の遺志を守っている。

彼等は大きな竜の死んだ地を望める場所に里を作った。どれだけ時が流れようと何も生まず、何も存在しない地を眺めるために。

その場所を原初の地《オリーゴロクス》と呼んだ。

竜人族は二度と大きな竜を悲しませず、その眠りを妨げないと誓った。

そして、世界を見守る役目を引き受けた。

これが大きな竜との最後に交わした盟約だった。

◇◆◇◆◇

物語にある「竜」とは古代竜のことだ。「血族」らは親しみを込めて「大きな竜」と呼んでいたのだろう。その証拠に、物語の中では飛竜に「竜」の名を使わず、ワイバーンと称している。

第二章
竜人族の過去

この物語にはシウが想像していた帝国滅亡の一端が描かれていた。

ここでも原因は分かっていないが、滅亡に至った影響は竜人族の祖である「大きな竜」も受けている。彼は理由も分からないまま亡くなった。

その大きな竜の亡くなった場所こそが、空白の地だ。

空白の地は、大きな竜が死んだ後に不毛の大地となった。それまでは恵み豊かな、楽園と呼ばれるほどの森だったそうだ。

竜人族は空白の地を常に確認できる場所に里を作った。見晴《みは》らし台《だい》もあるという。里から北に向かった場所で、竜戦士が交代で見守っているそうだ。

ウェスペルの説明を聞き、シウは覗きに行かなくて良かったと胸を撫《な》で下《お》ろした。興味本位で墓標に立ち入るべきではない。

そこで、シウはふと思い付いたことを口にした。

「もしかして黒の森は、滅亡したオーガスタ帝国の都を中心に広がっているのではありませんか？」

ウェスペルがひどく驚いた顔でシウを見る。

「どこでそれを？」

「書物はもちろん、各遺跡の話、それに爺様《じいさま》の教えと狩人《かりうど》の里で聞いた昔語り。それらを重ねて考えてみたんです。ずっと、考えていた。そうじゃないかって」

ウェスペルは目を見開き、そしてゆっくりと瞬きした。

「そうだ。あの恐ろしい場所こそが、かつて栄耀栄華《えいようえいが》を誇ったオーガスタ帝国の帝都になる。実際に何が起こったのか、我等にも詳細は分かっていない。ただ、兆候《ちょうこう》はあった」

「だから今でも、竜人族は竜たちの動向を見張っているのですね。大繁殖期には調整を行い、そして『世界を見ている』」

見るとは、観察するということだ。兆候を見逃さないために。

はたして。

「その通り。我等は二度と過ちを犯すわけにはいかない。もう、同胞が死ぬのを黙って見ていたくはないのだよ。そこには人族も含まれている。なにしろ我等は元は人族だ。善き隣人である人族には生きていてほしい」

誼《よしみ》を通じた人族もいるだろう。里には住まず、分かれた竜人族も世界には散らばっているはずだ。原初の地《オリーゴロクス》に住む竜人族はその全部を守るつもりでいる。それが古代竜と交わした盟約だからだ。

シウは話題を少し変えた。

「他の、古代竜はどうなったのでしょうか」

「当時の混乱で力を失ったか、永い眠りに就いたと伝わっている。力を失った古代竜が、人族や魔族に倒されてしまったという話も漏れ聞いた。もっとも、それは若い個体であろう。古い個体は眠っていたとしても強い。人間ごときが倒せるものではない」

その後、随分経ってから古代竜の姿を時折見かけるようになったという。眠りから覚めたのか、あるいは。

「我等は古代竜が代替わりしたのではないかと考えている。以前と違うからだ。意思疎通を図ろうという様子がない。ただ、我等の存在が気にはなるのだろう。人族よりは接触する機会が多いように思う」

「古代竜の血脈だからでしょうか。物語によると、竜人族の祖である古代竜は自身の血脈を見分けたようですしね」

「そうかもしれぬ。しかし、ここまで薄まってしまってはどうだろうか」

物語は物語として、現実的な考えも持っているようだ。

そもそも古代竜とは何か。

呼び方は幾通りもある。アンティークィタスドラコ、あるいはドラゴン。人々が恐れ敬う偉大な生き物だ。神に近い存在として扱われる。その理由の一つに、彼等には親がいないとされるからだ。聖獣の王ポエニクスと同じである。彼等はある日ふとそこに生まれる存在だ。親が存在しない命の有《あ》り様《よう》は、神の奇跡のように感じられるのだろう。

聖獣も似ている。卵石《たまごいし》を産み落とす種族もあるが、ポエニクスのように自然界でそっと生まれ落ちる場合もあるのではないか、そう言われていた。だからこそ、人は「聖なる獣」と名付けたのだ。獣の姿を取ることから希少獣《きしょうじゅう》と呼ぶが、その中でも聖獣は区別されている。特にポエニクスは、同じ時代にふたつと存在しない。そのため至高の存在として崇《あが》められ、古代竜と同列に扱われた。

しかし、古代竜が聖獣よりも畏れられるのは、その圧倒的な強さにある。同じ世界に存在していられることが不思議なほど、彼等は他の生き物とは違う。竜人族が語り継いだ物語にもあった。「大きな竜」である古代竜は人を「ちっぽけ」だと思っている。まるで相手にもしていなかった。彼等にとって人とは、虫や獣と同じ「その他大勢の生き物」なのだ。

そんな古代竜でも、生まれたばかりの若い個体は物の道理が分からないという。思うままに暴れられたら大災害となるであろう。若くとも古代竜だ。頑強な肌に人の何十倍にも及ぶ大きな体、過去に誰も鑑定できなかったという膨大な魔力を持つ。

若い個体の無謀を止めるのは古い個体だ。大昔には神が直々に教え諭したというから、いつの時代も先輩が後輩を導くのだろう。人間も竜も関係ない。

そうして古代竜は世の理《ことわり》に通じていく。元来、彼等は人よりも上位の存在だ。やがては神に次ぐ存在として生きる。

だからこそシウは不思議だった。

「そんな彼等、いえ彼だけでしょうが、人の形を取ってまで子を成したというのが驚きです」

「たまさか、興味を引いたのであろうな。高位な存在は人型に転変できるというが、あれは『興味を持った存在の形を取れる』という意味であろうと思っているよ」

「ああ、なるほど」

第二章

竜人族の過去

「別の古代竜は馬と番って竜馬を生んだと言われている」

竜馬の始まりは古代竜らしい。確かに、飛竜や火竜は体を変えることができないのだから、古代竜が祖先だと考える方が自然だった。今の竜馬は血が薄れているとはいえ、ただの馬よりずっと強い。その竜馬の中から稀に強い個体が生まれる。卵石という形を取って生まれるのは騎獣ドラコエクウスだ。

ただ、どれも推論だ。実際がどうかは分からない。それでも偉大な古代竜のこと、有り得るかもしれない。では同じように人型へと体を変化させられる聖獣はどうか。シウは、またも思い付いた疑問を口にしていた。

「聖獣も人との間に子を成せるのでしょうか。古代竜よりは人に近い気がするけれど」

「ふむ。さて、どうであろうか」

ウェスペルも分からないようだ。竜人族は竜のことにだけ詳しいらしい。

シウは虚空を見つめた。シウが仲良くしている聖獣と言えばシュヴィークザームだ。彼は人族の女性に懸想するようなタイプではない。というより興味がない。

他にもカリンという聖獣がいる。彼は人族の女性にセクハラされていたのに、指摘されるまでその事実に気付いていなかった。そうした意味で興味を抱くことはないだろう。

そもそも番いを作る聖獣は少ないと聞く。聖獣以外の希少獣たちも生殖行動は淡泊らしい。番いができれば子を成す場合もあるが全て同族同士だ。それは聖獣も同じ。

何よりも、古代竜が別の種族と番ったことが「稀」なのだ。聖獣についてシウがあれこれ考えても仕方ない。

「すみません、聖獣の話は関係なかったですね。どうも、疑問を覚えると深く考えてしまう癖《くせ》があって」

「疑問をそのままにせず、考えようとする姿勢は大事だがね。我も聖獣の生態についてはよく分からぬ。答えられずに申し訳ない」

ウェスペルは苦笑で答えた。


古代竜は今でも存在する。残念ながら会おうと思って会えるものではない。竜人族ですら滅多に姿を見られないのだ。存在感が強いため会いに行くのは可能かもしれないが、その威圧感で近寄ることはできないだろう。

「あれほどの存在に『会ってみたい』と思うか。お主は肝が据わっているようだ。あるいは鈍感なのであろうか。不思議な子だ」

「いや、えーと。あはは」

良い言い方をしてくれたようだが、ウェスペルはシウを変わった子供だと思ったのではないだろうか。ガルエラドの友人として、その烙印《らくいん》を押されるのは遠慮したい。シウは正直に何故「古代竜に会いたい」のか、その理由を説明した。

「実は古代竜の鱗《うろこ》が欲しくて、それで会ってみたかったんです。もしかしたら抜け落ちた鱗が拾えるかもしれないですし。あ、鱗は薬の材料になるんです」

第二章

竜人族の過去

「鱗、だと？」

「はい。他の材料は全部揃《そろ》ったのに鱗だけが集められなくて」

「どういった薬なのか、教えてもらえるか？」

シウは笑顔で頷いた。

「スペキアーリスという、秘中の秘、最高峰の薬です」

時戻しの異名を持つ秘薬だ。

「……スペキアーリスとな。その言葉を、いや、薬の配合を何故お主が知っているのか」

「本に書いてありました。ここだけの、内緒の話にしてください。実はシーカー魔法学院の大図書館には稀覯本《きこうぼん》が多く保管されています」

禁書庫の奥にあった本だ。厳重に管理された中に置いてあった。それまでも、ロワルの王城にある禁書庫で似たような本は見付けていた。今思えば複写本だ。しかも手が加えられている。シーカー魔法学院の本が本物の、原書である。念のため鑑定魔法を用いて書かれた時代も判明した。何より中に書いてある薬の配合が当時の考えに沿っている。それに素材の効能を考えるなら内容に間違いはない。

「大昔の、偉大な魔法使いゾイマー＝アルバトロスが自ら書き記した本です。大賢者と呼ばれた彼の、人生の集大成とも言える秘薬の配合が山のように詰まっていました」

見付けた時は興奮した。現代では使わないような配合もあって、シウはワクワクしながら読《よ》み耽《ふけ》ったのを思い出す。

するとウェスペルが薄目になった。笑っているような、それでいて呆れているような表情にも見える。

「ふむ。それは、我等竜人族の秘薬であるぞ」

「えっ、そうなんですか？」

「考えてもみよ。古代竜の鱗をどうやって手に入れるのだ。我等しか手に入る術はなかったと思うが」

「あ、そうか」

「ゾイマーという名に覚えはないが、大賢者が教えを乞いに里へやってきたという話は昔語りにもあった。当時、竜人族が随分と世話になったようでな。あるいは秘薬について教えたのかもしれぬな」

「秘薬なのに、ですか？」

「それよの。どうだろう、その配合とやらを教えてもらえぬか」

「あ、はい」

頷いたシウを、ウェスペルはまた不思議な表情で見つめた。


時戻しに必要な材料と、その使い方はこうだ。

「ポエニクスの毛、ドラゴンの鱗、一《ひと》冬《ふゆ》草《そう》、竜の肝臓、黒《くろ》茸《たけ》、白《しろ》粒《つぶ》茸《たけ》、大《おお》型《がた》火《ひ》蠍《さそり》の毒、聖水です。これを丁寧に混ぜ合わせ、時間停止の状態で留めておきます。使用する際は、空間魔法あるいは最上級の結界魔法で魔法陣を描き、その中に寝かせた対象者に飲ませます。飲めない場合は振りかけても可、だそうです」

「およそ、合っている」

「わあ、そうですか！」

シウは喜んだが、ウェスペルの顔色は少し悪かった。竜人族の秘薬が外部に漏れているわけだから当然かもしれない。ただ、これだけの材料を集められる人はそういない。シウだから集められたのだと思っている。

ウェスペルは頭を小さく振って、シウの説明を補完した。

「竜の肝臓はできるだけ上位のものが良い。できれば水竜、落ちても火竜までだ。更に聖水は、聖別魔法の持ち主が一晩かけて祈ったものか、アドリアナ国にあるヴィルゴーカルケルという神殿で守られた泉の水だ」

聖水はできれば後者が良いと言う。シウが持っているのは前者だ。第一級宮廷魔術師のオリヴィア＝ルワイエットという女性にもらった聖水である。彼女はキリクの知り合いだ。以前、とある事件の際に助けてもらった。その時に使用した聖水の残りを「捨てるのならください」といただいた。

オリヴィアもキリクもシウが空間魔法持ちだとは知らなかった。だから「興味本位で飲むだけだろう」と思って気軽に「どうぞ」と言ってくれたのだろう。が、シウは飲む振りで空間庫に保管した。

シウが正直に前者の聖水を持っていると話せば、ウェスペルは「ううむ」と唸《うな》った。

「それはそうと、お主はどこまで材料を手に入れているのだ？」

「鱗以外です」

「ああ、そういう話であったな。頭が混乱しているようだ。しかしそうか、そこまで集めているのか」

「ですが、聖水は泉の方じゃないですし、そうなると効き目が弱くなりますかね。今度、神殿に行ってみようかなあ」

目的があると旅路も楽しそうだ。

そんなシウに、ウェスペルは頭を小さく振って見せた。そして「長老と相談する」と、シウを家に置いて出ていってしまった。


シウもウェスペルの家を出た。庭で遊んでいたフェレスが飛んでくる。ようやく話が終わったのかと、嬉しそうだ。

「にゃ、にゃにゃ！」

フェレスによると「ここには宝物がいっぱいある」そうだ。シウに「教えてあげたい」とそわそわしている。彼の言う「宝物」は子供が好みそうなものばかりだった。大人とは違った視点で面白い。シウは笑ってフェレスの後を追った。

少し進めば庭の端に行き着く。森とも言えぬ小さな林が広がっていた。

そこにクロとアウレアの姿があった。シウが近付けば、クロがアウレアのズボンの裾を嘴で引っ張っているのが分かる。その先に視線をやればブランカの尻尾が見えた。草むらの中の、窪《くぼ》みに落ちているらしい。

どうやらブランカを助けようとしてアウレアが手を伸ばし、その不安定さに慌てたクロが止めようと頑張っているようだ。

その危うい状態を、シウが動く前にフェレスが助けた。急いで駆け付け、アウレアの前に体を滑らせる。自分の体を壁にしてアウレアを助けたのだ。その上で窪みに足を取られたブランカを咥《くわ》えて救出する。

フェレスはブランカをシウの前にぽとりと落とすと、

「にゃにゃ、にゃにゃにゃにゃ」

あぶないことしちゃだめ、と注意する。

お兄さんになった、偉いなと感心したシウだったが、褒める前に真実が判明した。

フェレスがブランカを叱った後に、とても良い笑顔で報告したのだ。

「にゃにゃにゃ、にゃにゃにゃにゃにゃー」

きれいないろのヘビのぬけがらがあったの、ここに！

彼が示した場所こそが小さな窪みだった。その横に、フェレスが退けた石がある。

そう、ブランカが落ちた窪みはフェレスが作ったものだった。ブランカは宝物を見付けた兄を羨ましく思って、覗き込んだのだろう。

　シウは、フェレスを先に褒めたらいいのか怒ればいいのか分からないまま、皆の泥んこ具合を見て曖昧《あいまい》に笑った。

◇◆◇◆◇

　翌朝、シウがウェールたちとパンを作っていたら、ソヌスとウェスペルがやってきた。ガルエラドも一緒だ。彼等の顔を見れば真面目な話があると分かる。シウはウェールに後を頼んだ。

「成形だけしておいてくれる？　種菌は大事だから保存に気を付けてね」

「分かった。成形は好きにやっていいんだよね？」

「うん。だけど、奇抜すぎると上手く焼けないからね。細長くしたり形を複雑にしたりすると焦げになる。太くてもダメだ。さっき説明したように無難な形から始めるといいよ」

「はーい！」

「いってらっしゃい。こっちは任せてね！」

　女性たちは楽しげにテーブルでの作業に戻った。

　シウが調理場から出ると、ソヌスが笑顔で出迎えてくれた。ウェスペルは苦笑いだ。彼は女性たちに視線を向けていた。

「普段は強い女たちだが、ああしていると人族の女のようにも見える。形が可愛いと騒ぎ、料理を楽しむ。細やかな心配りもあったのだと、この歳になって気付かされた」

竜人族は女性でも戦う。魔獣を追い払うのに男女は関係ない。そのためか、男性に負けず劣らず強いし、行動力もあった。大らかな気性も同じ。だから彼女たちに「細やかな部分がある」ということを今回の件で初めて知ったようだ。

ソヌスが目を細めた。

「料理の腕も上がってきているのだよ。それだけではない。そなたには畑のこと、コカトリスの捕獲など、数え切れないほどに助けられている」

「いえ」

「ガルエラドからもそなたの献身的な協力については聞いておる。せめて何か、そなたの益になる礼をと思っておった」

「この里に呼んでもらえたことがお礼だと思っています。そういう話でした。だから充分です。ありがとうございます」

「いや、それでは収まらん。収支が合わんのだよ」

そう言われても困る。シウは「はあ」と曖昧に答えた。

「とはいえ、里にさしたるものがないことは、そなたも分かっているのだろう。だから、そうして遠慮なさる」

返事のしようがなくて、シウは頭を掻《か》くことで誤魔化《ごまか》した。

実際、お礼と言われても欲しいと思えるものがない。欲しいと思えばシウはさっさと手に入れる。市場で買えるのなら市場で、なければ山に。そうして集めてきた。

時戻しに必要な素材もそうだ。欲しければ自分で集める。

手に入れられないものがあるのは分かっていた。触れてはいけないものも。シウにとって興味があるのは竜人族の角や竜尾だ。もちろん、触らせてほしいなどと言うつもりはない。彼等にとって大事な場所だと、もう知っている。それに「空白の地へ行きたい」と口にするのさえいけないことだと、分かっている。

そんなシウを見てソヌスは微笑《ほほえ》んだ。

「ウェスペルから聞いた。そなたは古代竜の鱗が欲しいとか」

「はい。もしも会えるなら会ってみたいと思っています。できれば、落ちた鱗がもらえないかと交渉したいですね」

「相変わらず、とんでもないことを考える」

ガルエラドが呆れ声で口を挟んだ。口調には親しみが込められていた。それが彼の母や姉に向けた時の気安さと似ていて、まるでシウも身内になったかのような気分だ。嬉しい気持ちが表情に出てしまう。

そんなニヤニヤ顔のシウに釣られたのか、ソヌスも微笑む。柔らかい表情のまま、彼はシウに問いかけた。

「ふむ。我等に要求しようとは考えなかったのかな？」

「え、あるんですか？　いえ、だとしても、欲しいだなんて言えません。古代竜の鱗には値が付けられないでしょうし、それ以前に、きっと大事にされているでしょうから」

　ガルエラドがシウの頭を撫でた。まるで弟にするような、あるいはアウレアに対するような、親しみの籠もった態度だ。シウが見上げれば、優しい瞳が見下ろしている。

　シウは気恥ずかしさを覚えて、話を少し変えた。

「あの、それより、火山のある方角から威圧のような強い気配を感じるんです。もしかして、あそこにいませんか」

　古代竜が住んでいるのか、たまたま腰を落ち着けているのか。ガルエラドはハッと息をのんだ。

「……やはり気付くか」

「実は、岩塩山の話を聞いてから火山の付近が気になって探知魔法を掛けたんだ。そこで強い気配を察知して、慌てて逃げて来たんだよね」

「コカトリスを狩りに行った時か」

　ガルエラドは溜息を漏らしただけでシウを叱ることはなかった。無事で良かったとばかりに肩を優しく叩く。

　シウはそこそこの威圧までなら耐えられる方だと思っているが、さすがに古代竜を相手に試す度胸はない。だから早々に逃げてきた。それで問題ないと思っていたが、ウェスペルはショックだったようだ。

「我等でも近くには行けないというに、よくぞまあ、平然と……。しかし、気を付けるのだよ。火山にいる古代竜は危険な個体でな。あれこそが岩塩山を吹き飛ばしたと言われているのだ」

「そうだったんですか。じゃあ、昔の岩塩の名残を探しに行くのはやめておいた方がいいですね」

あわよくば、鱗が落ちていれば拾おうと思っていたが、それは黙っておく。

そんなシウの考えを見透かしたのだろうか、ウェスペルが苦笑する。

「お主は意外にやんちゃなのだな」

「ウェスペル殿、シウはこのように無害な顔をしているが、突拍子もないことを始めるのだ。知識も豊富、魔法の使い方も人とは違う。そのせいだろうか、思うままに行動するところがあってな。何度も助けられたが、驚かされた方がもっと多かった」

ガルエラドが溜息交じりに答える。ソヌスがにやりと笑った。

「ほう。ガルエラドを驚かせるとは、なかなか」

笑いながら、ソヌスはシウとガルエラドを交互に見た。

「良い友人ができたのだな。ひよっこと思うておった青年が逞《たくま》しく育っておるわ。我等も安泰だ、のう、ウェスペルよ」

「そのようですな。キルクルスも育っております。そこにガルエラドが加われば、我が竜人族も以前の繁栄を取り戻せましょう」

彼等の言う繁栄とは子供を増やすことだ。食事の改革が上手くいけば女性だけでなく男性の体も整う。生まれてきた子が無事に育つ確率も高くなるのではないか。何より、食べることを楽しめる環境が大事だ。

「話が逸《そ》れてしまったが」

ソヌスがシウに向き直る。真剣な表情だ。金色の瞳が思慮深く、シウの心を覗き込もうとしている。事実、彼はシウを確かめていたのだろう。ふっと表情を改め、得心したかのような晴れ晴れとした表情で続けた。

「古代竜の鱗というのは、実は人間の毛髪と同じようなものでな」

「え？」

「人の髪の毛と同じよ。一定の期間で生え替わる。『抜けやすい』そうだ」

「はあ」

「気が付けばころりころりと落ちている。大昔はそれを拾って細工物を作っていたようだ。古代竜の鱗で作った細工物は、時に王侯貴族への貢物《みつぎもの》となった。それほどに高価なものとして、人族は扱っておったのだよ。だが、そもそもは髪の毛だ」

「はい」

「我等は祖を失った。以来、遺物として残しておきたいがゆえに散逸を許さず、里で大事に守り続けた。とはいえ、必要があれば使った。我等が使う分には問題なかろうとな」

「そう、我の小刀も竜の鱗からできている」

ガルエラドが見せてくれた。魔獣を捌《さば》く時にも使っている、見慣れた小刀だった。そこで初めてシウは《鑑定》した。

「あ！」

古代竜の鱗、と表示される。今まで全く気にもしていなかった小刀が古代竜の鱗でできていた。シウが驚いていると、ガルエラドが小刀を鞘《さや》に戻す。鞘はどこにでもあるような、ただの革でできていた。まさか古代竜の鱗が収まっているとは誰も思わないだろう。

「物が良いからであろう。こうした細工物は何百年と保つ。我の小刀もまた、祖父より受け継いだものだ。その祖父もまた先祖から受け継いできた」

欠けてしまったり壊れたり、あるいは生まれた子が多い年は受け継ぐものが足りなくなる。その場合は新しく作るそうだ。そう、竜人族の誰もが持てるようにする。

「もしかして鱗はまだまだ数があるってこと？」

「その通り」

ソヌスが微笑んだ。

「一枚やそこら、そなたに譲ったとしても些《いささ》かも動じないほどにな」

それは、シウに譲ってくれるという話であった。

対価を払うと言い張ったシウだが、ソヌスは譲らなかった。「これは礼物でもあり、また等価だ」と有無を言わせぬ態度だ。

ウェスペルはゾイマー＝アルバトロスの名を出した。彼にも渡したのだ、シウが受け取るのは当然だと引き合いに出す。比較対象が有名な大賢者であることに恐縮するが、そうまで言われては断れない。

遠慮する気持ちはあれど、目の前に鱗が現れると気持ちはそちらに向かった。シウは渡された鱗を手に、声を上げた。

「うわあ、綺麗な色ですね！」

彼等の祖である古代竜は蒼色《あおいろ》をしていたらしい。光に翳《かざ》すと青く透き通って見える。

「これを薬に使うの勿体ないな～」

両手で持って掲げているとフェレスがすっ飛んできた。涎《よだれ》を垂らさんばかりに鱗を見つめる。

「にゃー」

きれー、と言ったきり恍惚《こうこつ》として見ている。

「ダメ、これはあげられないんだ」

「にゃぁん」

甘えられたが、これは譲れない。シウが「ダメ」だと笑って逃げていたら、ウェスペルから提案《ていあん》があった。

「細工物を作る際に出てくる屑《くず》破片がある。我等はそれを飾りにも使うのだが、良ければ加工した小さな細工があるゆえ、お主らに譲ろう」

「それは有り難いですけど、良いのでしょうか」

「もちろんだとも。全員にな。貰えなかったら寂《さび》しかろう」

とは、フェレスの背後にいた小さな子たちに向けてだ。アウレアはもちろん、クロとブランカも口を開けて大きな鱗を見ている。皆、キラキラと輝く鱗に釘付《くぎづ》けだった。

結局、シウは首飾りに加工した細工物を四ついただいた。シウの分を含めてだ。アウレアはもう持っていたらしく「おそろいだねー」と嬉しそうだった。

更に、シウは綺麗な状態の鱗を三枚もいただいてしまった。

薬として使うには一枚で十分だ。失敗を含めたとしても一枚で出来上がる量は十人分ぐらいになる。そう言ったのだが「生産魔法を持っているのなら他にも加工したいだろう」と譲ってくれた。

受け渡しは里の宝物庫で行った。宝物庫ではあるが、見た目には簡素な倉庫だ。地下へ続く洞穴を利用している。彼等は中を隠すことなくシウに見せてくれた。鱗が所狭しと並び、奥には別個体の牙や歯が置いてある。他にも骨や皮が残されていた。全てが何かに使える。飾り物だけでなく武器としてもだ。

ただ、古代竜の鱗は頑丈で滅多に壊れない。細工物も代々の竜人族が受け継いでいくため、倉庫にある素材が減らないという。

頑丈ということは加工するのも大変だということだ。古代竜の鱗を加工できるのは生産魔法のレベルが高くないと無理である。そのため、レベルの高い者がいない間は素材たちも埋《う》もれたままになる。だからだろう、ソヌスがとんでもないことを言い出した。

「ああ、そこにあるものは持っていっても構わぬ。誰も使わぬのでな」

「え、いや、いいです」

「骨は、我等には使い道がないのだ。生産魔法のレベルが高かろうと、鍛冶《かじ》を主体にする者がほとんどおらぬでな。といって、集めぬわけにもいかぬ。我等が別の個体の骨や皮まで集めるのも、この地以外で保管すると魔獣を活性化させるからよ」

「そうなんですか？」

「骨になっても魔獣には旨味があるのだろうな」

魔獣にとっての旨味と言えば魔素だろうが、それは出ていない。シウが《鑑定》すると、鋼材のようなものだと判明した。それも貴重な素材だ。

「あー、ものすごく魔力を通しやすい素材になっています。ミスリルやヒヒイロカネよりもずっと高純度になるのかな。硬度もある。これは加工が大変そう」

「そうであろう？　過去には生産魔法の高レベル者もおったのだが、加工するには何もかもが足りないとぼやいていた。かといって、熱心に研究するほどでもない。竜人族の性《さが》ゆえか、魔法の勉強よりは体を使いたいのだ。そうなると、増えるばかりで減りはせん。骨は大きく、場所を取る。そなたならばと思うたのだが」

「……そういうことなら、えっと、いただきます」

「そうしてもらえると助かるよ。大がかりな結界を張らねばならないので、毎回大変であったのだ」

なるほど、とシウは頷いた。特殊な結界ならば張り直すのも大変だろう。

その横でガルエラドがソヌスに耳打ちした。

「シウの収納の大きさを他言しないよう頼みます」

口止めだ。ウェスペルにも視線で伝える。二人はガルエラドとシウに向かって頷いた。

「分かっておる。魔法袋、であろう？」

どうやら彼等にはシウが空間魔法持ちの高レベル者だとバレているようだ。大量に物が入る魔法袋を複数持っているのだからバレるのも当然だろうか。一つをガルエラドに渡したことも聞いているのだろう。その上で知らない振りをすると約束してくれた。

シウはその場で堂々と、彼等が不要とする骨や皮を空間庫に放り込んだ。

◇◆◇◆◇

素材の受け取りが終わると、シウは急いで調理場に戻った。急いで良かったと思う。女性たちが竈《かまど》の前で「もう焼いちゃう？」と言い出していたからだ。

シウは待たせたことを謝り、竈の火を調節してからパンを入れた。

パンは変な形も多かった。一応、シウの教えは心に残っていたようだが、形が面白い。

第二章

竜人族の過去

彼女たちなりに工夫したのだろう。アウレアもシウのところへ来るまではパンの成形をやっていたようだ。本人が「かわいい」と言う、岩熊（？）風のパンがあった。

シウは「この世界でも熊をデフォルメするのか」と思って竈に入れた。

ところが、出来上がったパンを見て、アウレアはこう言った。

「ふぇれだ～、かわいい～」

シウは「猫だったのか」と、内心で焦った。口にしなくて良かった。そして、シウと同じことを女性たちも考えていたようだ。皆で顔を見合わせて胸を撫で下ろした。

パンの好みは分かれた。

女性はハードなタイプのライ麦入り黒パンを好きになったようだ。ライ麦パンは味わい深く、噛めば噛むほど小麦の味を感じられる。じっくり味わいたい彼女たちに合っているのだろう。最初はふわふわの食感を楽しんでいたが、食べ慣れてくると味の方が気になるようになった。

反対に、男性は白くて柔らかいパンに慣れてきて、そればかりを選ぶ。彼等の意見を聞くと、甘めの小麦に幸せな心地を覚えるらしい。菓子パンが好きなのも男性の方だった。初めてに近い甘味の感覚に衝撃を受けたようだ。適度な糖分は体を動かす男性にちょうど良かったのだろう。

それぞれの意見が違ってきていても、変わらぬものがある。それは彼等が新しい食材を受け入れようと前向きに考えているところだ。好みについて語るが、そうではないもののことを決して「嫌い」だと口にしない。自然体で、他者の気持ちを尊重している。

シウは竜人族の「良い部分」を再発見し、微笑んだ。

午後は「里の暮らしを良くしよう」と、ウェールを中心に話し合った。シウは岩猪《いわいのしし》のベーコン作りやコカトリスの飼い方について教えた。

畑については、彼等の言葉で書いたノートをウェスペルに渡してある。種蒔《たねま》きの時期、やり方、苗の保管や植え方などなどを認《したた》めた。最初は畑担当の女性に渡そうとしたのだが文字を読めない人もいる。それなら全員のまとめ役にもなるウェスペルに覚えていてもらった方がいい。

作業に直接関わる女性たちには絵を描いて説明した。シウの拙《つたな》い絵でもなんとか分かってもらえるよう、身振り手振りも交える。

「ははぁ、なるほどねぇ。分かったよ」

なんとか理解してもらえたところで、シウは「あ、そうだ」と思い出した。

「小豆《あずき》なら寒い土地でも育てられるから、作ってみない？」

ウェールが「アズキ？」と首を傾げるので、豆の一種だと説明する。

「さっき話していた、大きい豆とはまた違うんだね？」

「うん。せっかくだから小豆を使ったご飯やお菓子を作ってみようか」

シウは赤飯と芋もちのレシピを思い出した。芋もちに使うサツマイモは植える予定だ。それなら、お菓子の一つとして出せる。ただ、もち米は作れそうにない。米ですらまだまだ無理なのだ。買い出しで手に入れるしかないが、毎日の主食にするわけではないのだから少量で構わない。保存袋も徐々に増えている。里で育てない食材を使うが許してもらおう。

シウは作り方をザッと説明しながら、ウキウキと調理を始めた。

「甘味も大事なんだよ。糖分は脳に栄養を与えるんだ。脳は『考える』ところだね」

もっとも食べ過ぎは良くない。というより、何事もバランス良くだ。

「ねぇ、シウ、蜂蜜《はちみつ》はどうなんだい？」

「いいね。本当は養蜂《ようほう》ができればいいんだけど。安定して手に入る甘味は貴重だもの」

「ゲハイムニスドルフの村ではやっているよ。分けてもらうこともあるんだ。だけど、手広くやってるわけじゃない。少ないから赤子用なんだよね」

「……赤ちゃんに蜂蜜はダメだよ？」

「えっ、そうなのかい？」

この世界でもそのはずだ。以前、シウが蜂蜜を鑑定すると菌が幾つか表示された。前世での名前とは違ったが、やはり毒素が産生されると分かった。大人ですら毒性が強ければ健康を損なうのだ。赤子には決して与えてはならない。

浄化魔法をピンポイントで確実に掛けられるのなら問題はないかもしれない。しかし、そこまでして摂《と》る必要もなかった。別の食材から栄養を摂ればいいのだから。

シウが掻い摘んで説明すると、女性たちは愕然《がくぜん》とした。

「そのせいで赤子が病気になったり体が弱かったりするのか。そう言えば乳が出ないのも栄養不足だと話していなかったかい？」

「あ、そうだね。お母さんはしっかり栄養を摂らないと」

「分かった。栄養だね！」

「だからって食べ過ぎも良くないんだ。満遍なく、適度に食べる。そして適度な運動。適度だからね？　激しい運動は禁止」

なるほど、と女性たちが頷く。

「蜂蜜は妊婦さんも摂らない方がいいよ。この間の肝臓の話だけど、あれも火をしっかり通さないとダメだしね。処理に自信がないなら食べない方がいい。野菜で栄養を補おう。念のため、肉は普通の獣だけにして、火を通すこと。魔獣肉は食べない方がいい」

「あー、それってつまり、お腹を壊さないようにするって話だね？」

その通りです。シウは静かに頷いた。竜人族の中には、魔獣の肉を生で食べる人もいるらしい。それでお腹を壊すと、そのへんにある野草を食べて治すとか。

腹痛用の薬草だというのは分かるが、本来は磨《す》り潰《つぶ》してヘルバ水に浸けるなどの処理が必要だ。そのまま口にしたって、当然だが効き目は薄い。その分多めに食べるのだと言った時のウェールを思い出し、シウは半眼になった。

「とにかく、健康第一。体を悪くするようなものは口にしない」

「はーい。じゃあ、蜂蜜は何に使おう。パンにつけるのかい？」

でも量がないんだよねぇ、と悩ましい表情だ。買ってくるにしても、皆が毎日食べられるほどは得られない。

「だったら、パンに混ぜて焼くのはどうかな」

「混ぜる？」

「そう。こういうの」

シウは魔法袋から蜂蜜込りの堅焼パンを取り出した。

「これは冒険者が保存食として持ち歩くパン。蜂蜜の他にも、クルミやナッツを交ぜたパンがあるよ。栄養価が高い上に小さくて済むから持ち運びに便利なんだ」

「うわ、硬い」

「そういえば大昔に助けた冒険者がこんなものを持っていたな」

「へぇ、これもパンなんだね」

わいわい言いながら堅焼パンを矯《た》めつ眇《すが》めつし、最後に皆で食べて品評会だ。

「歯応《はごた》えがあって、あたしは好きだな」

「でもちょっと堅すぎないかい？」

堅いと言う女性には裏技を教える。

「水を含ませて回復魔法をちょこっとかけたら、ふっくらするよ。火属性魔法で温めると香ばしくなって美味しいし」

「え、そうなの？」

「回復魔法か。属性をどれだけ使うんだった？」

　また、わいわいと騒ぎ始める。彼等は細かい魔法の使い方に慣れていない。属性を重ね合わせた複合技も苦手らしい。

　シウはどうやら明日、魔法について教えることになりそうだった。


　話をしているうちに赤飯が炊けた。小豆も炊けたのでシウは餡子《あんこ》を作った。サツマイモも蒸かしてあったので、ジャガイモから作った片栗粉《かたくりこ》と混ぜて餅《もち》状態にする。

「甜菜の量、それだけでいいの？」

　手元を見ていたウェールが質問する。シウは「そうだよ」と頷いた。

「あんまり甘いと舌がびっくりするからね。それにサツマイモ自体が甘いから、ほどほどでいいんだ」

「ふうん」

　丸めていく段になると参加者が増えた。楽しそうに見えるらしい。次に芋もちを平らにして餡子を入れると「面白いね！」「破れるよ！」と笑い出した。子供みたいに楽しんでいる。実際、女性らはアウレアと一緒になって騒いでいる。「顔に付いた」「餡子が手にくっつく」と楽しそうだ。

第二章
竜人族の過去

結果、歪《いびつ》な形の芋もちが大量に出来上がった。ウェールはさすがに料理班のリーダーだ、上手に形作った。

赤飯は夜に出すとして、今はおやつだ。出来上がったばかりの芋もち団子を皆で実食する。

「わぁ、甘いよ」

「美味しいねぇ。あんなに複雑な作業をするから美味しくなるんだね！」

感動する皆の横で、シウは「全然複雑ではない」と言いたいのを我慢した。頑張った彼女たちに水を差す必要はない。賢く黙って、芋もちを平らげたのだった。

赤飯は賛否があった。小豆の触感が苦手という者、逆にそれがいいという者に分かれたのだ。ガルエラドは美味しいと感じたらしい。塩味が良かったのだろうか。勢いよく食べる姿にシウはホッとした。以前の彼は肉ばかり食べて穀物を避けていたからだ。

穀物は食べれば満腹感が得られるし、手っ取り早いエネルギーだ。買い出しで小麦を多くは持って帰れないという事情があったにせよ、竜人族には足りていなかった。

しかし食べてみて力になると分かったことから、男性たちも畑を手伝うと言い出した。もちろん、森の見回りや戦士の仕事が第一だろう。その合間に、たとえば腐葉土を持って帰ることはできる。それに作物が実る時は一斉だ。参加する人数が多いほど望ましい。

若手の代表というキルクルスという青年も、生活の改善に前向きだった。シウによく質問してくる。

「では、水はやりすぎてもいけないのだな？」

「そうです。根腐れを起こします。詳しく書いた資料をウェスペルさんに渡しました。良ければ読んでみてください」

「すまない、ロワイエ語は読めぬのだ」

「あ、竜人族の文字で書いてます。横に古代語訳も並べて書きましたから、どちらか分かれば大丈夫ですよ」

「竜人族の文字まで書けるのか。お前はすごいな」

「古代語の勉強をしているから、それに似た竜人族の文字は覚えやすかったです」

　古代語や竜人族の文字よりも、日本語を今でも覚えていることがシウには「すごい」と思っている。この世界で生きていると「日本語はおかしい」と感じるぐらい、文字数が多い。組み合わせもどれだけあるのか。よく覚えられたものだと感心する。

　その記憶があるからだろうか。シウにとって、この世界の文字は比較的覚えやすかった。紐《ひも》付《づ》けして意味を考えると理解が広がる。今のシウが若いからかもしれないし、たまたま素地が良かったのかもしれない。神様に感謝だ。

「不思議と、一度覚えてしまうと身に付いているんです」

「ふむ。戦士の技のようなものか」

　なるほどと、納得している。

第二章

竜人族の過去

キルクルスは将来の長老候補である。ウェスペルとの雑談で、シウはキルクルスについて聞いていた。若手の中では冷静な性質であること、そして「強い個体」だから長老候補になった。同じ理由でガルエラドも候補だった。

ガルエラドが長老候補から外されたのは、アウレアを連れて里の外に出るしかなかったからだ。

そんな二人だが蟠《わだかま》りがあるようには見えない。懐かしい顔が見られたと喜んでいる。

「ガルエラドも外では苦労したろう？　新しい技を得たか？」

「お前たちほどではないがな。ああ、探知能力は上がった」

「昔よりも上がったのか。では、ルベルムスカの一塊を殲滅《せんめつ》するとしたらどう戦う？　時間はどれぐらい掛かりそうだ」

「ちょっと、食べている時にルベルムスカの話をしないでよ」

ルベルムスカとは毒蝿《どくばえ》という意味で、虫型の魔物になる。確かに食事時に相応《ふさわ》しい会話ではなかった。

「しかし、ウェール、大事な話だぞ」

「はいはい。戦士バカは後で手合わせしたら？　それより、食事が大事でしょう」

ウェールはキルクルスとガルエラドを押しのけ、テーブルに陣取った。

「大体ね、食事の最中に魔獣の話とか技の話とかするものじゃないわよ」

「そうだよね」

わかるわかると、シウは同意した。こういう時は逆らってはいけない。

「それより、畑よ。ねぇ、シウ。あんなに美味しい芋もち団子が食べられるなら、あたしは頑張るわよ」

「あ、わたしも手伝うからね！」

「アプリーリス！　ありがとうっ。さすがは親友。お願いね」

「その代わり、今度あの包丁を貸して。あの包丁だとギガスラーナの舌を簡単に切り落とせると思うの」

「あんた、あたしの大事な包丁をカエル野郎殺すのに使うの？」

ウェールが眉を顰めて、アプリーリスを睨《にら》む。ちなみにギガスラーナは巨大な毒カエルのことだ。ルベルムスカといい、どちらも危険な魔獣魔物である。この森にはよく出るらしい。

授業や本では知っているが、実際に見たことのない魔獣も多そうだ。シウは研究も兼ねて、できれば回収したいと考えた。その横でウェールとアプリーリスの仲の良い喧嘩が始まった。「あんたはキルクルスと同じね」「一緒にしないでよ」のやり取りが続く。

シウは我関せずで、ただ黙々と食事を摂った。何故なら彼女たちのそれは、友情を深めるためのコミュニケーションだからだ。ガルエラドとキルクルスの関係と全く同じであった。

第三章
恐ろしい魔獣

He is wizard, but social withdrawal?

Chapter III

翌朝、シウが魔法の複合技について教えていると里の外から甲高い音が聞こえた。一緒にいたウェールやアプリーリスが身構える。

音の正体を「あれは合図だ」と教えてくれたのはクロタルムという男性だ。彼は後方支援系の魔法を使うため、自分も魔法を教わりたいと勉強会に参加していた。

「東の、三の通りの、五の休憩地。敵は二、いや四の数のヒュブリーデアッフェが出た。……誰かが襲われている？」

最初は合図の内容を口にしていたが、途中でどうやら竜声魔法を使った報《しら》せが入ったようだ。クロタルムは情報を受け取りながら装備を整え始めた。

甲高い音を立てたのは、魔獣の骨だ。誰かが外から矢を射ったらしい。里の周りの木々に魔獣の骨を飾っていると思っていたが、あれは成果を示すためのものではなくて鐘だった。遠くから情報を伝えるために編み出した方法なのだろう。

クロタルムに続き、ウェールとアプリーリスも動く。

「あたしは里を防衛するよ」

「わたしは里の外に出るわ。壁は破らせない」

任せたよ、と告げたウェールがシウに視線を向ける。

「客人には『休んでて』と言いたいところなんだけど――」

「僕も戦うよ」

「助かる。あんた、強いらしいもんね」

第三章
恐ろしい魔獣

ウェールはホッとした顔でシウを手招きした。一緒に来てくれという意味だ。

彼女が走りながら説明してくれたところによると、ヒュブリーデアッフェとは大きな猿《さる》型《がた》の魔獣で非常に獰猛《どうもう》らしい。気性が荒く、猿ならではの俊敏な動きで翻弄《ほんろう》する。

そんな危険な魔獣が四匹だ。しかもヒュブリーデアッフェは群れで行動する。隠れるのが上手《うま》く、少なくとも倍以上はいるはずだという。

だとしても、竜戦士なら魔獣討伐に慣れている。

彼等が焦っているのは別の問題だ。先ほど、伝令が「襲われている」と伝えてきた。ウェールは、ゲハイムニスドルフからの使者が襲われていると考えたようだ。

「毎年この時期に来るんだ。それにさ、竜戦士なら『襲われた』なんて言わない。自分たちで戦うよ。どうしても無理なら『応援求む』だ」

シウが「竜人族らしい」と笑えば、ウェールも肩の力が抜けたようだ。少しだけ雰囲気が柔らかくなった。それでも、彼女の家に戻って愛用の刀を取り出した時にはキリリとした表情に変わる。

家を出ると、ウェールは念のためと近隣に知らせて回った。長老のところへ知らせないのは、真っ先に竜声魔法で伝令を受け取っているからだそうだ。竜声魔法は広範囲にも使えるらしい。ただ、受け取れない人もいる。お年寄りや魔力の少ない人がそうだ。

「シウ、アウルたちは今はソノールスと一緒だったよね？」

「そのはずだよ。ノウスとクレプスクルムが見てくれてる。フェレスも付いているから大丈夫だよ」

「心配じゃないの？」

非難めいた問いではなく、どうしてだろうと不思議に思っての質問のようだ。

「じゃあ、寄ってみようか。ただ、顔を合わせるとフェレスが付いてきたがるからなあ。できれば子供たちに付いててほしいんだけど」

それは「幼獣二頭が動き回ってノウスたちに迷惑を掛けるかもしれない」との理由からだ。子守りに慣れたフェレスがいれば手間も少なくて済むだろう。護衛としてもフェレスは役に立つ。

案の定、シウの心配は当たった。フェレスは付いていくと言い張った。シウが魔獣討伐に行くのなら当然自分も行くべきだと思っているようだ。

クロは賢いのでシウの説明を理解した。その上で、足手まといだというのも分かっているから、フェレスのように「付いていく」とは言わなかった。それでも寂しいのだろう、温かい何かに触れていたいのか、アウレアの頭の上にちょこんと座る。シウが「そこは止めなさい」と笑顔で注意していると、ブランカが割り込んできた。彼女はただただシウが来たのが嬉《うれ》しくてちょっかいを掛けているだけだ。

ブランカが纏《まと》わり付《つ》くのを手でいなしながら、シウはクレプスクルムに後を頼んだ。

「動き回って大変だと思いますが、よろしくお願いします」

「大丈夫よ。元気な子の方が面倒を見やすいもの。任せてちょうだい。ただ、最悪の場合、

第三章
恐ろしい魔獣

わたしも出るわ。当番だから今は里にいるだけなの。ああ、でも大丈夫。たとえ戦士が全員出払ってもノウスは残るから。彼は子供を最後まで守るわ」

「助かります。念のため、ここに結界を張っておきますね。外には出られるけど、中には戻れませんので気を付けてください」

そう言うと、シウはフェレスを連れてノウスの鍛冶《かじ》小屋から出た。ノウスは鍛冶小屋で子供たちを見てくれていた。

ウェールとはそこで分かれる。彼女は自警団と里の防衛に就く。シウは魔獣討伐の応援だ。外に向かった。

途中、クロタルムを見掛けた。彼は竜戦士の職には就いていない。後方支援系だと話していた。どんな魔法を使うのかと思えば、土属性魔法で大きな壁を作っている。

膨大な魔力を持つ竜人族だからこそできる。見上げるほどの壁に、シウは目を丸くした。

「わあ、すごいですね」

「シウ殿は外に出るのか？」

「はい。魔獣討伐の手伝いに」

「そうか。ありがとうな。だが、気を付けるんだぞ」

彼とはまだほんの少ししか話をしていないが、心配していると声にも態度にも表れている。竜人族は皆そうだ。

シウは「はい」と返事をして、里を出た。

◇◆◇◆◇

珍しい魔獣には遭ってみたいが、こういう形での騒ぎは望んでいなかった。シウが昨夜の自分を反省していたら《全方位探索》に動きがあった。竜人族と魔獣、それから竜人族ではない人間が交錯している。

竜人族にはマーカーを付けてあった。里に滞在中、彼等を見分けるためにと付けていたものだ。

様子を視《み》ると、どうやらかなり逼迫《ひっぱく》した状況だと分かった。シウはフェレスに指示を出しながら、見知らぬ森の中を最高速度で駆けさせた。

森の中の少し開けた場所が現場だ。木々が少ない。それだけならば戦いやすい場所だ。魔獣に襲われたゲハイムニスドルフの使者らが、この場所まで誘導したのだろう。しかし、近くには崖があって地面も平らではない。岩場も多く、万全に戦える場所とは言い難い。

その岩場の陰に人が蹲《うずくま》っている。ゲハイムニスドルフの使者だ。彼等はハイエルフの血を引いているというが、竜人族のように体が頑強というわけではない。人族とほぼ変わらないはずだ。ただの人族が凶暴な魔獣から逃げ続けるのは大変だっただろう。

シウはまず、岩場を守るように立っていた竜人族に声を掛けた。

「シウです。手伝います」

「助かる！」

すると、少し離れた場所でヒュブリーデアッフェと対峙《たいじ》していたガルエラドがシウに向かって声を張り上げた。

「シウ、お前は彼等を守ってくれ！」

「分かった」

攻めあぐねていたらしい。誰かを守りながらの戦闘はただでさえ難しいのだ。ましてや、相手は凶暴な猿型魔獣だという。しかも賢い。睨《にら》み合《あ》いが続くということは、竜戦士の強さを正しく把握しているからだ。

シウは護衛を請け負うと、フェレスに岩場の上へ下りるよう指示した。

岩場の陰には色の白い人族が三人、座り込んでいた。一人が大怪我《おおけが》を負っている。別の一人がポーションを飲ませようとするも、大半が零《こぼ》れ落《お》ちていく。かなり危険な状態だ。

「手伝います。僕はシウ＝アクィラ。竜人族の友人に招かれ、里に滞在しています。変な者ではありません」

自分で言うのもおかしいが、敵意はないと両手を挙げる。なにしろ意識が混濁《こんだく》している一人はともかく、残りの二人が警戒心丸出しでシウを見るのだ。

「ガルエラドの言葉が聞こえたでしょう？　彼が友人です。友人の話していた通り、あなた方を守ります。怪我の手当てもしましょう。見せてください」

「……分かった」

ポーションを飲ませようとしていた男性が場所を空けた。シウは岩場から音を立てずに下りると、横になった状態の男性に寄り添った。

フェレスは岩場の上に待機させたままだ。彼はヒュブリーデアッフェがどれだけ強いのか、現場に着いた時から理解している。気を抜かず、見張り役を続けてくれた。おかげで、シウは治療に専念できる。

「僕が何をするのか不安でしょうから、説明しながら治療していきます。質問してもらっても構わないですが、時間がないので急ぎでやります。まず、気道の確認です」

男性にはまだ息があった。ただ、ヒューヒューと細い息だ。胸元には嘔吐《おうと》の跡がある。シウは男性の体をくの字にして背中を叩《たた》いた。

「喉に詰まっているかもしれません。取り出します」

叩くうちに男性がゲホッと噎《む》せた。中身が飛び出し、しばらく咳《せき》は続いたものの息はできている。シウは男性を落ち着かせるために背中を撫《な》でた。それから、麻酔用のポーションを魔法袋から取り出す。

「彼は骨折しています。折れた骨を『本来の位置に戻して』回復させた方が治りが良い。だから先に正常な位置へと動かします」

回復用のポーションは彼等が持っている。先ほどのポーションがそうだった。となると、骨の形を整えてから回復するのがベストだ。骨折は数ヶ所に渡るが、幸《さいわ》い、内臓を深く傷付けるものではなかった。もしもそうなら、シウの作った上級ポーションを使用した。

「これは麻酔です。痛みを緩和する薬になります。ただ、全く痛みがないわけではありません。お二人で彼の体を押さえておいてください。それから舌を噛《か》まないように布で固定しますね」

彼等も骨折時の治療方法は分かっていたらしく、積極的に手伝ってくれた。出血箇所を布で縛っている様子からも、ある程度の怪我には対処できるようだ。シウは男性の足を引っ張り、《鑑定》しながら位置を調節した。呻《うめ》き声《ごえ》を上げる男性の顔には脂汗《あぶらあせ》が滲《にじ》んでいる。シウは治療を急いだ。

「鑑定してみますね。古い骨折痕《こっせつこん》があって、少し足りない骨もあるようですが、概《おおむ》ね問題ありません。では回復用のポーションをゆっくりと飲ませてあげてください。ゆっくりですよ。その間に補助の魔法を掛けてみます。足りない部分が補強できるかもしれません」

シウは「カルシウム多め」と考えながら補助魔法を掛けた。これは光属性魔法がないとできない回復魔法だ。ポーションと同時に使用すると効果が高い。シーカーの大図書館で見付けた本に書いてあった。上手くいけば上級ポーション並みになるそうだ。

物は試しとやってみた結果、男性の足は元に戻った。むしろ綺麗《きれい》になりすぎた。もう片方の足とは全く違って見える。見守っていた仲間二人も驚く。

「す、すごい。あっという間に治った」

「補助魔法だけでこんなになるのか」

「ですが、失った血は元に戻りません。造血用のポーションを飲んで安静にしていてください」

シウが一人に手渡すと、もう片方が男性の体を支えた。

「造血剤には副作用があって、吐き気を覚える人が多いそうです。口当たりも良いとは言えない。無理せず、ゆっくりと飲んでください」

横たわっていた男性が小さく頷《うなず》く。骨折が治ったことで痛みも消えたのだろう。かなり回復してきている。とはいえ、出血のせいで顔色はまだまだ悪い。

シウは残りの二人の怪我も回復魔法で治した。それから岩の上で見張りを続けるフェレスに声を掛ける。

「フェレス、あっちは大丈夫そう？」

「にゃ？」

「さあ、って。素っ気ない返事だなあ。見てないの？」

問うと、フェレスが「だって」と拗《す》ねた声で返す。

「にゃにゃにゃにゃ」

「あ、行きたいの？　戦いたいんだ。だけど、僕はここで三人を守ってないとダメなんだよね。フェレスだけで行く？」

「にゃ！」

「いいよ、行ってきな。皆の邪魔をしないように動くんだよ」

「にゃーん！」

分かってるもーんと答えると、その勢いで飛んでいった。よほどウズウズしていたらしい。シウは呆《あき》れながらもフェレスを笑顔で見送った。

そうして、また三人の様子を見ようと振り返れば、居心地《いごこち》悪そうな視線が返ってきた。シウに「守られている」という状況に改めて気付いたのだろう。

「さて。じゃあ、皆さんの荷物でも片付けますか」

「あ、ああ」

「荷物はそれだけですか？　どこかに落とされたのなら捜してきますよ」

「え？」

「この付近だったら捜せます。どんな荷物だったのか、どの道を進んできたのかを教えてください」

彼等は半信半疑の様子ながらも慌てて語り出した。

◇◆◇◆◇

荷物の場所はすぐに分かった。残念なことに、一つはヒュブリーデアッフェが滅茶苦茶《めちゃくちゃ》にしていた。

場所が分かったので早速取りに向かう。シウは三人に、静かに待つよう告げて岩場全体に結界を張った。これも説明した上で掛けさせてもらった。特に嫌がる様子も、質問もなかった。治療の様子を見て、その実力に納得してくれたようだ。少し不安そうに見ていたけれど、それよりも無事だった荷物の回収の方に気持ちが傾いている。

シウは岩場の上で飛行板に飛び乗った。

竜人族の戦いはまだ続いていた。最初の場所から移動しているのは、ヒュブリーデアッフェが「分が悪い」と悟って移動したからだろうか。狡猾《こうかつ》な魔獣だという。竜人族も慎重に戦っているようだ。無茶はしない。

それにヒュブリーデアッフェの数が増えている。まるで追い込み漁のように外側からじわじわ迫っていた。移動速度も速い。

それとは別働隊なのか、遠くにも似たような動きの魔獣がいる。ただ、どうにも違和感がある。シウが《感覚転移》で視ると、ヒュブリーデアッフェとは違う猿型魔獣だと分かった。同じ猿型でも体格が違えば動きにも影響が出る。シウの違和感の理由はそれだ。

何故《なぜ》、別種の魔獣が似たような動きで迫ってくるのかは不明だが、混戦となれば危険である。

シウは飛行板を操りながら、次にフェレスを視た。彼はガルエラドと連携してヒュブリーデアッフェに挑んでいる。猿のような動きの魔獣は初めてだからか、戸惑っているようだった。決定打のないフェレスはガルエラドに倒してもらおうと、遊撃役に徹《てつ》している。

シウは《全方位探索》を強化し、里の様子を確認した。ヒュブリーデアッフェの群れも別種の猿型魔獣もいない。彼等の目的は「人間」ではないようだ。もし人間ならば里の方が多いのだから真っ先に向かうはずだった。

　魔獣が狙っているのはゲハイムニスドルフの三人かもしれなかった。

　荷物を拾って帰ると、三人はシウを見てホッとした顔になった。魔獣がいつ襲ってくるか分からずに不安だったのは分かる。しかし、この森を通り抜ける使者としては些《いささ》か気弱だ。気になったシウは質問してみた。

「あそこまで凶暴な魔獣はそうそう出ないと思いますが、それでも森は危険ですよね。いつも三人だけで山越えを？」

「護衛がいたんだ。だが、追われている途中で死んだ」

「おい」

　話しかけた一人に、別の一人が止めに入る。しかし「どうせ分かることだ」と返され、黙った。

「そいつは以前、森の奥地で魔獣の子を攫《さら》った。そうとは知らなかったんだ。ただの獣の子だと勘違いした。まだ小さくて、猿なら調教すれば山歩きの助けになると考えたのさ」

「魔獣だと分かったのは村に入る前だ。鑑定できる奴《やつ》が止めた。魔獣は調教できるものじゃない。だから殺して埋めたんだ」

「村の近くで奴等を見たことはなかったから縄張り内ではなかったはずなんだ。子を攫ったのも奥地だった。それでも念のため、そいつは護衛の仕事から外された。さすがにもう大丈夫だろうと、本当に久しぶりに今回の護衛役が回ってきたんだ」

「でも奴等は覚えていた。ずっと狙っていたんだ。俺たちは尾行されていた。あいつ、嫌な気配があるって、ずっと後ろを気にしていたのに……。すぐには襲わず、ちょうど中間地点で襲ってきた」

　魔獣は護衛をまず狙い、次に骨折した男性を狙った。男性は攫った張本人ではないが、魔獣の子を埋める時に手伝ったそうだ。見られていたのかもしれない。

「奴等が村を襲わなかったのは強力な結界があるからだ。入れないと分かっている。どうやれば確実に俺たちを仕留められるか考えたんだろう。きっと、俺たちを覚えている。このままだと俺たちは村に戻れない。竜人族に護衛を頼んだとしても今度は村から出られなくなる」

「くそっ、あいつが攫って来たからだ」

「殺すことを提案したのはヨサンだろ！」

「おい、他人の前でやめろ」

　三人が言い争い始めた。護衛は迂《う》闊《かつ》だったろうが、危険な魔獣を倒すのは当然と言えよう。そのせいで狙われたとしても、自然の摂理としか言えない。魔獣にも恨みはある。

　しかし、彼等が自分の不幸を嘆いてばかりというのがシウには気になった。仲間内で言い争うより前に言うべきことがあるはずだ。彼等は村に戻るのではなく、あえて竜人族の

第三章

恐ろしい魔獣

里に向かった。ヒュブリーデアッフェを引き連れて。

それは荷物が散乱していた場所と、亡くなった護衛の話をした時に彼等が向けた視線の先、そして中間地点という言葉で想像が付いた。

ここは竜人族の里に近い森だ。そして今、ヒュブリーデアッフェと戦っているのは竜人族である。三人を守るようにとシウに依頼したのもガルエラドだ。

せめて、竜人族へ感謝の言葉があってもいい。

シウは溜息《ためいき》を噛み殺し、最新情報を三人に告げた。

「先ほど探知しましたが、さっきの魔獣とは別の、猿型らしき魔獣が近付いています。円を描く形で徐々に距離を詰めているようです」

ガルエラドには荷物を拾いに行く途中で伝えてある。魔獣を怖がっていた三人にいきなり聞かせたくなかったからだ。シウの突然の通信魔法に慣れているガルエラドでも、その情報を聞いて絶句した。

目の前で聞いた三人はもっと驚いたようだ。真《ま》っ青《さお》な顔でシウを見返す。

「僕はこの辺りの魔獣に詳しくないので名前は分かりません。動きの速い猿型魔獣です。大きさは二メートルほどでしょうか。ヒュブリーデアッフェよりは小さいです」

「そ、そんな！」

「まさか、トイフェルアッフェが？」

トイフェルアッフェは「悪魔の猿」という意味だ。ヒュブリーデアッフェより体は小さいのに、トイフェルアッフェの方が「最悪」らしい。三人の顔は真っ青を通り越して色をなくした。この世の終わりだと言わんばかりの表情だ。

少し可哀想《かわいそう》になってきた。シウは努めて優しく、柔らかい声で問いかけた。

「どんな魔獣なのかを教えてくれますか？　それによって対策を立てます」

「対策……。あいつを倒せる、のか？」

「はい」

ここは自信たっぷりに答えた方がいい。シウはきっぱり答えて微笑《ほほえ》んだ。

震えていた三人はハッと我に返ると、矢継ぎ早に魔獣の情報を教えてくれた。

まず、ヒュブリーデアッフェは気性の荒い猿型魔獣だ。頭が良く、策を弄する。他の魔獣と違って真正面から戦える相手ではない。魔獣としては珍しく、仲間との繋《つな》がりを大事にしている。子を可愛《かわい》がり、同族食いも行わないと考えられていた。

そのため、ゲハイムニスドルフの村では「人族のなれの果てではないか」と信じる人もいる。そう考えるだけの疑わしい伝承もあるのだとか。ただ、人を餌《えさ》として好むところは魔獣と変わらない。結界がなければ村はとっくの昔に襲われていただろうと三人は言う。

とはいえ、ヒュブリーデアッフェの住処《すみか》や狩り場は離れている。村の東のずっと先にあるとされていた。深い森が続く地域だ。魔力の豊富な魔獣が多い。普段はそれらを餌に暮らしているらしい。

第三章

恐ろしい魔獣

たまに、森の魔獣を目当てに冒険者が入り込む。こんな森に入ろうとするぐらいだ。腕に覚えがあるのだろう。魔力も豊富に違いない。それが単独か、あるいは少人数で森を移動するのだから、ヒュブリーデアッフェが見逃すはずはなかった。彼等が人の味を覚えるのはそのせいだろうと、ゲハイムニスドルフでは考えている。

次にトイフェルアッフェだ。ヒュブリーデアッフェと比べると小型になるが、悪魔と名のつく通り「狡猾」で厄介《やっかい》な相手だという。一応、群れで暮らしているそうだが、協力し合って戦うヒュブリーデアッフェと違ってバラバラに戦う傾向にある。個々の戦闘能力が高いせいだと考えられている。

トイフェルアッフェが恐れられるのは他にも理由があった。彼等には「繁殖のために女性を攫う」習性があるからだ。こうした習性は他の魔獣にもある。オークやゴブリンがそうだった。といっても、オークは山奥に住むため人族の被害はほとんどない。ゴブリンも弱い種族で、人族は攫われにくい。他種族による繁殖は魔獣同士で起こる問題だった。

残念ながら、人族に被害が全くないわけではない。事実、ゲハイムニスドルフの村人は過去にトイフェルアッフェが女性を連れ帰る様を見ている。数年後に女性が助け出された話も語り継がれているのだとか。だからこそ彼等は恐れた。

その上、稀《まれ》に男性が攫われる場合もあるという。

「きっと女の代わりにされたんだよ。俺たちはどうすればいいんだ」

と震える三人に、シウは首を傾《かし》げた。

「家畜として飼うつもりだったんじゃないかな」

「え？」

「魔獣は人族よりずっと本能に支配されているから、むしろ食欲のためだと考える方が正しい気がする」

「そ、そうか」

　ホッとする三人だが、安心していい話ではない。

「保存の利く餌として捕まえたのなら、どのみち不幸な目に遭うのは確かだ。どちらがどうという話でもない」

　シウは知らず溜息を漏らした。魔獣に道理を説いても無駄なのは分かっている。彼等がどれほど賢かろうと、相容《あいい》れないのはその蛮行ゆえだ。

「とにかく、彼等の習性は分かりました」

　話す途中でため口になってしまったが、三人は何も言わなかった。お互い、それどころではない。シウは考えに耽《ふけ》った。

「単体で動くのを好むのに、今は群れで向かってきている、か」

　三人いわく、トイフェルアッフェはヒュブリーデアッフェと仲間というわけではないようだ。魔獣が他種族と連携するという話はシウも聞いたことがない。魔獣スタンピードなら多種族が入り乱れるが、あれを連携とは呼ばないだろう。

「うーん、分かんないなあ。ところで、この猿型魔獣たちには素材としての旨味があるんですか？　それほど強い魔獣なら、がむしゃらに倒してもいいんでしょうか。もし、肉が大事だとしたら戦い方にも気を遣う必要がありますよね」

「えっ、あ、いや……。まさか本当に倒せると？」

「倒します」

「そ、そうか。肉は、そうだな、かなり不味《まず》いそうだ。飢えていても口にできなかったと聞いている」

「そんなに？」

「その代わり、毛皮は高級品になる。特にヒュブリーデアアッフェの変異種はシャイターンで高く売れた。魔核《まかく》も大きい。トイフェルアッフェの毛皮も売れるが、それよりは肝臓が薬の素材として高価になる。魔核も最高級品らしい」

　滅多に狩れない上に高価な素材ということで村ではお宝扱いのようだ。その話の時だけ三人の目は輝いていた。

◇◆◇◆◇

　まずは近場の状況を確認する。シウは《全方位探索》と《感覚転移》で視た内容を口にした。

「今、北に五百メートルほど進んだ場所で竜戦士がヒュブリーデアアッフェを三匹倒したようです。残りが六匹。あ、一匹倒した。残りは五匹、彼等なら倒せるでしょう。フェレスが、さっきの騎獣《きじゅう》だけど、あの子が攪乱《かくらん》するからヒュブリーデアッフェは攻めあぐねているみたいです。騎獣に慣れていないのかな」

最後はシウの独り言に近かったが、三人は顔を見合わせてから答えた。

「空を飛ぶ獣ならば、以前、村にもいた。白い子で、とても美しかった。寿命で亡くなってしまったが」

空を飛び、白いというなら聖獣だ。聖獣を見付けたら国に報告するのが決まりである。彼等も聖獣に関する決まりは知っているはずだが、曖昧《あいまい》な物言いをした。

ただ、国に報告するといっても彼等はどこにも属していない。そもそも、彼等の国はゲハイムニスドルフの村とも言える。何より、手に入れた聖獣を彼等はきっと可愛がったはずだ。手放せるはずがない。だから、シウは気付かない振りで話を合わせた。

「過去に白い子が一頭だけだったのだとしたら、この辺りでは滅多に生まれないのかもしれないですね。彼等は人の近くで生まれるそうだから」

拾ってくれる人がいなければ聖獣であろうと生き延びるのは難しい。こんな深い森の中では尚更《なおさら》だ。不幸な目に遭う子がいたとは思いたくなかった。

「そうだな……」

三人の様子から、村には聖獣も騎獣もいないと分かる。亡くなった子のことを思い出すような視線で、隠し事があるようには見えなかった。

竜人族の里にも騎獣はいない。

「おかげで魔獣は騎獣に慣れていない。フェレスが翻弄するから徐々に追い詰められているね」

問題はトイフェルアッフェだ。シウは続けていた探知の結果を口にした。

「トイフェルアッフェは全部で十四匹かな。あと十分ぐらいで着くと思います」

「あと十分っ？」

「もうダメだ、俺たちはここで死ぬんだ」

「餌になるのは嫌だ！」

と三人目が叫んだところで、シウは苦笑した。少々脅しすぎた。

「大丈夫。ここは結界魔法で守るから。とはいえ騒がないように。パニックになって結界の外に出たら困る、あ、出られないようにすればいいのかな」

結界魔法を両方向に重ねて固定すればいい。魔法の使用に気付いた彼等は、シウが「自分たちを置いて出ていく」と気付いた。

「待ってくれ、君が戦うのか？」

「で、でも、そうしたら俺たちはどうなるんだ」

「見捨てる気か？　頼む、ここにいてくれ」

「結界があるから大丈夫。僕が死なない限り、結界の効力は続くから」

「そ、そんな！」

真っ青な顔の三人に、シウは首を傾げた。

「誰かが戦わないと、どのみち生き残れないと思うのだけど。トイフェルアッフェが十四匹もいて、竜人族だけで倒せると？」

「うっ」

ゲハイムニスドルフの使者をやるぐらいだ。ある程度は戦えるだろう。しかし、護衛付きで歩いてきた彼等ではトイフェルアッフェを倒せない。先ほどの狂乱ぶりが物語っている。彼等だけでは生き残れない。

となれば、シウに命運を託すしかないのだ。そのことに気付いた三人はシウの指示に従った。


岩場の上から次の岩場へと飛び跳ねるように移動し、三人の視線から外れたところで《転移》する。し終わったところで、シウは飛行板を取り出した。

同時に《感覚転移》でガルエラドたちの状況を確認する。

「（そっちは大丈夫そうだね）」

「（ああ。フェレスが奴等の居場所をいち早く察知してくれるからな。奴等が裏を掻《か》こうとしても返り討ちだ）」

「（じゃあ、そっちは任せるね）」

「（シウはトイフェルアッフェを？）」

「（うん）」

「（危険ではないか？）」

「（どうかな。まだ分からない。ただ、他の人が見ているとやりづらいからね）」

「（お前なら一人で動く方が楽だろう。だが、必要ならすぐに呼んでくれ。フェレスに言えばシウのところまで一直線だろう）」

「（うん。その時は頼むね）」

　通信を切ると、シウはもう一度《転移》した。ワンクッション置いたのは、さすがに初見の「危険な魔獣」を相手に通信したまま戦えるとは思えなかったからだ。

　二度目の転移場所はトイフェルアッフェの真後ろだった。

「ギッッ！　ギャッギャギャギャッ！」

　別の一匹が突然現れたシウを見て叫ぶが、間に合わない。シウの前にいたトイフェルアッフェは振り返る間もなく首が落ちて絶命した。

　最初から全力で掛かった。相手がシウの想像する何倍も強い可能性だってある。だから使い慣れた空間魔法で臨んだ。空間壁を強く固めて内部を真空にした「刃」を当てたのだ。それが首に触れた瞬間に空間壁の「壁」を解く。そうすれば真空になった部分が本物の刃となって首を落とすという寸法だ。

　一匹を倒したと同時に、シウは後方にいたトイフェルアッフェを振り返った。

「《魔核転移》は、ダメか」

ゲハイムニスドルフの使者たちもトイフェルアッフェの魔核は大きいと話していた。それなら魔力も多いはずだ。つまり、他者からの魔法攻撃に対抗できる。こういう相手には直接攻撃しかない。

しかし、せっかくの機会だ。シウは以前作っていた魔法を試すことにした。

「《魔素吸収》」

声に出すのはイメージを明確にするためだ。魔法を試しはするが目の前の魔獣を侮るつもりはない。初見なので、様子を見つつ慎重に魔法を放つ。すぐに《鑑定》してみた。周辺の魔素は減っているものの、元々魔力の多い魔獣に体調の変化は見られなかった。

トイフェルアッフェはシウを威嚇《いかく》したまま、体から音波を発している。人間には気付けない周波数のようだった。シウが気付けたのは鑑定魔法を続けているからだ。彼等は音波を使って仲間と連絡を取り合っている。

シウは急いで次の方法を試した。

「《指定虫》と《魔力吸収》」

結界を張らない状態で使えるのかどうか。

シウはドキドキしながらトイフェルアッフェの様子を眺めた。効果はすぐに出た。《指定虫》とは対象物を指定し、固定するための魔道具だ。くっついた相手から離れない。虫と名付けたのは「ひっつき虫」を連想してのことだった。そのペアとして作られた魔道具が《魔力吸収》である。文字通り、魔力を吸収するためだけの魔道具だ。

第三章

恐ろしい魔獣

「ギッ、ギギギッ？」

木の上で威嚇していたトイフェルアッフェが枝から落ちる。途中で何度も枝を摑《つか》もうとするが空振りに終わり、地面へ激突した。それでもなんとか立ち上がろうとして、足を震わせる。

その様子を見てシウは確信した。トイフェルアッフェは魔力に頼りすぎている。本来、体内の魔力が減ったからといって突然立てなくなるものではない。生き物に備わる基礎能力、たとえば筋力や体力を奪ったわけではないからだ。

トイフェルアッフェはその豊富な魔力で身体強化を常時発動していたのだろう。それに慣れ過ぎていた。そのせいで魔力消失と共に体を支えられなくなったのだ。

そう考えるとトイフェルアッフェは相当な魔法の使い手と言える。

考えたいことは多々あるが、応援が来る前に数を減らした方がいい。シウは二匹目も空間魔法を使って首を落とした。死骸は空間庫に入れる。詳細を調べるのは後だ。

次のトイフェルアッフェがやってきた。向きを突如変えたのは《全方位探索》で分かっている。彼等は仲間からの連絡を受けて応援に駆け付けた。機敏で、頭も良い。

事実、シウが塊射機《かいしゃき》を向けるとサッと身を隠す。塊射機を即座に武器と判断し、木々の後ろへと回る。また、冒険者から奪ったのだろうか、盾を持っていた。身を守る仕草も冒険者らしい。シウが盾を《鑑定》すると「魔法攻撃を回避する」と出た。奥深い山に入るような冒険者だ。性能の良い装備品を身に着けていた。

　トイフェルアッフェは冒険者との戦いで対人戦を学んだのだろう。盾の使い方はおろか、動きもそっくりだった。逆に、猿型魔獣としての良さを失っている気もする。猿は、もっと縦横無尽に動き回るはずだ。ひょっとすると、トイフェルアッフェはシウが人真似《ひとまね》を嫌がると思っているのだろうか。人間が驚くと思っている可能性はあった。

　そんなことを考えながら、シウは思い付いた魔法を掛けてみた。

「《対生物重力圧》」

　この魔法は実戦でまだ使用したことがない。有効かどうか心配ではあったが、トイフェルアッフェには効いた。ただ、実験の時と違って即効性がない。というより、トイフェルアッフェは「耐えて」いた。やはり、魔力の高い相手に魔法を直接掛けるのは難しい。

　たとえば先ほどの、空間壁の壁だけを解除した魔法も、案外トイフェルアッフェ自身で解除したかもしれなかった。魔法攻撃と判断したなら、だが。どちらにせよ、中身は真空だ。それが突然目の前に現れたら、なすすべはない。

　空間魔法の便利さは更に続く。耐えていたトイフェルアッフェを透明の空間で囲み、その中だけに全力で重力を掛け直すと効いてきたからだ。木に隠れていた個体や盾を持った個体が次々と潰れていく。ゆっくりと掛け続け、ぺしゃんこになる前に止める。見ていて気持ちのいいものではないから、倒せた時点で空間庫に入れた。

　ただ、この方法ではトイフェルアッフェを倒せても素材をまるごと利用はできない。

第三章
恐ろしい魔獣

次は別の方法を採った。

《対生物重力砲》

現れたトイフェルアッフェに使う。内心で唱えたのはトイフェルアッフェに手の内を見せたくないからだ。全部倒してしまうつもりでいるが、逃げられる可能性もあると考えた。それに初めて実戦で使う魔法でもなかった。イメージはしっかりしているはずだ。

幸い、頭に命中して倒れた。首を切り落としたわけではないからか、体が動く。魔核が残っているせいだろうか。

シウは次の個体を倒す際に、頭を撃ってすぐ魔核を《取寄《とりよせ》》してみた。手元に移った途端に体が動きを止める。

最初に空間魔法を使って倒した時は動きがなかった。違いは何か。シウは考えながら次のトイフェルアッフェが現れるのを待った。答えに辿《たど》り着《つ》いたのは、その次のトイフェルアッフェを見たからだ。

「そうか、階位のせいだ」

目の前の個体には「将軍」の職が付いていた。先ほどの、体が動いた個体は最初の個体よりも魔力が高かった。魔力以外の状態《ステータス》を確認していなかったが、たとえば隊長といった職にあったかもしれない。

シウは「将軍」である個体を見た。他のトイフェルアッフェのように黒い体毛ではなく、緑色をしている。存在感があり、見ただけでも上位者だと分かる。そこで初めて、シウは全頭に《完全鑑定》を掛けてみた。トイフェルアッフェとの戦いに余裕があるわけではないから簡易鑑定しか使っていなかった。今も余裕はない。だから必要な部分のみを抜粋する。

一匹だけ魔力量が桁違いに多い。緑色の個体だ。

「五百？　魔力が満杯だと五百五十にもなるなんて……」

他の個体は少なくても百はある。多いと二百だ。もちろん、それでも多い。しかし、五百超えとは別格だ。さすがに聖獣の王であるポエニクスよりは少ないけれど、魔力が多いとされる竜人族よりもある。人族で考えるなら「有り得ない」数値だ。人間がこれと戦うのは骨が折れる。

「ギャッ！　ギギギッ、ギギギギ、ギギギギッ！」

何故か、シウにはトイフェルアッフェが「話している」ように感じられた。

たとえるなら、希少獣《きしょうじゅう》らが話す言葉を「なんとなく」理解してしまう感覚に近い。あくまでも「そうではないか」と推測するだけだ。調教魔法を使えば、そして希少獣が人間と同じような思考で文章を組み立てて伝えてくれれば、もっとハッキリ意思疎通ができる。

今の状況は、その前段階の、言葉を覚えていない希少獣とのやり取りに似ていた。

確かに魔獣には独自の会話が存在している。ゴブリンやオークは仲間とある程度のやり取りができた。ただし、それは仲間同士だけのこと。ただの獣だとてコミュニケーションを取る。その延長線だと考えられていた。

✦第三章✦

恐ろしい魔獣

ところが、緑の個体は「あいつ、おかしい、きをつけろ」と仲間に注意しているようなのだ。シウは「まさかあれは魔獣じゃなく、人間の範疇《はんちゅう》に入る新種族かも」と不安になった。しかし、躊躇《ちゅうちょ》したのは一瞬だ。出会って早々殺しにくる相手を人間とは思いたくない。よしんばそうであったとしても、身を守るためにやり返す行為はこの世界の法だ。そう自分に言い聞かせ、気を引き締めた。

緑の個体は更に、人間を食べたら身になり力が増える、とも話しているようだった。念話に近いだろうか。もしくはシュヴィークザームが聖獣になって話した時の副音声にも似ていた。どちらにせよ、その内容も伝言方法も、すごい能力だ。

「高い能力の持ち主を食べて強くなった過去がある？　トイフェルアッフェがそういう種族なのか、この特殊個体だけなのか分からないけど――」

このままにはしておけない。

もしもトイフェルアッフェが相手の能力を奪うスキルを持っているのなら、危険だ。盾を使う様子からも学習能力は高いだろう。詳しく鑑定結果を視てみたいが、とにかく目が離せない。

ゲハイムニスドルフが教えてくれたトイフェルアッフェの習性は「単体行動」だ。その彼等が群れで行動している。統率が取れているのは、緑の個体というリーダーがいたからだろう。

ゴブリンやオーク、オーガといった魔獣も、リーダーが生まれることで大きな群れを形成する。爆発的に増える仲間の中から、やがて王が出現するのだ。

　王が生まれるともうダメだ。比較的弱いと言われるゴブリンですら、王が出現したら討伐には大掛かりな作戦が必要となる。

　シウが今ここで出会ったのは僥倖《ぎょうこう》だったのかもしれない。もし知らずにいたら、どんな魔獣よりも恐ろしい集団が出来上がっただろう。ゲハイムニスドルフの村はおろか、竜人族の里も襲われたに違いない。

　緑の個体は仲間を陽動として動かしながら、慎重にシウを見極めようとしている。また、音波を使ってだろう、一部をシウの背後に移動させた。緑の個体が音波を出すたびに、仲間が一匹ずつ動くのだ。間違いない。

　シウも慎重に彼等の動きを観察した。


　最初に動いたのはシウの背後に忍んでいた個体だ。分かってはいたが、細身の猿とはいえ二メートル級の魔獣が俊敏に襲いかかってくると背筋が寒くなる。冷静でいられるのは、シウが《全方位探索》や《感覚転移》を多用して個々の居場所を把握しているからだ。

　シウは寸前で身を躱《かわ》した。見越していたのだろう、別の個体が飛び込んでくる。二匹とも身体強化の魔法を使っているらしく、拳《こぶし》を振るう速度が異常に速い。残念ながら結界に阻まれ、シウには届かなかった。

　結界は彼等に効いた。トイフェルアッフェの体を直に狙った攻撃魔法ではないからだ。

個体差にもよるだろうが、少なくとも通常のトイフェルアッフェには効く。

それが分かったところで、シウは緑の個体を見た。この攻撃に際して何かやるのではないかと警戒していたが、動きはなかった。緑の個体も慎重なタイプらしい。

そして、ひっきりなしに音波を使って指示を出している。シウは試しに、周波数を少しずつ変えた妨害電波を出してみた。緑の個体はすぐに気付いたようだ。シウを見て驚いた様子を見せる。といっても、頭を前後に動かす形でだ。人間のように表情が変わるわけではない。咄嗟《とっさ》の時は魔獣本来の動きが出ている。人間に寄せてはいても、彼等は人間ではない。人真似は付け焼き刃のようだった。

シウは次に、電気は効くだろうかと思い地面に手を置いた。電気を通すというイメージを強めるためにそうしただけだ。ところが、その動きを見た緑の個体が飛び上がった。シウが何かすると判断して警戒したのだ。

間に合わなかった他の個体がバタバタと倒れる。念のため、シウは電気を通しやすいよう細工した細い糸を辺り一面に伸ばしていた。地面に手を置いた瞬間に空間庫から出したものだ。それを伝って駆け抜けた高圧電流に、ただのトイフェルアッフェは身体強化を掛けていても耐えられなかった。

木の上にいた個体と、逃げた緑の個体は免れた。

間を与えず、シウは木の上の個体を《真空切断》で倒した。同時に空間庫へ放り込む。消えた仲間の姿に緑の個体は驚いたようだった。飛び跳ねるようにシウから離れた。

最後に残った緑の個体は、離れた場所からシウをジッと見つめている。その姿はまるで人間のようだ。でも人間ではない。緑の個体が口にしたのは人間とは思えない内容だった。

「ギャッ、ギッギギギギッギギギッ！」

緑の個体の「食べたい、食べるために力を得る、そしてまた食べる」という思考がまともに向けられる。続けて「せっかくの兵隊を失った、食べずにとっておいたのに」とも伝わった。

あまりに強い感情に、シウは負けないよう丹田に力を込めた。息を深く吐く。

頭がスッキリしていくのと同時に、また考えた。

ヒュブリーデアッフェは「同族食い」をしないと言われていた。てっきりトイフェルアッフェも同じだと思っていたが違うようだ。もしくは個体によるのだろうか。緑の個体だけが突然変異とも考えられた。少なくとも緑の個体からは、忌避感のようなものは一切感じ取れなかった。

魔獣はやはり魔獣だ。人間とは相容れない存在である。

改めて納得したところで、シウは倒す算段を始めた。魔核の転移は無理だろう。では《指定虫》と《魔力吸収》のセットは使えないだろうか。思案していると緑の個体が動いた。

すうっと息を飲み込む。シウは「あ、何か発するな」と思い、大きな空間壁で囲った。

緑の個体は気付いていない。それならと、追加で結界魔法も掛けた。

掛け終わったと同時に、緑の個体が大音量の声と、それに超音波を被せて魔法を放った。ずっと鑑定したままだったから魔力庫からの流用量がすごい。当然、勢いよく流れていく情報も多すぎて全て確認するのは無理だ。特に今は戦闘中である。それでも、精査はできないが気になる文字は見付けられた。

緑の個体が放った魔法の一覧に《強者の威圧》《将軍の咆《ほう》哮《こう》》《魔力混合砲》《波動砲》《結界破断》《認識阻害》《火《か》焔《えん》砲》《雷撃砲》とあった。

それらはシウの持つ《無害化魔法》がキャンセルした。こちらの鑑定結果も出ている。延々と魔法の名前とそれを解除した旨がつらつら流れていった。

シウは先ほど空間魔法を使用した。空間壁で囲ったのは緑の個体とシウだ。結界魔法も同じ。魔法はシウを守るために発動したのではない。緑の個体が使う魔法の被害を外に漏らさないために使用した。

普通なら危険な真似だ。けれど、傷付けられないという自信があった。シウには神様からのギフトとして「不死」という能力があるからだ。もちろん慢心するつもりはない。怖がりだから自ら進んで試す気もない。ただ、先ほどから観察を続けていて「トイフェルアッフェは魔法でしか攻撃できない」と気付いた。

魔法攻撃なら、シウのユニークスキルでもある「無害化魔法」が使える。

滅多に試せないスキルだ。それに緑の個体の魔法攻撃を見てみたかった。

万が一を想定し、即死とならないよう急所には強固な空間壁を貼り付けていた。というより「ほとんど覆っていた」が正しいだろうか。一部に穴を開けていたからスキルが反応して発動に至った。ひょっとすると結界を張っていても発動しただろうか。なにしろ神様が与えてくれた能力はシウに都合が良すぎる。

結果、シウは無傷のまま緑の個体が放つ魔法を鑑定できた。

残念ながら結界魔法は壊された。空間魔法による防御壁は保った。シウ自身の体も守り、外にも被害は漏れていない。

鑑定の結果を遡ってみると、緑の個体には《魔力解放》のスキルがあった。魔力を他の魔獣に分け与え、強制的に狂戦士化させる外法だ。この魔法は不発となった。その時点で同族の仲間はもういなかったし、何よりシウが空間魔法で阻んだからだ。常に使い続けてきた空間魔法のレベルはシウが思う以上に上がっていたらしい。

緑の個体は魔法を放った後の硬直時間に入り、一瞬ではあるが無防備状態となった。シウが《鑑定》すると妨害されることなくハッキリと視える。読めるので気にしていなかったが、クリアになれば見やすい。

緑の個体の魔力は二百にまで減っていた。

渾身《こんしん》の一撃だったのだろう。魔力を三百近くも使ったのだ。そうまでしても、シウは無傷だった。

緑の個体にはその理由が分からないらしい。ぎょろりとシウを見て、体に力を込めた。緊張している。ここでようやく、シウを「強者」だと判断したようだ。

ちなみに、緑の個体が放った《強者の威圧》と《将軍の咆哮》は、ユニークスキルになる。少なくとも、これまで大勢を鑑定してきているシウは見たことがない。緑の個体に元々あったものだろう。《魔力混合砲》はユニークスキルかどうか断定できない。

他の《波動砲》《認識阻害》《火焔砲》《雷撃砲》といったスキルは人間から奪ったと考えられる。人間が使いそうな攻撃魔法スキルだからだ。《魔力混合砲》も元は人間が持っていたスキルかもしれない。緑の個体が取り込むことで統合され、スキル名が変化した可能性はある。

これらのスキルが緑の個体に元々備わっていた、とは考えられない。魔獣に「人が使いそうなレベルの高い攻撃魔法」を幾つも持てるとは思えないからだ。

神様に特別なスキルを与えられたシウでさえ、これほどのスキルは持っていなかった。今あるのは全て、実験や研究の末に得た「複合技」が所以《ゆえん》だ。

緑の個体もシウと同じように実験したとしても、人間が使うようなスキルばかりあるのは不自然だった。

更に、《結界破断》というスキル名に覚えがある。鑑定魔法の研究者が書いた本に実例として載っていた。

由来の分からないスキルもある。《魔力解放》だ。緑の個体が覚えたばかりのスキルらしかった。スキル一覧の最新場所に載っていた。元々持っていなかったことや、人間から奪ったものでないとしたら、緑の個体が編み出したとも考えられる。

仲間を統率し、魔法を編み出せるだけの賢さがある。緑の個体をここで逃すわけにはいかない。

シウは《魔力吸収》によって中身が満杯になった魔石を手に、結界を増やした。

「ギッ！」

新たに生まれた結界を見て、緑の個体が声を上げる。悔しい、という気持ちが込められていた。

緑の個体は、シウの持つ魔石に多くの魔力が集まっていると気付いたようだ。自分たちの魔力を吸ったことに気付いているのかどうかは分からない。ただ、ぎょろりとした大きな目で魔石を見つめている。

シウは魔石を右に左に持ち替えた。観察は終わりだ。もう充分に情報は得た。あとは一気にたたみかける。

倒す方法は簡単だ。魔法攻撃ではなく物理で首を取る。

以前、ヒエムスグランデルプスを倒したのと同じ手法だ。空間庫に入れていた板状の高炭素鋼材を首の横に出現させ、その少し先でまた受け取る。首の太さ分の距離を開けずとも切れただろうか。ともあれ、鋼材は緑の個体の首を落とした。

空間庫で受け取る直前に《浄化》も掛けたが、実際は他の素材と重なることはない。浄化魔法は気持ちの問題だ。綺麗《きれい》好《ず》きのシウがやってしまう癖《くせ》でもあった。

無難な倒し方を選んだのは、緑の個体に《魔力阻害》のスキルがあったからでもある。魔力が二百まで減ったなら重力魔法を使って倒せたかもしれない。最初のトイフェルアッフェで実証済みだ。ただ、重力魔法を弾いてしまった場合が怖い。即座にやり返されるだろうからだ。

シウは魔力阻害が無害化魔法の下位版ではないかと考えた。今になって思うが、ヒエムスグランデルプスにも似たようなスキルがあったのだろう。

魔力の高い魔獣には魔法攻撃が効きづらい。物理で戦おうにも、魔獣は頑丈な体を持つ。いざという時に迷わず、簡単に使える手数を増やしておくべきだ。空間庫の便利さに頼りすぎているシウは「体を鍛えればいいのかな」と、なかなか筋肉の付かない自分の体を見て溜息を零した。

死骸は魔核を回収してから空間庫に仕舞う。

「ふう」

時間にすれば短かった。十四匹を相手にした割には、あっという間の出来事だ。それでも緊張が続いたせいか、精神的に疲れた気がする。

シウはほんの少し力を抜くと、ガルエラドたちの様子を《感覚転移》で視た。まだ戦闘が続いていた。幸い、体力はまだまだあるように見える。少しずつヒュブリーデアッフェを追い詰めているようだ。

これなら急いで戻る必要はない。シウは少し考え、トイフェルアッフェを取り出した。ここで少しでも解体しておけば後が楽だ。数匹は竜人族に渡すため残した。彼等の研究に使ってもらう。結局、十四匹のトイフェルアッフェのうち、十匹を解体した。それぞれをラップに包んで空間庫に放り込む。

辺りをもう一度《全方位探索》と《感覚転移》で丁寧に確認し、シウは竜人族が戦っている場所の近くに《転移》した。

◇◆◇◆◇

ちょうど竜人族たちの戦闘が終わったところだった。彼等はヒュブリーデアッフェの討伐に集中しすぎて、シウが現れると戦闘態勢に入った。ガルエラドだけは気付いており、仲間に対して渋い顔だ。

「いくら接戦だったとはいえ、気を抜きすぎだ。気配察知ができていない」

「あー、ごめん。僕も気配を断っていたから」

シウもトイフェルアッフェとの戦闘後で緊張状態が続いていたようだ。ガルエラドはシウを見下ろすと、ふと視線を和らげた。

「……確かにシウの気配断ちはレベルが高い。移動方法も特殊だ。そう簡単には分からぬか。それより上手くいったか？　いや、その顔を見れば答えは出ているな」

「うん。厄介な相手だったね。お疲れ様」

「お前の方がよほど大変だったろう。よく、倒せたな」

ガルエラドは頑張った子供を褒めるような視線でシウを見た。そこに、フェレスが割り込んだ。

「にゃにゃ、にゃにゃにゃにゃっ！」

ふぇれ、がんばったよ！　と、自慢げに鳴く。「褒めて褒めて」と纏わり付くフェレスが可愛い。シウとガルエラドは顔を見合わせ、笑顔になった。

「よく頑張ったね。偉いよ、フェレス」

「にゃ！」

むふー、と鼻息が荒い。彼はヒュブリーデアッフェの討伐における自分の役割がどれほど大きかったか、しっかり理解しているようだった。ガルエラドもフェレスが撹乱してくれたおかげで倒せたと感謝の言葉を口にする。

フェレスが褒められてぐねぐねしていると、竜人族の戦士らが集まってきた。彼等もフェレスに「ありがとう」「よくやったな」と声を掛けた。

落ち着いたところで、一人がシウの方を向く。

第三章
恐ろしい魔獣

「そうだ、シウ殿。ゲハイムニスドルフの使者たちはどこに？」

「結界を張って岩場の陰に隠れてもらっています。それと、里に戻ったら話があります。できるだけ急いでここを片付けましょう」

「分かった。ザッと解体し、必要な分だけ保存袋に入れる。残りは処分だ。リングアは周囲の警戒を。ブーコリカは後続班に巡回を強化するよう伝えてくれ。先に戻れるな？」

「ああ。里までの道筋も見ておこう」

ブーコリカは斥候《せっこう》役だ。応援の後続グループと行き違いになってはいけないから、彼等の使うルートをチェックしながら戻る。ついでに里の周辺を巡回してくれるらしい。

ガルエラドは他の仲間と解体を始めた。シウはもう一人の斥候役アルティフェクスを連れ、ゲハイムニスドルフの使者たちが隠れる岩場に向かった。彼は使者を最初に出迎える役どころだから、顔馴染《かおなじ》みらしい。不安がっているだろうから自分が行くと手を挙げてくれた。


ゲハイムニスドルフの三人はアルティフェクスの顔を見てホッとしたようだ。シウの顔を見た時より明らかに安堵《あんど》している。そのアルティフェクスが三人に指示した。

「戦闘は終わった。これから急いで里に向かう。荷物は各自で振り分けて持ってくれ」

「わ、分かった。その、そこの子供は」

「彼はシウ、我が里の恩人だ。大事な客人として迎えている。それを踏まえて接してもらいたい」

言い方は素っ気ないが、アルティフェクスに悪気はない。というより、竜人族はこんな物言いの人が多かった。丁寧な話し方をしないだけで心根は優しい。

三人にも気分を害した様子はなかった。

「あ、はい。それで、その、さっき話していたトイフェルアッフェはどう……？」

三人が知りたかったのはトイフェルアッフェの件らしい。そう言えば、報告しないままアルティフェクスが撤退の話を始めたのだった。シウは「大丈夫」だと答えた。

「ここに向かっていた群れは全部倒しました。だけど、この騒ぎで森がざわめいている。急いで移動しましょう」

「た、倒したと？　倒したのか！」

「や、やった、俺たちは生き残ったんだ」

「おおっ、神よ、大精霊よ！」

三人が感動している間、アルティフェクスは困惑顔で彼等の荷物を片付け始めた。片方は大袈裟《おおげさ》に感動し、片方は淡々と手を動かす。気持ちに温度差がありすぎる。

シウはずっと、竜人族の里とゲハイムニスドルフの村は「付き合いも長く、助け合っているというのに何故、一緒に暮らさないのか」と不思議に思っていた。その理由がなんとなく分かった。

竜人族は明るく、気性もサッパリしている。素直で純粋な人が多い。くよくよするタイプでもなかった。反対にゲハイムニスドルフの人々はどうも疑り深い性質のようだ。村の成り立ちを考えると仕方ないのかもしれないが、この性格の差は、共に暮らす際の邪魔になるだろう。

などと、シウが勝手に推測している間に荷物がまとまった。

「さあ、できたぞ。各自で持つといい」

「あ、ああ。すまない。いや、ありがとう」

「よし、急ごう」

一人がアルティフェクスに礼を言うと、もう一人が慌てて立ち上がった。森が騒がしいと言ったシウの言葉を思い出したらしい。「まだ危険なんだったな」と口にする。それに待ったを掛けたのが骨折していた男性だ。

「おい、その前に礼だ」

「うん？」

「俺の命を助けてくれたんだ。それに、トイフェルアッフェの群れを倒してくれた。シウ殿、ありがとう」

「あ、ああ、そうだったな。忘れていた」

と、残りの二人も頭を下げる。心が落ち着いたのなら良かったと、シウはそれを受け入れた。ただ、アルティフェクスがつまらなそうに岩場の上で待っている。彼のためにも、シウは三人を急かした。

「とりあえず先を急ぎましょう。骨折していたあなたは血が足りないでしょうから、自力で動くのは止めた方がいい。アルティフェクスさんに持ち上げてもらって、岩場を抜けたところでフェレスに乗せて運びます」

男性はフェレスに目を向け、怖々と頷いた。アルティフェクスは嫌がるでもなく、サッと下りると彼を抱き上げた。残り二人は自力で岩を登った。使者になるだけあって身体能力は一般人よりもある。足場の悪い岩場を無事に乗り越えた。

竜人族の戦士らと合流してから、シウは全員に回復魔法を掛けた。万全の体調で移動を始める。途中、後続の竜戦士とも連絡を取り合いながら里に向かった。

帰り着いたのは、昼を大きく過ぎた頃だ。

◇◆◇◆◇

里の防衛をしながらも、ウェールたちは昼の用意をしていた。パンの良い匂いが広がって、戻ってきた竜戦士らの顔が綻《ほころ》ぶ。ゲハイムニスドルフの三人も匂いに釣られ、お腹《なか》をギューッと鳴らした。挨拶の口上もそこそこに、案内された席でパンにかぶりつく。

「美味《おい》しい……」

「ああ、生き返る」

「パンとはこれほど柔らかいものだったか？　それに美味しすぎる」

一人だけ不思議そうにパンを見ているけれど、答える人はいなかった。竜人族は食べるのに夢中だ。元々一心不乱に食べる傾向のある彼等だが、最近の新メニューはその傾向を加速させた。

シウも使者三人の相手をするつもりはなかった。フェレスたちに付きっきりだ。

「フェレスは頑張ったから内臓スペシャルだよ」

「にゃ、にゃにゃにゃ！」

フェレスの頑張りを労《ねぎら》うのは、彼の好きな食べ物でだ。

それから、クロとブランカの相手をする。二頭はシウが戻ってくるや離れなくなった。ひっつき虫だ。クロは何も言わないけれど、シウの肩の上から動こうとしない。ブランカは「おいていった！」と癇癪《かんしゃく》を起こし、その後はシウの足をがっちり掴んで離さない。もうここから動かないぞ、という強い意思を感じる。

「シウ殿が里に戻った途端、気配を感じ取ったらしくてね。飛び出してしまって慌てたよ。面倒を見ると約束したのに目を離してすまなかった」

ノウスがまた謝る。シウは急いで頭を振った。

「いえ、こちらこそすみません。見てくれて助かりました」

「いやいや。可愛い子たちで楽しかったよ」

それから森でのことを耳にしたらしく、シウの空いている方の肩に手を置いた。

「大変だったね。ありがとう」

「いえ。あいたたた、ブランカ、噛むのは止めて」

「みゃっ」

自分に構えと、目で語る。シウはノウスと顔を見合わせて笑った。

クロは静かだ。ただ、シウの髪を咥《くわ》えて引っ張ったり繕ったりと、やはり甘えている。

フェレスは存分に動けたと大満足のようだ。食事も終えて、その場でゴロリと寝転ぶ。

彼に助けを求めても無理だと悟り、シウはひたすら幼獣二頭に構われ続けた。


少し休んだ夕方、里のリーダー格らがソヌスの下に集まった。ゲハイムニスドルフの使者三人もいる。彼等は軽く挨拶した後、今回の件について語った。シウが聞いた話とほぼ同じである。多少の脚色はあったが、ゲハイムニスドルフ側の不手際について責められたくないという防衛本能が出たのだろう。

次に、救援に駆け付けた竜戦士らの報告が上がる。

最後がシウだ。トイフェルアッフェを討伐したと説明する。

実は今回の事件でトイフェルアッフェの姿を見た者はいないが、竜人族は最初からシウの話を信じてくれた。素直に驚き「よくぞ、一人で倒しに行った」とまで口にする。

ところが、使者の一人は疑っているようだった。表立っては言わないけれど首を傾げている。別の一人は半信半疑らしい。どっちつかずの表情で、仲間や竜人族の顔を見て考え込む。最後の一人、骨折した男性は信じてくれた。

第三章

恐ろしい魔獣

「あれだけの怪我を治せる人だ。動きも素早かった。彼にはそれだけの実力があるよ」

と、仲間に話している。

説得してくれる気持ちは嬉しいが、シウはどのみち皆にトイフェルアッフェの死骸を見せる予定だった。証拠という意味ではなく、生態を知っておいてもらいたいからだ。

早速、魔法袋からという体で空間庫の中の死骸を取り出す。

「解体せず、倒したままの状態です」

「うおっ」

「これが、トイフェルアッフェか」

「せっかく倒せても体を全部は持ってこられないからな。お前ら若造は初めてだろう」

竜戦士の中でも年配者が自慢げに話す。若者の中でトイフェルアッフェを見た経験がある者は半数もない。なるべくなら接触を避けたい魔獣だからだ。互いのテリトリーも離れている。

「ヒュブリーデアッフェと比べたら一回り小さいな」

「大きさは我等と同じぐらいか？」

「そうだな。ヒュブリーデアッフェは三メートルあるが、これは二メートルほどだ。こいつらも俊敏だったか？」

キルクルスに聞かれ、シウは頷いた。

「ヒュブリーデアッフェよりも小型だからか、小回りがきいていました。単身で動くと事前に聞いていたけれど、二匹で組んで牽制《けんせい》も掛けます。前後で挟んでくるんですよ」

「前後を？　囮《おとり》と本命か」

「考えて動くのか。それは怖いな」

「わ、我々もその話は初めて知りました。個別に動くのではなかったと……？」

骨折した男性、アエテルヌスと名乗った彼が、怯《おび》えた顔で呟《つぶや》く。他の二人も顔色が悪い。もっとも彼等の場合は「情報が間違っていた」ことにではなく、死骸を見てのようだ。しかも、

「もしあのまま助けがなかったら、俺たちはこいつらに餌として連れていかれたのか」

などと想像し、気分が悪くなっている。

そんな彼等には申し訳ないが、シウは話を進めた。大事な話があるからだ。

「情報はそれだけではありません。トイフェルアッフェは全部で十四匹いました。そのうちの一匹が緑色をしており、これが特殊個体と思われます。鑑定魔法を掛けたところ、魔力が五百五十もあると分かりました」

「は？」

「なんだって？」

有り得ないと叫んだのはゲハイムニスドルフの一人だ。もう一人は呆けた顔で固まり、アエテルヌスはその場に崩れ落ちた。

ガルエラドやキルクルスも動かない。竜人族の年配者だけが厳しい表情で腕を組む。

「その特殊個体を今から取り出します」

告げてから、シウは緑の個体を地面に置いた。誰も喋《しゃべ》らない。ゲハイムニスドルフの三人は絶句したままだ。竜人族は息をのんだ。

「鑑定して分かった内容と僕の推論を合わせての発言になりますが、この個体は変異種だろうと思います。他のトイフェルアッフェは、魔力が平均で百五十。固有魔法も持っていなかった」

だから安心しろ、という意味ではない。

「この変異種は、人間が使うような魔法スキルを持っていました」

一度に説明しても頭に入らないかもしれないが、情報は共有したい。スキルについて簡単に説明する。それから竜人族に向かって続けた。

「変異種だからもう出てこない、と考えるのは早計です。対策を練っておいた方がいい」

「そうだな」

竜人族なら計画を立てて向かえば水竜を相手にしても戦える。ただ、水竜と違ってトイフェルアッフェは小さな体で俊敏に動く。しかも狡猾な性質だ。真っ直ぐな竜人族は相性が悪い。だからこその対策である。

「それと、変異種に《将軍の咆哮》スキルがありました。将軍にまで階位を上げていたということです。あのまま行けば王になった可能性があります」

あるいは王が生まれる素地を作り上げていたかもしれない。

「そうなれば、スタンピードの発生も有り得たのか」

「一度、山狩りをした方がいいかもしれん」

「ああ」

「残党狩りか」

「その前に対策だ。奴等の戦い方を詳しく教えてほしい」

竜人族は衝撃を受けたものの、すぐに気持ちを切り替えた。

ゲハイムニスドルフの三人は無理だった。衝撃から抜け切れずに呆然《ぼうぜん》としている。

何故、それほどまでにショックなのか。シウの困惑に気付いたのはソヌスだった。

「ゲハイムニスドルフには村を守るための結界魔法が強力に張られていてな。ハイエルフの血が強い者ほど外に出ない。あそこにいる使者は血が薄い。もうほとんどが人族と言えるだろう。だからこそ使者として外に出る。だが、一族の生き方に慣れ親しんでおるゆえ、遠くへ出たがらないのだ」

　いつも安全な結界に守られているからこそ、外の様子が恐ろしい。今回の件で改めて慄《おのの》いたのだろう。

「村から里までの区間はなるべく魔獣を狩っているのだがな。安全とまではいかないまでも彼等なら行き来はできていた。だが今後はどうか分からぬ。あの様子を見るに、どうも村から出る気が失せたのではないだろうか」

　ソヌスが苦笑する。それほどに三人はショックを受けている。

「いつもは竜人族が買い出し品を持っていくんですよね？」

「さよう。だが、それでは悪いと、年に一度はこの時期に使者を立ててくれるのだ。村の話を聞かせてもらったり、里の様子を見せたりしておった」

その話を聞いて、シウはゲハイムニスドルフが「里の暮らしぶりをチェックしている」のではないかと考えた。穿《うが》ちすぎだろうか。ただ、それはそれとして、使者を立ててくれるというのは竜人族からすれば嬉しいだろう。

「今回は村まで送っていくのが良かろうな」

「そうだ、ついでにガルエラドが持ってきてくれた素材を分けて差し上げよう」

「保存袋もあるしな」

人が好い竜人族はそんな風に言う。これが彼等の性分なのだ。シウは羨ましい気持ちになりつつも、同時に彼等の純粋さを守る壁になりたいとも思った。

解体しなかったトイフェルアッフェの死骸は、研究のためと称して竜人族の里に置いていく。ソヌスは「助かるよ」とシウに微笑んだ。

その横で、挙動不審だったゲハイムニスドルフの一人が「我々にも分けてくれないだろうか」と言った。彼はシウの言葉を信じていなかった人だ。だからかどうか、もう一人が躊躇いがちに続ける。

「魔獣の権利が討伐者にあるのは分かっているつもりです。でも、俺たちの村でも研究したくて……」

「いいですよ」

「ですから対価はもちろん払います、と、え？」

「譲ります。そのつもりで解体せずに取っておいたので。初見の魔獣だったから確実に倒そうと魔核は取りましたけど。傷跡はそれぐらいかな。あ、魔核も付けておきます」

「えっ？」

「い、いいんですかっ？」

アエテルヌスもびっくりしてシウに詰め寄った。

「命を助けてもらっただけでも有り難い話で、その上こんなにまでしてもらって……」

感動の面持ちで告げるアエテルヌスの横で、躊躇いながら頼んできた一人が申し訳なさそうに言う。

「ですが、その、我等はそれに見合う対価を用意できません」

最初に発言した一人は目を丸くしたままだ。何も言わない。シウの考えが理解できないのだろう。それぞれが困惑する中、シウは答えた。

「いいですよ。珍しい魔獣を捕まえるきっかけになったと思えば、まあ。それにアウルのご両親が暮らしていた村のことだし。そう、だから、言ってみればアウルのためかな。アウルがいつか村に戻れた時に『あの子のおかげで研究材料が得られた』と思ってくれる人がいたらいいなと思います」

繋がりがあるからこそ無償で譲るのだ。

「アウルとは、あの子のことですね……」

アエテルヌスが呟くように口にする。残りの二人も神妙な顔で俯《うつむ》く。アウレアの名は、彼等には重いものらしい。

◇◆◇◆◇

金の日、シウたちは朝から「猿型魔獣」の対策について話し合った。今回のように、魔獣が復讐《ふくしゅう》のために計画を立てるというのは初めてだ。その計画に他種族が乗っかり、共闘して襲ってきた。もちろん、魔獣スタンピードなら多種族が共に行動する場合はある。が、そうではないのに手を取り合えるという事実が恐ろしい。

冷静に動けるということだからだ。

統率者が群を抜いて賢かったのだと思えればいいが、そこまで楽観的には考えられない。第二第三の変異体が出てこないとどうして言えようか。そもそも相手は戦いづらい猿型の魔獣だ。対策しておくに越したことはない。

ヒュブリーデアッフェについては昨日の戦いで経験値がある。それに加えて、竜戦士らはフェレスが参戦したことで「攪乱」の必要性を覚えた。敵を振り回す役だ。これが猿型魔獣以外との戦いにも生かせると、新たな戦術を考える。

トイフェルアッフェに関しては、若い世代の経験が圧倒的に足りない。昨日もシウ一人で片付けてしまったため、竜戦士らは生きた姿さえ知らないのだ。

訓練するにしても敵の動き方を少しでも分かっている方がいい。

「僕が猿の役をやろうか？　その方が対策しやすいんじゃないかな」

「いいのか？　こちらは助かるが」

キルクルスが心配顔でガルエラドを見た。

「シウなら問題ない。全力で挑んだところで誰も勝てぬ。いなされて終わりだ。だが、フェレスは危険かもしれん。すばしっこいが、シウほど小さくない。こちらも寸止めできるかどうか」

そう言ってシウを見る。シウが首を横にゆっくり振ると、ガルエラドはほんの少し心配そうな表情で問うた。

「フェレスも訓練に参加させるのだな？」

「外したら拗ねると思う。ちゃんと保護用の結界を張るよ」

「そうか。では、やってみよう」

そんな話し合いの最中にウェールがやってきた。アウレアを肩車しながらだ。

「ねぇ、シウ。午後は魔法を教えてよね。料理も」

「うん、分かった」

「じゃあ、アウルはあたしたちが見ておくよ」

できればクロとブランカも見ていてほしいが、シウから離れようとしないので諦めた。胸の小さな袋にクロを、ブランカは背負う形で訓練に参加する。

見ていたアルティフェクスが「幼獣を背負って戦えるのか」と聞く。シウは笑って「重石を付けた訓練だと思えば」と冗談のつもりで答えた。まさか、聞いていた皆が本当に重石を背負って訓練するとは思わずに。

さて、竜人族の中で若い世代の代表はキルクルスだ。次代の長老候補である。冷静沈着なところがありつつも、若者らしい探究心があった。好感のもてる青年だ。ガルエラドより少し年上で、本来の年齢は六十歳になる。本来の、というのは見た目年齢が違うからだ。鑑定でも「六〇／二六」と表示される。シウの鑑定魔法だからかもしれない。見た目年齢か、もしくは人族年齢に換算されているのだろう。

リングアという青年も同年代にいる。猪突猛進《ちよとつもうしん》なところはあるが、話し好きで明るい。ムードメーカー的な存在だ。リングアを見ているとガルエラドの無口さが際立つ。

アルティフェクスは静かな性質で、のっそりと話す癖がある。独特のペースがある。時折つまらなそうに見えていたが、つまらないのではなくて困惑しているのだろうと気付いた。彼は自分のペースを乱されるのが苦手なようだ。それゆえ、自分たちの都合で動くゲハイムニスドルフの使者が苦手のようだった。

ディアログスも竜戦士なので訓練には参加していた。休憩時に「夜の手仕事が増えて有り難い」とシウに報告してくる。彼は生産魔法を使って保存袋を量産中だ。自分の時間を取られて困るかと思えば「夜はやることがない」から、ちょうどいいらしい。そして「早く嫁が欲しい」と真面目《まじめ》な顔でシウに話すのだった。

　ブーコリカはアルティフェクスと同様、斥候職だ。竜戦士でなくとも訓練に参加している。彼は穏やかな雰囲気の持ち主で、気配の消し方が上手い。普段は無口のようだが、話し合いの際にはきちんと意見を出す。

　女性にも竜戦士はいる。見回り当番で今回の訓練には参加していないが、ガルエラドの姉アプリーリスがそうだ。彼女は竜戦士としても強いが性格も強気らしく、若い世代の男性はたじたじらしい。

　といっても、アプリーリスだけがそうというわけではなかった。竜人族の女性は総じて気が強い。肝が据わっており、いざという時に頼れる存在だ。だからこそ里の防衛を任されるのだろう。彼女たちは自分より小さいものへの愛情も深い。

　シウも女性陣にとても可愛がってもらっている。

　里で一番小さいのが赤子のソノールス、その次がアウレアになるが、実はシウも三番目に小さかった。見た目的にも、実際の年齢的にも子供ということで可愛く見えるらしい。

　そんなものだから、シウが魔獣役をしていると途中で何度か邪魔が入った。

「ちょっとあんたたち、シウを傷付けたら許さないからね！」

　見回りの途中で戻ってきた女性の竜戦士が口を挟む。里から山菜を採りに来た女性たち

もだ。

「相手は子供なんだよ、分かってるね？」

茶々が入ると訓練に支障をきたす。シウは皆に提案した。

「外から見えないよう、結界を張りましょうか」

「できるなら頼む」

それ以降は、中が見えない結界の中で訓練を続けた。


訓練は里の近くにある開けた場所を使った。普段の訓練でも使うらしいが、そのままだと木々が密集している場合の訓練にはならない。そのため、シウが土属性魔法で壁や塔を作ったり、木属性魔法で茂みを増やしたりなどして障害物を用意した。木々に見立てた金属棒も、配置を変えられるよう土台の下にキャスターを付ける。固定する際はロックも掛けられる仕組みだ。

シウは森での戦闘には自信がある。特製のクナイを使って木に登るし、木から木へ飛び移るのも得意だ。イメージは忍者である。もちろん、猿型魔獣の真似をしているのだから動きはそれだ。

他にも、認識阻害の魔術式を付与した蜘蛛蜂《くもばち》の糸を仕掛けて回る。糸を摑んで移動すればば思わぬ動きになるはずだ。

はたして。皆が翻弄された。その上、フェレスもいる。機動力の高い騎獣が攪乱することで後手に回るしかない。戦い辛さを実感しただろう。同じ動きを真似れば魔獣相手にも使えると分かったのではないか。

また、戦っているうちに各自の得手不得手が見えてきた。リングアは何度も躱されるうちに頭がいっぱいいっぱいになったらしい。考えるのを放棄して突進してくる。

アルティフェクスもペースを乱されてイライラしているようだ。

気持ちの変化は彼等の連携にも響く。それを元に戻すのがキルクルスだ。彼とガルエラドはシウの動きを観察し、次にどこへ移動するのか予測を立てる。指示の出し方も上手い。竜声魔法を駆使して伝えたかと思えば指や体を使った指示も入れる。彼等独自のルールに基づいた内容なのでシウには分からない。

段々と動きが洗練されていく。それにキルクルスとガルエラドは幼馴染《おさななじ》みだ。仲の良い友人でもある。長老候補になるほどだ、実力もあった。二人の阿吽《あうん》の呼吸にシウは焦り始めた。

彼等の後ろを取って倒したと思えば直前でスルリと逃げられる。その逆もまた然り。

猿型魔獣の真似をするとは言ったが、最後はほとんど冒険者であるシウと竜戦士らの訓練になっていた。

昼食を摂ろうと里に戻った途端、バテた皆がその場で座り込む。シウも寝転んだフェレスの上に横たわった。

「あー、疲れたねえ」

「にゃー」

シウの場合、体力はもう戻っている。そういう風に体ができているからだが、気力の方はそう簡単にリセットされない。全力で組み合ったのだ。精神的に疲れる。こういう時は癒《い》やしがあればいい。それもあってフェレスに寄りかかっている。

フェレスは躊躇なくバタンと地面に寝転んだが、本気で疲れているわけではない。心地《ここち》良《よ》い疲れに満足している。本獣的には遊びの延長だったのだろう。

クロとブランカも、フェレスの上で横になった。訓練中、二頭は抱っこ紐《ひも》の中で興奮していた。一緒に戦った気でいるらしい。

「シウ、今『疲れた』と聞こえたが、まだ元気そうじゃないか」

「こちらは完全に倒れたのが二人もいるが」

キルクルスが笑い、ガルエラドは視線を横に向けた。その先にはリングアがいる。地面に寝ていた。アルティフェクスは椅子から落ちかけており、他の皆も地面に座り込んでいる。

そこへ、ウェールの料理がやってきた。

「お待たせー。岩猪のベーコン焼きとコカトリスの卵を焼いたよ。ジャガイモのスープも作ったからね！」

「おー、美味しそうだ」

「美味しいんだよ。さ、パンも、あんたたちが好きな白いのにしたからね。食べな」

小麦粉も蕎麦粉《そばこ》も、シウは多めに持ってきた。種を蒔《ま》いて育つまでの一年ぐらいは保つだろうと計算したつもりだった。が、彼等の食べる量を見れば早々になくなりそうだ。不安になるが、冬が終わる半年後に彼等はまた街へ行く。その頃には保存袋もあるのだから、買い溜められるはずだ。

そんなシウの心の声が聞こえたわけではないだろうが、ウェールがディアログスに話を振った。

「ねぇ、保存袋は順調にできているのかい？」

「ああ。大分、慣れてきた。材料さえあれば一晩で一つか二つは作れる」

「じゃあ、外に出ている皆にも分けてあげられるね」

ウェールが嬉しそうに笑う。

「あとさ、実は買って来てほしいものがあるんだ。今まで無理だと思って頼めなかったんだけど」

「お前が何か欲しがるなんて珍しいな。何が欲しいんだ？」

「へっへー。実はさ、エンボリウムと結婚しようかと思って」

「え？」

「でさ、前にあいつが外に行った時に髪飾りと櫛《くし》を買ってきてくれたんだよ。その大事な櫛の歯が折れちゃってさ。泣いてたら、エンボリウムが結婚祝いに買い直してくれるって言うんだよー」

　照れたのか、ウェールがディアログスの肩をバンバン叩く。ディアログスは「痛い」と顰《しか》め面《つら》だ。すると、リングアが割り込んできた。

「ちょ、待てよ。ウェール、お前、あいつと結婚するのか？　いつの間にそんな話になってんだよ。ていうか、俺はっ？」

「誰があんたみたいなヒヨッコ」

「いや、俺とあんま、年変わんねぇだろ！」

「あたしは嫌だね。やっぱり、男は落ち着いてなきゃ」

　肩を竦《すく》めるウェールに、リングアが真っ赤な顔で叫んだ。近くにいたディアログスが「煩《うるさ》い」と眉を顰める。

「それ、あいつが酒造職だからじゃないのっ？」

　話を聞いていたアルティフェクスが「ウェールは酒好きだもんな」と相槌《あいづち》を打った。その隙にディアログスがウェールから離れる。

　シウも近くにいたが「ふうんなるほど」と適当な返事で食事に専念した。こういう話題の時に真面目な意見を返しても相手にされないのだ。そもそもシウに「恋愛」の話を振ってくる人もいなかった。

　同じようにガルエラドも黙って食べている。キルクルスもだ。彼の場合は「騒ぎが大きくなったら止めよう」とでも思っているのか、視線は皆に向いていた。が、会話には参加しない。どうやら二人もシウと同じタイプのようだった。

　シウの食事が終わる頃には「街で何を買うか」に話題が変わっていた。

　食料以外に必要な、たとえば生活用品は、手先の器用なゲハイムニスドルフが作ったものと物々交換しているらしい。とはいえ、女性の胸がときめくような細工物になると街の方が「洒落《しやれ》ている」そうだ。

　ウェールの話は女性たちの中で「羨ましい」こととして知られていた。昼食の間も、終わってからも「いいよねぇ」「素敵だわ」という会話が続く。

　それを聞いたソヌスは、

「今後は荷運びの中に嗜好品《しこうひん》も入れていこうかの」

と、決めた。保存袋があれば荷は増やせる。金銭的にも問題はない。なにしろ彼等は魔獣を狩るのだ。売り物になる素材は多い。自分たちの身の回りを少し整えるぐらいの余裕は充分にあった。

　食材に関しても、ある程度自分たちで育てられるのだとしたら、他に必要となるのはゲハイムニスドルフから頼まれる分だけ。

　そのゲハイムニスドルフの使者も、里の食糧改革案を聞いて「ぜひ自分たちもやってみたい」と意欲を示した。自給自足が成り立っておらず、しかも買い出しを竜人族に任せている状況だ。いつ、この補給線が途切れるか分からない。それだけ危険な場所に彼等は住んでいる。今回の件で思い知った使者の三人は乗り気だった。

それもまずは、竜人族の里で最初の一年を成功させることが第一だ。

シウもできるだけの応援をすると約束した。


ゲハイムニスドルフの使者三人はリングアの班が送っていく。村で情報を共有し、山狩りについての相談をゲハイムニスドルフ側と詰めるそうだ。最終的に、残っているであろうヒュブリーデアッフェの群れを討伐する。

その頃にはシウもガルエラドもいない。だから「猿役ができるシウのいる間に訓練をしよう」と、午前中に訓練時間を設けると決まった。フェレスは楽しんでいるし、シウにも良い訓練になる。快く応じた。

午後は料理や複合魔法を教えるなどして過ごす。農業についての講義も行った。

アウレアも一緒に話を聞いているうち、料理に興味を持ったようだ。覚えも良い。女性たちは「ガルエラドよりずっと上手い」とアウレアを褒めそやした。

◇◆◇◆◇

そんなある日、シウは占術師《せんじゅつし》の職に就いたというプルクラを紹介してもらった。初めて顔を合わせたのは、彼女が長く伏せっていたからだ。大がかりな占いの後は魔力だけでなく体力も失うようだ。

「プルクラと申す。よく、この里へおいでになった」

古めかしい言葉を使い、態度にも威厳を感じる。見た目は若い。そのギャップに違和感を覚えているると考えたのか、彼女の方から事情を教えてくれた。

「わたしは二百と五十を超える年を生きてきたが、人族の年齢に換算するならば三十歳だ。強い個体で生まれたのでな。竜人族の中でも寿命は長い。この里ではキルクルス、ソノールスがそうだ。ガルエラドも長命となろうな」

アプリーリスからも聞いていたのに、シウは一瞬戸惑った。

「そう、ですか」

シウ自身、長命になりそうな気配はある。ただ、ガルエラドよりは短いだろう。長い時を生きるのは辛かろうと、同情めいた気持ちになる。長く生きるかもしれないと悟った時の自分がそうであったからだ。

「大丈夫だとも。そなたならな」

声には威厳があるのに、どこか柔らかくて優しい。シウは顔を上げた。

「気になっての。そなたを視ていたのだ。よう、生まれてくれた。幼い頃は大変であったろう。だが、ここまでくればもう安心よ。未来は長いぞ。そなたはそなたの成したいようにされるがよい。神の愛し子よ」

「え？」

ここにはソヌスとガルエラドに案内されて来た。シウだけがプルクラの家に招かれた。フェレスや二頭の幼獣はガルエラドが「預かる」と連れていった。彼女がそう指示したからだ。プルクラは最初から大事な話をするつもりだった。

「これはわたしとそなただけの話。誰にも言いはせぬ」

「もしかして、僕が、神様と――」

プルクラがスッと手で止める。

「言わずとも良い。そなたが神に愛されているのはよう分かっておる。面白い存在よな。勇者や神子《みこ》とも違う。自由気儘《じゆうきまま》でふわふわと、まるで精霊のようではないか？　精霊はやりたいようにやる。そなたも生きたいように生きれば良い」

精霊にたとえられるとは思わず、シウは曖昧に頷いた。

確かにシウは、神様に大仰な役目を与えられたわけではない。かといって、神様に恵まれた能力を与えられた自覚はある。本当に何も成さなくていいのかと、不安はあった。

だからこそ、プルクラに「生きたいように生きていい」と言われると身に沁《し》みた。神様の言葉を信じていないわけではないが、時々ふと思うのだ。あれはシウが見た都合の良い夢ではないかと。もちろん、夢の中でさえ伝わってくる存在感は「神」そのものであったけれど。

いろいろ考えて言葉にならないシウに、プルクラは笑顔を向けた。

「ガルエラドがそなたと出会えたことは僥倖であった。長い時を生きる者同士、仲良くしてやってくれ」

「あ、はい」

「ふむ。その返事からして、およその事実はもう分かっているのだな。そうかそうか。では一つ、予言を授けよう」

　予言と言われ、シウは慌てて背筋を伸ばした。プルクラはふふっと幼女のような笑みを零し、厳かに告げた。

「そなたには長命の友人がこれからも増えるであろう。中には面白い存在もいる。こちらも神の愛し子だ。楽しみにするが良い。近々、会えるはずだ」

「えっ、それはまさか……」

　同じ転生者だろうかとシウは考えた。問いのような呟きはプルクラの耳にも届いたはずだが、それ以上は語らなかった。彼女は占った結果だけしか伝えないそうだ。推測はしない。シウにも事情を聞く真似はしなかった。

　プルクラはただ占った。そうすべきと思ったからそうした。そして結果を伝えた。それが全てだ。


　プルクラに会った夜、シウはぼんやりと寝具の上で考えていた。

　長命の友人に出会えるという話や、自分と同じ「神の愛し子」についてだ。

　考えているうちに、いつの間にか眠っていたようだ。神様が夢に現れた。久しぶりだった。

「先を越されちゃったわ！」

シウは「あ、いつもの神様だ」と、思わず笑った。随分と懐かしい気がする。

「ところで、あなた、良い感じじゃない？　この世界に馴染んできているわね」

「はい。楽しいです」

「うんうん。最近はあちこち見て回っているようね。良いことだわ」

シウにとって慕わしい少女の姿で、腕を組む。口調や態度が少々偉そうだから、本来の少女とは全く違う。それが何やら不思議で面白い。

「恋愛の方はてんでダメだけど、まあ、いいわ。歩みは人それぞれよね。ところでね、占術師に先を越されたけれど、実はあなたに話をしようと思っていたのよ。もう一人の転生者に会ってみない？　とね」

「もう一人の？」

「ええ。実はねぇ、転生した子が嫌な事件に巻き込まれそうなのよ。せっかく生まれ変わったのに、すぐに死んじゃうのは可哀想でしょう？　かといって、直接干渉はできないの。神様って案外面倒なのよ。そこで、あなたにお願いしようと思ったわけ。夢でお願いするのならギリギリセーフ、かしらね」

「あの、すぐに死ぬって、危険な状況なんですか？」

神様の軽い口調と言葉の持つ重みの違いに混乱する。そんなシウを見て、神様は微笑んだ。

「もう少し先の未来では、そうなるかもしれないわね。どう転ぶか分からないの。五分五分かしら。わたしですらそうなのに、占星術とやらは未来を見通すのよ。嫌になるわね」

「もしかして、本当に神様は万能というわけではないんですね」

「ハッキリ言うわね。でも、そうね。別の言い方もできるのよ。世界は不干渉システムで成り立っている。この世界に手を出したら、それはもはや独立した自由な存在ではなくなるということよ。手を出してしまえば、わたしの持ち物になってしまうということ。んー、わたしの身の一部になるのかしらね。意味は分かる？」

「あ、はい。なんとなく、分かります」

「自分の体のことだから不要だと感じれば切り捨てるわ。生かすも殺すも勝手。他の誰にも自由にさせない。でも、それって面白くないでしょう？　大体ね、自分を見て喜べるのはナルシストだけよ。わたしは、わたしでないものを見て楽しんでいたいの」

　語る神様の瞳がどこまでも深い穴のように見え、シウの全てが慄く。

「あなただって体に取り込んだ野菜のことなんて気にしないでしょう？　でも、美しく咲く花には心を留めるわよね。あんな感じかしら。そうね、あなたは一際大事にしている花よ。わたしは大事な花を自分の目で愛でていたいの。食べたいとは思わないわ」

「分かりました」

「そ、良かった」

　神様は少女の姿でにこやかに頷いた。

「あなたにお願いする時期は年明け頃になるかしら。今はまだ様子見ね。事が起こる前に会わせるわけにもいかないし」

「分かりました。あ、転移できるところですか？」

「ええ。でなければ、あなたを指名しないわよ。他にも気になる花はいるの。そうそう、神子だっているのよ」

「神子なら、託宣ですか？」

「そうよ。可愛い子でね、話をするのが楽しみなの。ただ、彼女を行かせると余計に面倒な事件が起こりそうなのよね。勇者の卵君も絶対にやらかしそうだから、被害が拡大するのは目に見えているわ。だったら一番マシなあなたが良いかと思ってね」

　これは褒められていないなと、シウは苦笑いになる。その気持ちを神様は読んだ。

「褒めてはいないけれど貶《けな》してもいないわよ。安心して？」

「はあ」

「神子ちゃんも勇者の卵君も良い子たちなの。ただどうしても、この世界で生まれたばかりの魂だから熟《こな》れていないの。眺めている分には気持ち良いのだけど」

「そういうものですか」

「ええ。素直すぎて周りが振り回されちゃう。見ていて面白いけれど、どういう風に転ぶか分からないところがあるの。今回のような件は任せられないわ。だから、あなたが転生していて良かった」

「はあ」

シウはちょうどいい存在だったようだ。

「こんな風にシステムの穴をすり抜けるのはわたしも大変なの。お願いは今回限りと約束するわ。ああ、そうだ。あなたは『自由』だから断ってもいいのよ？」

「ここまで聞いて断れないです」

死ぬかもしれない子がいると聞いて断れる人などいないだろう。シウの指摘に、神様はペロッと舌を出して笑った。

「そう言うと思ってたわ。せっかくの転生者でしょう？　転生者は思考が面白いから好きなの。死ぬのが惜しかったから助かるわ。じゃあ、よろしくね」

そう言うと、一方的に話が終わった。まるで突然停電したかのように、プツンと繋がりが切れる。神様は相変わらずだった。


全く寝た気にならないのが、この夢の悪いところだ。シウは目覚めの悪さに唸《うな》った。

それにしても、シウが神様の「お気に入り」だったのには驚いた。以前、神様が「転生者で遊んでいる」と話していたから、てっきり玩具《おもちゃ》扱いだと思っていたのだ。

玩具とお気に入りでは感じも変わってくる。それに、神様はシウに自由だと言った。改めてハッキリ口にしてくれたことでホッとする。不干渉システムがあると話していたのも新情報だった。

　それより何より、転生者だ。どんな子だろうかと考える。

　シウはどうにも眠れず、神様との話を思い返した。そう言えば、神様は神子と勇者について「この世界の魂だ」と言った。生まれたばかりの熟れていない魂だと。たぶん「擦れていない」や「人生経験値が足りていない」という意味だろうとシウは受け取った。

　短い会話の中に情報が多く詰まっていた。

　シウが神子や勇者と会う機会はないと思うが、彼等の噂《うわさ》が耳に入れば神様を思い出してしまう気がした。神様の愚痴《ぐち》まで思い出しそうで、小さく笑う。

　笑えば肩の力が抜けた。少しだけ眠れそうな気がする。いつもの起床時間はまだ先だ。

　シウは目を瞑《つむ》った。

　翌朝、シウは珍しく寝坊した。フェレスやクロ、ブランカに「お腹が空いた」と起こされて飛び起きるほどの大寝坊だった。

◇◆◇◆◇

　山眠《やまねむ》るの月《つき》の最後の週になった。そろそろ竜人族の里を出る頃合いだ。シウだけではない。ガルエラドも共に出る。

　それを知ったキルクルスが心苦しい様子で尋ねた。

「せめて、年を越してからでも良いのではないか」

「あまり長居するとゲハイムニスドルフも気がかりだろう。今回はシウがいるから安心して長く滞在できたがな」

「そうか。そういえばシウ殿がハイエルフ対策の魔道具を作ったとか。里の皆にも魔法を教えてくれたな」

と、会話の途中でシウに頭を下げる。幼馴染みであり友人でもある二人の語らいを邪魔しないようにしていたシウは、黙ったまま首を横に振った。

魔法を教える過程で、シウは里にも魔道具を提供した。

これは、人族との共存を選んだハイエルフを消そうとする、敵対勢力「アポストルス」の対策として使ってもらう。本来なら竜人族とは何の関係もない。しかし、現状ゲハイムニスドルフは竜人族に依存した生活を続けている。買い出しもそうだ。

何より、竜人族は隣人の不幸を見て見ぬ振りはできない。

そんな心優しき彼等のためにシウもできることをしたかった。

新しい魔法の技術も伝授した。まだ完璧にとはいかないが、訓練を続けるうちに身に付くはずだ。

それでも安心はできない。だから、ガルエラドは里を出る。放浪の旅を続けることで、ハイエルフの血を濃く引いたアウレアをアポストルスの目から遠ざけるためだ。

シウは今回、ガルエラドは竜人族の里に腰を据えるのではないかと考えていた。過信するつもりはなかったが、シウの作った魔道具もある。仲間と共にアウレアを隠しておけるのではないかと思った。

その考えが甘いと知ったのは、ゲハイムニスドルフの使者らと会ったからだ。彼等にはアウレアを引き取るつもりはないどころか、離れた場所にある竜人族の里に住むことすら「困る」と思っている。その証拠に、ゲハイムニスドルフからの返事はまだ来ない。共闘してヒュブリーデアッフェを倒そうという話だけなら返事は簡単なはずだ。彼等が迷い悩むのは、アウレアの件を併せて伝えたからだった。

ガルエラドは何を思っただろうか。シウには推し量れない。複雑な思いがあるだろうに、彼は淡々と旅の再開に向けた準備を始めている。

「だが、お前の『料理』の話をウェールから聞いてしまってな。心配だよ」

「もう大丈夫だ。シウのおかげで随分と助かった。魔道具然り。魔法袋もだ。その魔法袋にはアウルの食事も入っている」

「それよ。お前の料理のひどさはウェールのお墨付きだからな。可哀想に、アウレアが小さいのは種族特有のものではなかったということだ」

彼等の話を聞いて、シウの体が小さいのは幼い頃にあまり食べなかったからではないだろうかと考えた。もちろん爺様《じいさま》は心配し、何度もシウの口に食べ物を押し込んだ。残念ながら受け付けなくて吐き出したが。

シウの食が細かった原因は、転生して記憶が混濁《こんだく》していたせいだと思っていた。しかし、血筋も関係があった可能性はある。考え込んでいたら、キルクルスがシウに頭を下げた。

「返す返すもシウ殿には世話になった。ガルエラドがこうしていられるのもシウ殿のおかげだ。先日の襲撃で一人の犠牲者も出さずに済んだのもだ。ありがとう」

「いえ、僕の方こそ良い素材をいただきました」

長老ソヌスに「魔獣討伐の礼」として竜の鱗《うろこ》を追加でもらっていた。更に、尻尾《しっぽ》の方の皮や爪の一欠片《ひとかけら》もだ。これ以上は過ぎるというもの。感謝しているのはシウの方だった。

「また遊びに来てもいいですか？」

「もちろんだ。その時に訓練の成果を見てもらいたい」

話していると、ウェールたちがやってきた。里には食堂以外にも皆が集まる広場がある。公園のように整備されているわけではないが、ちょっとした丸太が椅子代わりに設置されていた。誰かの姿があれば、こうして集まる。

「キルクルスったら、ガルやシウの出発はまだ先だよ。三日後だっけ。気が早くない？」

「そうは言うが、ウェール。出発日を聞いたのは今朝なんだ」

キルクルスとウェールが話す後ろで、失恋したばかりのリングアが分かりやすく落ち込んでいた。失恋してもウェールを見掛けて追ってくるのが、いじらしい。ただ、やりすぎると未練がましくなる。何と言って慰めればいいのか迷っていると、ウェールがシウの方を向いた。

「ねぇ、シウ。まだ三日もあるんだしさ。あたしに子供ができた時の対応の仕方を教えてよ」

「あ、うん」

リングアがガクッと項垂《うなだ》れた。力なく倒れ込み、そのまま地面に手を突く。その体の下をブランカが走り抜けていった。トンネルを作ってくれたと思ったのか、あるいは遊んでくれたと勘違いしたか。クロもトトトッと走っていく。フェレスは長話に飽きて溝で遊ぶのに夢中だ。

シウが幼獣二頭に「ダメだよ」と注意する前に、ウェールが距離を詰めてきた。

「前に、妊婦がやっちゃいけないことがあるって話してたよね？　あと、栄養豊富な食材を教えてよ。食べちゃダメなものもあるんだっけね」

「あ、うん。えっと、体を冷やすのは厳禁だよ。生食も禁止。食材は加熱しよう。お腹を壊さないようにね。腹圧がかかりすぎるのは良くない。適度な運動は問題ないからね。むしろ動いた方がいい。……適度って分かる？　飛んだり跳ねたりじゃないよ？」

「分かってるって。歩くんだろ？　毎日歩いてるさ！」

明るく笑い飛ばす。本当に大丈夫なのかと、シウは少し不安になった。彼女は調理の時も豪快だった。細かいことを気にしない性格だ。シウはメモに残そうと考えた。

ウェールと会話している間に、ブランカがクロにちょっかいをかけて追いかけっこが始まった。リングアを障害物に見立てているのか、その周りで騒ぐ。クロは「やられたからやりかえす」のではなく、あくまでもブランカの「遊びたい！」に応じている感じだ。周りが見えていないブランカをいなす冷静さもあった。

　ところが、そのうちに楽しくなってきたのだろうか。

「きゅぃ！」

　リングアの頭に乗った。彼は土下座みたいな格好で項垂れていたから、確かにクロでも飛び上がれる高さだ。クロはその勢いのまま、リングアの背中をトトッと走っていく。楽しそうだった。スキップしているように見えるのはシウの気のせいだと思いたい。

　そして、そこまでされてもリングアは起き上がらなかった。

「獣の乳も良いんだよね？　だけど、山羊《やぎ》はあたしたちに怯えるからねぇ。その点、コカトリスは魔獣だけあって強い。飼われてるくせに立ち向かってくる根性があるんだ。この間も蹴られたんだよ。もちろん返り討ちにしてやったけどね！」

「返り討ちって、まさか殺していないよね？」

「大丈夫大丈夫。せっかく卵を産む雌なんだ、殺さないって」

「雄も殺しちゃダメだよ。有精卵じゃなくなる。徐々に増やす予定なんだからね」

「あ、そうだったっけね」

「……忘れてたでしょ？」

　ウェールはそっぽを向いた。

　リングアは益々地面にめり込んだ。その体の上や周囲をブランカとクロが走り回る。

　フェレスは少し離れた場所で、冬だというのに水遊びの真っ最中だ。

キルクルスはしんみりした表情を微笑みに変え、ガルエラドの肩を叩いた。

畑の方から、女性たちに抱っこされたアウレアがやってくる。昼時が近い。里にいる竜人族がそろそろ集まる時間だ。その前にリングアを立たせよう。

シウはクロとブランカに「はい、もう終わり」と声を掛けた。

◇◆◇◆◇

シウは里を出るまでの間に多くの作業をこなした。ウェールだけでなく今後妊娠するであろう女性たちのための、体を守る仕組みについても紙に残した。他にも里の防御を強化したり畑を広げたりと張り切った。

温泉作りは諦めた。竜人族に、お湯に入るという習慣がないからだ。いきなりは難しい。ただ布石は打つ。温泉の効能や体を清潔に保つことによるメリットを伝えた。次こそは温泉を掘らせてもらいたい。シウがあまりにウキウキして話すものだから、ソヌスも興味を持ったようだった。

狩りにも同行した。途中、見晴《みは》らし台《だい》に寄る。そこで空白の地を眺めた。シウの横で竜戦士たちが祈りを捧《ささ》げているのを聞いたら「きっと竜も慰められているだろう」と厳粛《げんしゅく》な気持ちになった。

狩りでは訓練の成果が出始めていた。

遠出をした時に一度ヒュブリーデアッフェと鉢合わせしたが、二人の竜戦士だけで倒せたのだ。魔力の高い猿型魔獣を相手にするには直接攻撃が有利となる。身体能力の高い竜人族ならば倒しやすい。ただし、相手は狡猾な魔獣だ。二人一組で協力し合い、冷静に対処する必要がある。今回は上手くいった例だ。短時間で倒せた。

別の魔獣が現れた際も覚えたての魔法攻撃を試しており、彼等の熱心さに舌を巻く。

シウも負けていられないと発奮した。

それは、ずっと気になっていたトイフェルアッフェの巣の探索だ。

皆には「フェレスの運動がてら遊びに行く」と言って、里を出た。幼獣二頭は預けていった。連れてはいけなかった。向かう先が黒の森だからだ。

シウはトイフェルアッフェを見付けて以降、広範囲で巣の探索を続けていた。見付けたのは黒の森の中だった。トイフェルアッフェはどうやったのか、黒の森から出てきたらしい。

道理でトイフェルアッフェをまともに見た人が少ないわけだ。

黒の森は危険すぎて、上級冒険者であろうと入れるような場所ではなかった。国が領土を広げるために調査隊を送る、という話も近代ではない。過去には一個旅団を全滅させた歴史もあるぐらいだ。二の舞を演じる者はいない。

そうした理由もあって、黒の森の中に何があるのかは誰も知らなかった。ただただ、危険な魔獣がいるとだけ伝えられている。

事実、シュタイバーン側の境界線には高い壁が張り巡らされているというのに、年に数度の魔獣スタンピードが発生した。魔獣の嫌う音や匂いで警戒していてもだ。浅い場所の偵察と魔獣狩りを常に行っていても、魔獣は現れる。

当然、黒の森の北側にだって這《は》い出《で》てくるだろう。そこは、竜人族の里やゲハイムニスドルフの村がある地だ。

そのため、ゲハイムニスドルフの能力者が数年に一度、境界線に封印を掛ける。村を守る結界と同じだ。彼等は黒の森から魔獣が出てこないよう、厳重な魔法で壁とする。

それでもトイフェルアッフェは出てきた。

シウも壁を越えられる。ハイエルフの末裔《まつえい》らが苦心して掛けたであろう見えない壁は、シウの空間魔法の障害にならなかった。あっさりと《転移》で入れる。

同じように通り抜けられる魔獣はいるのだ。トイフェルアッフェだからか、あるいは緑の個体が穴を見付けたのか。倒してしまったために理由は知れない。けれど、少なくともトイフェルアッフェだけは排除しておけば、安心できる。

シウは、先に見付けていたトイフェルアッフェの巣の近くに再度《転移》した。自分自身とフェレスに空間魔法で壁を作って守っている。以前、黒の森に入った時も同じように遮断していた。中は空気が淀《よど》んでいて、とてもそのまま息をする気になれなかった。黒の森の外にある空気と循環させる形で、新鮮な空気を取り込んでいる。

そこまでしてもなお、黒の森には長居したくない。

異様な空気感の中、シウは巣を見下ろした。崖の下に作られた巣の規模は大きい。シウがゲハイムニスドルフの使者に聞いた話とは違った。彼等の得た情報は、もっと小さな群れだったのだろう。

巣には他種族の魔獣が捕らえられていた。家畜のような扱いだ。じっくり観察するまでもなく惨《むご》い様子が見て取れた。もちろん人間だとて獣を飼う。家畜はいずれ潰して肉となるのだから、彼等の所業をどうこう言える立場にない。ただ、ここまでの劣悪な環境ではなかった。

元来、魔獣とは悪辣《あくらつ》な生き物だ。慈悲はない。ただの獣とは違うからこそ、人は魔獣を恐れ忌み嫌う。

たとえ相手が人型をしていようとも、そこに憐《あわ》れみを持つべきではない。

シウは覚悟を決めて巣を殲滅《せんめつ》した。

巣の全体に結界を張り、魔素を抜いて魔力を吸い取る。耐えられそうな個体には重力魔法を掛けた。

巣には王や将軍といった強い個体はいなかった。その下の、指揮官レベルしかいない。

緑の個体だけが変異種として突出《とつしゅつ》していたようだ。念のため、シウは《全方位探索》を強化した上で広げてみたが、トイフェルアッフェが他にいる様子はない。いるのはゴブリンやオークといった魔獣だけだ。黒の森の奥地に行けば分からないが、この付近に強い魔獣はもういなかった。

　気がかりが消え、シウは肩の力を抜いた。

　とはいえ、ここは黒の森の全体で言えば北の端だ。中心地に近付けば近付くほど危険だとされる黒の森の、そこに住む魔獣がいつ何時溢《あふ》れ出《だ》すか分からない。見回りや山狩りは定期的に行うべきだろう。そこで異変に気付き、綻《ほころ》びた箇所を見付ければ即座に対処できる。

　シウは黒の森の中心地に目を向けた。探知ができないほどの歪《ゆが》みを感じる。空白の地とはまた別の、混沌《こんとん》がそこにはあった。とても行けそうにない。視たいとも思えない場所だった。

「帰ろうか」

「にゃ」

　その前に、まずは倒した魔獣を全て片付ける。空間庫に放り込み、巣は再利用されないよう徹底的に破壊した。土属性魔法で地形を変えれば終わりだ。何度も確認し、シウは淀んだ黒の森から清々しい外へと《転移》した。

　遊びに行くと出ていったシウが何をしていたのか、ガルエラドとプルクラは分かっていたようだ。ガルエラドは戻ったシウに「プルクラも心配していた」と言った。

プルクラは占術師だから分かるが、何故ガルエラドまでと不思議に思えば、

「シウは案外単純だからな」

と言われる。彼は柔らかい視線のまま続けた。

「里が心配だったのだろう？」

優しく頭を撫でられて、シウは「やって良かったのだ」と思えた。

本当は悩んでいた。神様の言葉ではないが、干渉しすぎるのは良くない。何故なら、シウが勝手に危険を排除することは「警戒する」という大事な芽を摘むかもしれないからだ。便利な魔法を使うシウがいなくなれば困るのは彼等だ。だから、やりすぎてはいけないと肝に銘じていた。

それでも――。

「今の里では、例の変異種に襲われれば耐え切れなかっただろう。助かった」

「うん」

「今後は更に強化するとキルクルスも言っている。あれほどの魔獣は滅多に現れないだろうが『弛《ゆる》んでいた若手を引き締めるのにちょうど良かった』ともな。大丈夫だ」

「そうだね」

大丈夫だと口にした時のガルエラドは、自己暗示に掛けているかのようだった。彼も、自分がいなくなった後のことを考えている。もちろん、自分一人がいることで全てが良い方向に進むとは思っていないだろう。シウだってそうだ。でも、悔やみたくないからこそ

何かしたいと願う。

ガルエラド自身、外で身に付けたことを里に還元している。戦い方もそうだ。竜の大繁殖期で得た情報や街でのことなど、多くを仲間に伝える。特に戦闘技術は竜戦士にとって大事だ。それを自分一人のものとせず、皆にも共有する。

里に長く滞在できない彼にとって、それが里に繋がる術《すべ》の一つなのだろう。


里を出る日がやってきた。ゲハイムニスドルフからの返事はまだない。後は竜人族の里が考えることだ。

シウたちは大勢の竜人族に見送られて旅立った。アウレアは仲良くなったウェールに半泣きで手を振った。別れに慣れているとはいえ毎日のように過ごした相手だ。ましてや、ウェールはアウレアにとても親身だった。

そのウェールは、婚約者のエンボリウムと抱き合って大泣き状態だ。「あんな子供を作ろうね！」と叫んでいる。エンボリウムは「はいはい、そうだね」と冷静だった。

見送りの中で一人だけ、屈《かが》む男がいた。見ずとも分かる。リングアだ。まだ失恋のショックから抜け切れていないらしい。隣で慰めるのはアルティフェクスだ。が、その顔は嬉しそうだった。独身仲間の悲哀が楽しいのだろうか。シウは首を傾げた。

キルクルスは途中まで見送ってくれるそうだ。共に里を出た。ブーコリカも一緒だが、斥候役として先を進んでいる。

「シウ、ガル、元気でな！」

「シウ殿、また来てくれよ」

「アウル、今度はもっと大きくなってるんだよぉ」

「シウもな！」

余計なお世話の一言を付け加えたのは誰か。シウは苦笑しつつ手を振った。

フェレスたちにも別れの言葉をくれた竜人族の皆は、こちらの姿が見えなくなっても声を上げていた。


やがて、キルクルスたちとも別れる時が来た。

「ガルエラドとシウ殿なら大丈夫だろうが、ここもまだ危険な森だ。気を付けてな」

「ああ」

「ありがとう」

「また会えることを、我等が祖カエルラマリスに祈っている」

ブーコリカが先に挨拶した。

キルクルスはガルエラドを見て、それからシウに視線を移した。「シウと呼んでも？」と聞くので「はい」と笑顔で頷く。彼は静かに口を開いた。

「ソキウス・ガルエラド、ソキウス・シウ。必ず、ここに戻れるよう、我が祖カエルラマリスに祈りを捧げる」

手を胸に当て、大事な言葉を贈ってくれる。

カエルラマリスとは、彼等の祖と呼ばれる古代竜の呼び名だそうだ。真名は誰も知らない。紺色という意味の名で祖を呼んでいる。それを教えてくれたのは、シウがもう彼等の仲間だからに他ならない。

シウは胸に手を当てて返礼した。ガルエラドもだ。彼の表情に変化は見られないが、深い思いが詰まっているのは瞳に現れていた。目で語るというが、ガルエラドはそれをキルクルスとできる。彼等には彼等にしか分からない思いがあるのだろう。

ブーコリカは、アウレアやフェレスたちを撫でて最後の別れを告げていた。

「元気でな。きっと帰ってくるんだぞ」

「はーい！」

「にゃ」

「それと、クロにブランカだ。お前たち、リングアと遊んでくれてありがとうな。今度来る時はもう大人だろうから存分に遊んでやってくれ」

「みゃ！」

「きゅぃ」

わかった、と素直な返事だ。ブランカはブーコリカに体を擦り付けた。甘えている。

幼獣二頭は里に滞在していた後半、訓練の関係で女性よりも男性とよく遊んでいた。特にブーコリカは面倒見が良く、ブランカのやんちゃぶりを楽しんだ。大抵はリングアに投げて遊ばせていたけれど、小さな子の扱いが上手かった。クロもその間は自由に振る舞っていたから、彼等のことが好きらしい。

最後に全員で笑って手を振り、別れた。この二人もまた、シウたちの姿が見えなくなるまで見送ってくれたようだ。


しばらくは徒歩で進んだ。が、予定通り、転移で戻ることにした。

「転移してもいい？　そちらの時間的な辻褄《つじつま》は合うかな」

「我等は大丈夫だ。むしろ助かる」

「良かった。実はちょっとギリギリで」

「む。そうだったのか。ならば――」

言ってくれれば良かったのにと、続けるつもりだったのだろう。が、その予定は急遽《きゅうきょ》入った案件だ。そう、神様によって。シウは首を横に振った。

「そこまでの急用じゃないよ。だけど、できればスタン爺さんたちと年末年始を一緒に過ごしたかったから」

「では、そこまで転移するのか？」

「ガルたちを先に送るよ。どこがいい？　あ、スタン爺さんの家に一度来てみる？」

それは良い考えのような気がした。残念ながら、ガルエラドが首を振る。

「いや、一度アクリダに戻りたい。仲間の飛竜使いが来る予定なのだ。時間が合えば合流して移動するつもりだった」

「そっか。分かった。場所は、あの宿でいいかな」

蜥蜴亭《とかげてい》だ。ガルエラドは「それでいい」と頷いた。

シウはすぐさま宿の地下に《転移》した。もちろん、アポストルスに気取られないよう幾重にも結界を張っている。大きな魔法を使った跡も見せなければ、それを魔法で消した不自然さにも気付かれないよう調整した。

アウレアはガルエラドが抱っこで運んだ。ローブを被せている。そのうち転移魔法に気付くだろうが、分からないうちは隠しておく。本人も「もうおじちゃんのところに戻ったの？」と時間経過のおかしさについては気付いていないようだった。

驚いているのは蜥蜴亭のマスター、ヤンドだけ。いきなり地下の部屋から出てきたのだから驚くのは分かる。シウが謝るのも変で黙っていると、ガルエラドが「すまん、いろいろあってな」と下手な誤魔化《ごまか》し方をする。

とはいえ、相手はアポストルスから逃げる人々を助けるほど度胸のある男だ。

「いや、別にかまやしねぇよ。それより、年末に戻ると聞いていたが早かったな」

「ああ。また少しの間、厄介になる」

構わねぇよ、とぶっきらぼうな返事だ。ただ、目元が赤い。嬉しいのだろう。ヤンドはチラッと横目でアウレアを見て「下へ行ってな」と顎をしゃくった。

「いつまでも上にいちゃいけねぇ。見付かっちまうからな」

「はぁい」

「……おい、待て。その前にこれを食べるか」

リンゴを見せてアウレアの顔色を窺《うかが》う。ヤンドは顔や態度に似合わず、子供が好きなのだ。アウレアはとことこ近付き、ヤンドからリンゴを受け取った。

「おじちゃん、ありがとー。アウル、リンゴ好き」

「そうか。そりゃ、良かった」

さあ、もう行きな、と手を振る。優しくも可愛い男だった。


二人とはここで別れた。

シウは部屋に着いてから、アウレアに「じゃあね」と手を振った。アウレアはシウとはまたすぐに会えると分かっている。「またねー」と笑顔だった。ほんの少し寂しい気もするが、泣き顔より笑顔の方がいい。

シウはガルエラドとも気軽に挨拶し、一階に戻った。無表情のヤンドに挨拶してから外に出る。そのまま素知らぬ振りでアクリダの街も出た。

街道から逸《そ》れ、誰もいないか確認してから《転移》する。今度はロワル王都に一番近い森に飛んだ。

◇◆◇◆◇

昼前だからか、王都に入る列は混んでいない。シウは中央門を通って王都に入った。懐かしい気持ちになりながら、ベリウス道具屋までの道を進む。

「一日でこんなに景色が変わるのは慣れたつもりなんだけど、今回はなんだか不思議な気がする」

「にゃ？」

フェレスが首を傾げる。彼はいつだって変わりない。シウは笑顔になった。

「竜人族の里、楽しかったね」

「にゃ！」

たのしかった！　とフェレスが尻尾を振った。その横にはブランカがいる。リードを着けて歩く練習だ。彼女も尻尾をぶんぶん振る。「みゃ！」と会話に参加した。そろそろ皆とも話ができる頃合いだろうか。幼児語から少し成長している。

クロはもっと大人だ。おしゃべりではないから黙っているけれど、シウの言葉をよく理解している。今も会話に参加はしなかったけれど、頷いてみせた。

「さて、年末年始、ここでは何があるかな」

「にゃにゃにゃ」

「みゃ！」

「きゅぃ」

それぞれの可愛い返事に笑い、シウはベリウス道具屋の扉を開けた。

店に入ると、お腹の大きいエミナが年末の大掃除をしている最中だった。年末で学校が休みのアキエラも手伝っている。今日が店仕舞いの日らしい。こんな日は客も来ないだろう。

「あら、シウじゃない！　帰ってくるの、今日だった？」

「ううん、大体この日ぐらいになるって曖昧に伝えたから。それより掃除、手伝うよ」

「やった！　じゃあ、あっちの窓からやってくれる？」

「エミナ姉さん。掃除は自分でやると決めたでしょ？　上の方はドミトルさんが、重い荷物はあたしが持つ、そういう配分だったじゃない」

「うっ、そ、そうね。分かったわよ。妊婦も動けってことでしょ。はーい」

ぶつくさ言いながら、エミナはお腹を撫でた。アキエラは苦笑いだ。シウに向かって説明する。

「エミナ姉さん、産婆さんにちょっと太りすぎだって怒られたんだよ。だから見張ってるの。年末にまた診てくれるそうだから頑張らないとだよ」

「そ、そうなんだ」

「掃除は運動にもなるでしょ。産婆さんに勧められてやる気になってたのに、シウ君がいるとすぐ甘えるんだから」

「あはは」

シウがいるとダメらしい。アキエラは腰に手を当て「奥に行っててね」と指を差す。エミナには「続きをやろう？」と声掛けだ。シウもエミナも「はーい」と返事をして彼女の指示に従った。

本宅の玄関ではスタン爺さんが待っていた。

「店から声がすると思うたら、シウだったかの。よう帰った。ささ、上がりなさい。ほれ、お前さんたちもな」

田舎《いなか》の実家に帰って来たような心地になる。スタン爺さんの姿にシウは強い郷愁を覚えた。ここがシウの帰る場所だと改めて思う。

竜人族の里もそうだった。狩人《かりうど》の里もシウを暖かくしてくれた。

そんな場所があちこちにあって、そのどれもがシウを受け入れてくれる。

「ただいま」

そっと呟いた。スタン爺さんが居間から「はよう来なさい」と手招きする。

穏やかな老爺《ろうや》の笑みを見て、ふと思う。

シウはこれまで何かあれば「逃げればいい」と安易に考えていた。前世の記憶に囚《とら》われて、たとえばこの世界の階級制度について深く考えもせずに突っぱねたことがある。ヒルデガルドの件もそうだった。もう少し歩み寄れば良かったのに付き合いを拒んで壁を作った。

それらは全て、愁太郎《しゅうたろう》の自我に引きずられていたように思う。

シウの前世は引きこもりそのものだった。孤独を愛し、孤独に生きた。

人といて孤独を感じる自分には、何も成し得ないのだと諦めていた。

自分とは違う世界の幸せを見て満足していた、独りよがりの老人だった。拒否されるぐらいなら最初から孤独であればいいと、大事なものを何一つ作って来なかった。手に入れる前から失うことを恐れていた。

だから、いつまで経っても神様にダメ出しをされる。

今生でも拒絶されることを恐れ、シウは育ててくれた爺様に前世の記憶があると話せなかった。怖かった。だから孤独の殻を被った。

スタン爺さんにシウの能力がバレたのは偶然だったかもしれない。

でも、ガルエラドにつるっと漏らしてしまったのは、心の奥底にどこか信じてみたいという気持ちがあったからだ。打算もあっただろう。彼は逃亡中だった。そんな人が秘密をバラすとは思えなかった。もちろん、今は違う。シウはガルエラドを信じていた。

これからもシウはたくさんの人に出会うだろう。その時、恐れずに壁を取り払って付き合える自分でいたい。それが、シウとしての人生を歩む一歩になる。

きっと、人といて孤独を感じることもなくなるはずだ。

そのお手本が目の前にいる。スタン爺さんの姿こそがシウの目標だ。

年老いても寄り添う人がいる。彼を慕って会いに来る人も多い。今もなお本を読み、知識を蓄え続け、後人に何かを残せる生き方。

前世のシウが成し得なかった姿だ。今生ではこんな風に歳を取りたい。

希望はある。シウは少しずつではあるが壁を壊せている。おかげで幸せが一つ二つと増えた。それを増やせばスタン爺さんのようになれる。

シウはフェレスを見て微笑んだ。きっかけは彼がくれた。彼がシウの下に来てくれたから前世の殻を破れたのだ。孤独ではないと思えた。

「この場所を守るためにも強くならなきゃね」

「にゃにゃ」

「逃げずに耐えられるだけの力だよ。一緒に頑張ってくれる？」

「にゃ！」

「みゃ！」

「きゅぃ」

ブランカとクロも返事をしてくれた。スタン爺さんはシウの考えがまとまるまで待っていてくれたようだ。どこまでも優しい笑顔でシウを見ている。

シウはもう一度、大きな声で告げた。

「ただいま！」

He is wizard, but
social withdrawal?

第四章

束の間の休息

He is wizard, but social withdrawal?

Chapter Ⅳ

ベリウス道具屋の大掃除はエミナやドミトルが中心で進め、アキエラも手伝ったことで早く終えられた。本宅の大掃除もほぼ終わっており、シウの出番はなかった。

シウがやったのは離れ家の掃除だけだ。それすら手は掛からない。エミナがマメに空気の入れ換えをし、ついでに「簡単な掃除だけよ？」と言いつつも手を入れている。シウも里帰りの度に片付けていた。大掃除するほどの汚れが見当たらない。

そうなると時間が余る。ウロウロと見て回ってもシウに仕事はなかった。

「シウや、何をしておるんじゃ？」

離れ家を掃除する間、スタン爺《じい》さんはフェレスたちを見てくれていた。彼は、庭でどうしようかと考えていたシウに不思議そうな顔を見せる。シウが振り返ると、風を入れるためか居間の窓を開けていた。

「何か仕事がないか探していたんだけど、どこも綺麗《きれい》でやることがなくて。それより、窓を開け放しているけど大丈夫？」

「大丈夫じゃよ。ブランカが走り回っているのでな。追いかけているうちに暑くなってきたんじゃ」

「ブランカはやんちゃだもんねえ。今はどこにいるんだろ」

見える範囲にいない。クロの姿もなかった。フェレスは大きいので廊下に寝転んでいるのが見える。

「風呂場でうつらうつらしておったな。フェレスが見ておるよ」

と言いながらスタン爺さんが振り返る。残念ながらフェレスは廊下でゴロゴロしたままだ。スタン爺さんは苦笑した。

「やれ、どうやら飽きたようじゃな」

窓を半分に閉め、スタン爺さんが奥に向かった。クロとブランカの様子を見に行ってくれたのだろう。シウも玄関側に回って家に上がった。


その日は皆でヴルスト食堂に行き、早めの夕食を終えた。家に戻ってからはエミナにせがまれ、ラトリシアでの話をする。ドミトルはクロとブランカにメロメロだ。「子育ての勉強になる」と相好を崩す。

スタン爺さんは朝は大掃除、昼からは幼獣二頭の面倒を見て疲れたのだろう。早めに就寝となった。

「エミナも寝た方がいいよ。話はまた明日にしよう？」

「えー。あたしは全然平気だよ」

「エミナは良くてもお腹《なか》の子が疲れているかもしれないでしょ。大掃除は普段使わない筋肉を使うから体も疲れているはずだし、今日は早めに休みなよ」

「はーい。ドミトルはどうする？」

「僕は特に疲れていないからなぁ。シウが良ければ少し付き合ってくれるかい？」

手首をクイッと動かす。お酒を飲む仕草だ。ドミトルは妊娠中のエミナを気遣って飲酒を控えている。妊婦が匂いに敏感だと聞いたかららしい。ヴルスト食堂でもほとんど飲まない。エミナはそんな夫に感謝しつつも申し訳ないと思っているようだった。そんな二人を知っているから、シウは喜んでドミトルの提案に乗った。

たまには好みの肴《さかな》をつまみにゆっくり飲みたいだろうと、即席の「シウ居酒屋」を開店する。

「ほうれん草と鶏ササミのマヨネーズワサビ和《あ》え、好きだったよね？」

「そうそう。ワサビは美味《おい》しいよね。エミナはワサビが苦手だから、目の前で食べられなくてね」

「お蕎麦《そば》は食べられるようになったのにね」

「蕎麦の時もワサビは少しだけなんだよ。唐辛子の辛さは大丈夫なのに不思議だねぇ」

話しながら、次々とつまみを作っては出す。ヴルスト食堂でしっかり夕食を摂《と》っているため、腹に溜《た》まるような料理ではない。どれも小鉢サイズで軽めにしてある。

「唐辛子か。そうだ、ピリ辛キュウリを作ろう。にんにく入りだけど後で消臭したらいいよね？」

「うん。夏じゃないのにキュウリが食べられるのは嬉《うれ》しいね」

との言葉を受けて、シウはナスの煮浸《にびた》しを作った。スタン爺さんの好きなメニューだ。多めに作って冷蔵の魔道具に入れておく。

「鮭《さけ》のジャーキーも美味しいね。あ〜、お酒が進むなぁ」

第四章

束の間の休息

今年の仕事は全部片付け、大掃除も終わった。ドミトルは普段とは違う緩さでソファに全身を委《ゆだ》ねる。最初の頃の彼にはきっちりしたイメージがあった。妻の実家ということで緊張や遠慮もあったのだろう。今はお酒も入って随分リラックスしている。

そのうち徐々にベリウス家に馴染《なじ》んでいく姿が目に浮かぶ。シウがそうだったからだ。シウも最初は遠慮して気遣って、よそよそしかったかもしれない。それが一緒に暮らすうちに、どんどん親しくなった。共に暮らすことで家族になっていく。

今は一緒に暮らしていないけれど、度々「里帰り」しても温かく迎え入れてくれるし、新しい家族であるドミトルとも仲良く過ごせていた。

「来年は子供が生まれるから、ゆっくり飲む時間はないだろうなぁ。シウ、今日は付き合ってくれてありがとう」

ゆっくり飲む時間はないと言いながら、その顔は嬉しそうだった。我が子の誕生を楽しみにしているのが伝わる笑顔だ。

「僕も楽しいから」

リンゴジュースで割ったお酒を飲みながら、シウは来年を語れる幸せを噛《か》み締《し》めた。

「赤ちゃんはどんな子だろうね」

「どんな子かな。僕に似るのか、エミナに似るのか。ああ、シウに似たらハラハラするかもしれないなぁ」

「えっ、僕？」

「そうだよ。下の子って、兄や姉を真似《まね》るからね。君は何でもサッとこなしているからエミナは安心しているけれど、希少獣《きしようじゆう》を三頭も持って冒険者をやっているんだ。親なら気を揉《も》むだろうなと思って」

「……心配掛けないようにするよ。赤ちゃんの教育に悪いもんね？」

ドミトルは自然とシウを受け入れている。エミナがいつも冗談のように「シウはあたしの弟であり子供なのよ」と話していたが、それを「本当」にしているのだ。

彼等は泣きたくなるほどの喜びをシウに与えてくれる。

「悪くはないよ。ただ心配なだけだ。きっと、どんな生き方を選んだって親は心配し続けるのさ。同時に喜びも与えてくれるだろうけどね」

シウが考えたことと同じことを口にする。胸がきゅうっとなるのを感じた。

そんなシウに気付くことなく、ドミトルが歌うように続けた。

「無事に生まれてくれたらそれでいい。そして、幸せだって思える人生を歩んでくれたら、何も言うことはないな」

ドミトルこそが幸せそうな顔だ。彼は微笑《ほほえ》んだまま、テーブルに突っ伏した。グラスは倒さなかった。酔っていても冷静なところが彼らしい。

シウはそっと立ち上がり、毛布をドミトルに掛けた。気持ち良さそうな寝姿に、もう少しだけこのままにしておこうと思う。起こすに忍びない。とても幸せな夢を見ているかのような寝顔だったからだ。

第四章

束の間の休息

◇◆◇◆◇

翌日は、午前中のうちに騎獣屋《きじゅうや》であるカッサの店へ寄った。年末の大掃除を手伝うつもりだ。

この日はオーナーのカッサも店に来ており、シウが手伝うと言えば諸手《もろて》を挙げて迎え入れてくれた。騎獣の世話係は多くいるけれど、毎日の仕事に追われているうちに手の回らない箇所も出てくる。たとえば獣舎の天井、屋根の上なんて場所は掃除が後回しだ。シウが手伝いに入ると魔法であっという間に終わらせられるから、従業員らも喜んでくれる。

獣舎の掃除が終われば、次に事務所や調理場などを綺麗にした。その間、フェレスたちは騎獣たちに遊んでもらっている。幼獣だった頃から通っているフェレスは先輩騎獣たちの薫陶を受けた。騎獣としての仕事のやり方や、初めて会う騎獣と友達になる方法も彼等から学んだ。やんちゃなフェレスを厳しく育ててくれたのも彼等だった。

シウにとってカッサの店は頼りになる有り難い存在だ。調教師のリコラにも多くを学ばせてもらった。シウとフェレスがお世話になったのだから、手伝いはそのお返しでもある。そうでなくともシウは騎獣と触れ合える時間を大事にしていた。なにしろ掃除の後は遊ばせてもらえる。

この日も、親しくしているドラコエクウスのアロエナと近況を話し合った。彼女の近くには番《つが》いのゴルエドと、その間に生まれたフルウムがいた。フルウムは「騎獣」ではない。普通の竜馬だ。本来なら騎獣屋には置けない。まだ子供だから置いているだけで、もう少し育てば別々に生きる。リコラたちは母であるアロエナを慮り、ギリギリまで一緒にいさせているのだ。

シウがカッサの店を好きな理由はこうしたところにもあった。

そもそも、騎獣屋は騎獣同士を番わせようとはしないという。騎獣同士の間に生まれる子のほとんどが騎獣ではなく元々の獣の姿で生まれるからだ。

騎獣は空を飛べるから特別扱いされる。育てるのがどれほど大変であろうとも飼いたいと願う人が多いのは、相応の理由があるからだ。実は、騎獣同士の間に生まれた子は賢くなるし、主《あるじ》の言葉を理解もする。従順で強くなる個体が多い。それでも希少獣ではないという理由から他店では番わせなかった。

けれど、騎獣は人間と「会話」ができる。

カッサの店は騎獣たちをただの獣とせず、その意思を尊重していた。

アロエナとゴルエドが番いになるのも、子供を産ませてあげたのも、彼等の気持ちを尊重しているからだ。妊娠中、どうしても働けない期間はあった。その時ゴルエドが「アロエナの分まで働く」とリコラに伝えたそうだ。

「そんなこと気にしなくていいのにな。俺たちの方が助けてもらってんだよ。なぁ、シウ、そうだろ？」

と、リコラは半泣きでシウに教えてくれた。

以前も不幸な目に遭う希少獣の話を聞いて憤った彼等だ。何かあれば無理をしてでも助けようとする。

だからシウも無償で手伝いたいと思う。

綺麗になったカッサの店を眺めながら、シウは頷《うなず》いた。

昼食を済ませると、午後は急ぎ足で見回りに行く。まずは爺様の家に《転移》した。定期的に見回っているものの、少し目を離すと山は荒れる。狩人《かりうど》たちが通るであろう道筋だけでも確認しておきたかった。

狩人たちはシウが心配するほど弱くはない。爺様がそうであったように彼等もイオタ山脈の見回りをしている。魔獣が増えすぎないよう間引きし、力試しで入ろうとする無謀な人を止めるためだ。

とはいえ、イオタ山脈は広い。何ヶ月も山を移動し続ける狩人たちにとって、爺様の家は安心して休める場所だ。せめて周辺ぐらいは綺麗にしておきたい。

もちろん、育ててくれた爺様が終《つい》の棲《す》み家《か》として選んだ場所だ。譲り受けたシウにとっても大事な場所だった。隙間時間を見付けては少しずつ手を入れる。

それが終われば次はコルディス湖に寄る。湖畔に建てた小屋と周辺を、やはり急ぎ足で見て回った。イオタ山脈ほど魔獣が急に増えるということもない。ここは簡単に済ませ、シウは遅くならないうちにとスタン爺さんの家に戻った。

時間を気にするのは、少しでも皆と食事を共にしたいという思いからだ。せっかくの里帰りである。せめて朝と夜は一緒にいたい。

昼はそれぞれに用事があった。ゆっくりできる今のうちに、年明けの仕事の計画を立てておけば楽になる。年末年始に必要な買い出しもだ。

食料品ならシウの空間庫に買い溜めがある。もちろん融通すると言ったが、これは断られた。今年はドミトルが「実家のやり方」で料理や飾り付けをするそうだ。エミナが興味を持ったので「任せてくれ」と張り切っているらしい。エミナは「全部お任せします～」と笑っていた。

そのエミナは友人たちと一緒に新年用の服を用意している。年始に新しい布で下着を仕立て、服も新調するようだ。といっても、服の方はお古の直しになる。平民の着る服は古着がほとんどだ。

ベリウス家は中央区でお店をやっているため綺麗めの服を着るが、といっても古着だ。どうしたって体にぴったりとはいかない。それで良しとする人も多いのだろうが、お洒落《しゃれ》女子たちは自分で仕立て直したい。

自分専用という意味なのか、ワンポイント刺繍《ししゅう》も入れるようだ。エミナは四苦八苦しながら頑張っていた。できれば年始までにはドミトルの服も一緒に用意したいそうだ。

スタン爺さんはエミナの不器用さを知っているから、自分の分は早い段階で外注したらしい。届けに来てくれた洋裁店の家僕にチップを払っていた。

「シウはラトリシアで作ってあるのよね？　用意してないけど大丈夫かしら」

「大丈夫だよ」

下着も生地も売るほどあるのだ。

シウはラトリシア国で、バオムヴォレという高級綿花を使った生地を開発した。その綿花の栽培と販売の目処《めど》はもう付いており、関わる商家から研究成果として山ほど届く。さすがに研究中の生地は出せないが、シウが作った生地なら大量にある。空間庫の肥やしになっているそれを取り出した。

「これ、目が粗いし水通ししても歪《ゆが》んでいるんだけど、肌触りは『そこそこ』良いんだ。何かに使えないかな」

「えっ、いいの？　すごく綺麗よ」

「エミナ、どうしたの？　あら、真っ白な生地じゃない！」

「お貴族様が使う生地みたいね」

エミナの友人二人が覗《のぞ》き込《こ》んで騒ぐ。彼女たちは作業しながら延々喋《しゃべ》っていたが手は動いている。エミナより遙《はる》かに上手《じょうず》な腕前だった。「一緒にやろうよ」と急に来たらしいが、お腹の大きなエミナを助けるつもりのようだ。その証拠に、自分たちの分は早々に終わっている。

「赤ちゃんのオムツにどうかな？」

「えぇ、こんなに綺麗な布を使うの？」

「シウ君は知らないのねぇ。オムツってね、お古をほどいて使った方がいいのよ」

「そうなの？」

「その方が吸水するの。柔らかいしね」

「だったら、これも同じだよ。というか、たぶんこっちの方がいい」

「でも勿体《もったい》ないじゃない」

「服には使えないんだ。ほら、このあたりが歪んでるでしょう？」

指を差せば、友人たちは目を丸くした。

「どこが？」

彼女たちからすれば真っ白い新品の生地というだけで「綺麗」で、それをオムツにしてしまうのは抵抗があるようだ。しかし、どのみちシウが作ったバオムヴォレの生地は他に使《つか》い途《みち》がない。手拭いか布巾にどうかと思っていたぐらいだ。

そう伝えれば、複雑な表情ながら受け取ってくれた。

「良かったらまだまだあるから、皆さんも何かに使って」

「えっ、いいの？　これ、とても良い生地よ……」

「もらえないわよ。こんな高そうな布、染めたって着られないわ」

「それこそ下着にすればいいのに。この布は吸水力がすごいんだ。汗を吸ってくれるし、それでいてサラリと乾いて気持ちいい。不思議なんだけど、冬でも冷たく感じないんだ」

ただ、伸縮性に欠ける。大きめに作ってゴムを入れるなどしないと穿《は》きづらい。そのせいで若干、もたつく。体に沿った服を着る場合は線が出てしまうので要注意だ。もっとも、体に沿ったピッタリの服といえば騎乗服やドレスになるだろうか。平民が着る機会はあまりない。

シウがデメリットの話をしていると女性二人が苦笑した。何故《なぜ》だろうと首を傾《かし》げれば、エミナが教えてくれる。

「あたしたちはもう結婚しているからいいとして、シウ、女の子に下着の話を延々しちゃダメよ？」

「あっ、そうだった！　そうだよね、ごめんなさい」

以前、ブラード家のメイドであるスサにも似たような注意を受けたことがある。前世の記憶があるシウにとって、下着はテレビで普通に表示される「商品」だ。最初にテレビで流れてきた時は驚いたくせに、いつの間にか慣れてしまっていた。

シウが反省していると、女性たちがカラカラと笑った。

「まあ、最近は店先に平然と飾ってあるけどね～」

「そうだよね！　あたし、ビックリしちゃったわ。二度見したもの」

「そうそう。だけど、男の子が下着の話題を女の子の前でするのはダメね。好きな子に聞かれたら嫌われちゃうわよ～」

「大人の男性なら構わないのよ。恋人や妻と一緒に選ぶのは楽しいでしょうし」

「きゃ～。やだぁ、何よ、それ」

「ちょっとぉ、シウの前でそういう話は止めてくれる？　純粋なんだよ！」

「エミナったら、お姉さんぶって」

「お母さんぶってるのよ！」

　きゃいきゃい騒ぎ出したので、シウは布を置いて退散した。

　庭に面した居間に戻ると、スタン爺さんとドミトルが静かに座っている。

「……いたの？」

「息を潜めていないと巻き込まれるからね」

「そうじゃぞ。シウも静かにな」

「うん」

　とはいえ、そろそろ暗い。夕食をどうしようかと考えているうちに、友人二人も時間に気付いたようだ。バタバタと片付ける。別れ際、エミナに挨拶するのを聞いていると、どうやら明日も来ると分かった。まだ終わらないエミナの分を手伝ってくれるらしい。

　それを知ったスタン爺さんは「やれ、明日は知人の店にでも顔を出すかの」と言い出した。挨拶回りも年末仕事の一つだ。ちょうどいいと笑う。シウとドミトルは顔を見合わせ、スタン爺さんと同じく外出を決めたのだった。

第四章
束の間の休息

◇◆◇◆◇

風の日、シウはリグドールの家にお邪魔していた。最初は年末の忙しい時期に行くのは悪いと思っていたが、執事のロッドによると「お呼び立てして申し訳ない」という認識らしかった。

というのも、年末はどこもかしこも慌ただしい。親が大掃除の最中に子供たちが外へ遊びに行き、人の多さのせいで迷子《まいご》になることもあるようだ。ましてや、リグドールは大商家の子供だ。騒がしさに紛《まぎ》れて誘拐を企《たくら》む者がいるかもしれない。護衛を付けようにも大商家の仕事納めは猫の手も借りたいほどの忙しさだ。リグドールの家僕は年老いているし、護衛は絶対に必要。となれば、家に押し込めておける「理由」が欲しい。

シウが遊びに来るという事実はロッドのみならず、アドリッド家にとっても有り難い話らしかった。リグドールが外に出ないようにするためではない。自分の立場をよく理解して家に引きこもるリグドールの、無聊《ぶりょう》を慰められるからだ。

そう、リグドールの相手をする人間が屋敷にはいない。ロッドもすぐに部屋を出ていった。忙しない様子だが、屋敷内は綺麗だ。シウの視線に気付いたリグドールが笑った。

「屋敷の大掃除はもう終わったんだ。早いだろ？　ロッドの予想が当たって、いつもより早めに計画を立てていたからさ」

「予想？」

シウが問うと、リグドールは「うん」と答えた。それから、自分の手で押してきたワゴンテーブルに手を伸ばす。彼がお茶の用意をしてくれるらしい。

「新しくできた工場と倉庫の片付けが予定通りに進まないんじゃないかって。大当たりだったよ。で、父さんが屋敷の使用人をいつでも駆り出せるように大掃除を急がせたんだ。ほら、どこもかしこも綺麗だろ。おかげで、人手を工場の方に回せた」

新しい工場と倉庫のために雇い入れた従業員だけでは、棚卸しも掃除も期日までに終わらせられなかった。かといって年末年始の休みをやらないわけにはいかない。その皺《しわ》寄《よ》せを受けたのが、里帰りをしない屋敷の使用人たちだ。

幸いなことに、本人たちは意外と喜んでいるという。特別ボーナスが出るからだ。年始に休暇を余分に取ってもいい。そう聞いて益々やる気になったとか。

「母さんまで走り回ってるから、俺も手伝うって言ったんだけどさ」

「断られたの？」

「『学校の勉強をしなさい』だってさ。課題があるのは知られているし、まだ終わっていないのもバレてる」

「長期休暇だと課題が多く出るもんね。あ、それに、飛び級したばかりで大変な時期だと思っているのかも。心配なんだね」

「まあ、それもあると思うけどさ」

少し照れた顔で笑うリグドールは、慣れない手付きでカップを置いた。

「茶葉は良いものだぞ。淹《い》れ方《かた》は、たぶん、合ってるはず」

メイドに教えてもらったのだと恥ずかしそうに言う。シウは微笑んだ。

「お茶請けは僕が用意するね」

「ありがと。ステルラから取り寄せようと思ったんだけど、あっちも忙しいだろうしさ。焼き菓子しか用意できてないんだ」

「いいよ。それは皆さんのおやつにしたら？」

「そうだな。皆、喜ぶよ」

リグドールはソファに座り、溜息《ためいき》を漏らした。

「去年と今年は立て続けに大きな工場を作っただろ。ステルラ以外にも支店を作って大変なんだ。兄さんも走り回ってる」

「忙しいんだねえ」

「言っておくけどシウのせいだからな。いや、シウのおかげ、か」

「僕？」

「ステルラのデザートが流行《はや》ったのはシウがきっかけだし、工場がフル稼働でも足りなくなって増やす羽目になったのは、スライム原料の《ラップ》ができたからじゃん」

ラップはスライムを分解構築し直した「ポリエチレンモドキ」から生まれた。シウが研究開発したものだ。ピタッと張り付く面には笹糊《ささのり》という素材を原料にしている。この配合を考えたのもシウだった。

「この二つはシウが持ち込んでくれたから、おかげで共同事業とはいえアドリッド家が主導でやれてるけどな。その分、供給を止めるわけにはいかないじゃん？　だから多少の無理はするよ。副産物でフォークスプーンの権利を買い取ったのは失敗だったかなって兄さんは話していたけど」

「売れてないの？」

「逆、逆。売れすぎて困ってる。原料がスライムだから、工場の端でついでに作ろうかって話だったのに、一棟建てないとダメな感じになってきてる」

「それは、大変だねえ」

「管理が難しくなってきているから、フォークスプーンは別の商家に丸ごと任せる予定らしいよ」

「そうなの？」

　従業員を増やせばいいのではないか、と考えたシウの心の声がリグドールにも伝わったようだ。彼は肩を竦《すく》めた。

「スライムの養殖場を増やす方が先だろ～」

「あー、冒険者が捕まえてくる数じゃ足りなくなってるんだ？」

「全く足りない。それに持ってくるのも大変みたいでさ。近場ならともかく、離れた森で狩った素材を運ぶのは難しいよ。そりゃ、魔法袋を持つ冒険者も最近は増えていると聞くけどさ」

魔核《まかく》を取ってしまえばスライムはやがて消えてなくなる。他の魔獣と違って土に戻るのが早い。あえて土に埋めたり燃やしたりする必要がないのだ。だから冒険者も魔核しか取らない。

「あと、うちは元々食品関係が主体だからね。新しい食材や加工品にも手を広げているから、これ以上は無理。《ラップ》は食材の消費期限を延ばしてくれる画期的な素材だから開発販売は続けるけどさ」

　ラップと名前を付けているが真空パック素材にもなる。配合を変えれば強度も変わるため、食材や食品ごとに使い分けているのだ。その研究もアドリッド家は続けている。シウも自分なりに研究した結果を送っていた。逆に新素材が開発されたら教えてもらっている。

「リグは卒業しても家の仕事には就かないんだね」

「うん。本当は手伝った方がいいのは分かってるんだ。でも、父さんも兄さんも『お前のやりたいようにやればいい』って言ってくれて。母さんも『せっかく丈夫になって魔法学校にも行けたのだから魔法関係の仕事に就けばいいのよ』だってさ」

「良かったね」

「まあ、有り難いよな。好きなようにやらせてもらえるなんて、そうないもん」

　親の職業に就く子供は多い。商家なら長男が後を継ぐ。次男以下は手伝いだ。女子は同じような商家に嫁《とつ》ぐ場合が多いそうだ。

「ヴィヴィも将来のことで悩んでるみたいだぜ」

「ヴィヴィ、お父さんの後を継ぐの？」

「迷ってるってさ。一応、最近は魔法関係の仕事に就けるならそうしろ、みたいに言ってるそうだけど。親父《おやじ》さんの本心は、ヴィヴィに婿を取ってもらいたいんじゃないかな。仕事に関しても近場が安心だと漏らしてるそうだし。でもそんなの無理だろ？　ヴィヴィの家は西中地区だ。あそこから通える職場なんて限られてるもんな」

「あー、馬車に乗ったとしても中央地区までかな。難しいね」

「そ。募集してるところがまず少ない。ギルドの職員に空きはないし、商家も身内や知り合いからしか採らないだろ。一番良いのは魔法省だけど、通勤に時間が掛かる。下っ端は残業が多いってのに、西中地区まで帰るんだ。危ないったらないよ」

　今でも授業で遅くなると誰かしらが送っていくという。レオンやリグドールといった平民だけでなく、クラスメイトには貴族の子もいる。彼等には護衛が何人も付いているから、一人だけならと貸し出してくれるそうだ。ヴィヴィはそれに対しても申し訳ないと思っている。

「あいつ、笑ってるけど毎回『ごめんね』って言うんだぜ。そういうの、可哀想《かわいそう》じゃん」

だからといって、ヴィヴィの父親に一人暮らしを認めろと説得するのもどうかと思っているそうだ。

「父一人子一人だろ。ヴィヴィも親父さんが心配だから悩んでいるわけでさ。そういうのを見てたら、俺は本当に恵まれているなって思う」

「リグ……」

「レオンも一人で頑張ってるじゃん。親っていう後ろ盾がない状況で、めげずに頑張ってる。独り立ちの準備を小さい頃から始めてさ。あいつ、すごいよ。最初は偉そうな奴《やつ》だと思ったけど、それは言い方や態度の問題でさ。実際のところ、本当に偉いんだよなぁ」

シウは「リグだって偉いよ」と心の中で思った。口にしても、彼はきっと「違う」と否定するだろう。今はただ語りたいのだ。シウは頷いて、リグドールの話を聞いた。

「俺なんて悩みないじゃん。だったらあいつらよりもっと頑張らないとダメだよな」

そう言って笑う。リグドールは充分頑張っている。だからこそ飛び級もできたのだ。けれど、彼が目指しているのはもっと先にあるのだろう。

シウも笑って返した。

「頑張りすぎて熱が出たらどうするんだよ」

「知恵熱なんてもう出ないよ！　俺も最近は丈夫になったんだからな」

「お母さんも安心だね」

「そうだよ、甘やかすのも止めたんだってさ。まあでも、時々ふっと昔を思い出しては涙ぐんでる。しんみりしちゃってさ。なのに『健康になった途端、やんちゃを止めるのだから』って怒り出すんだ。真面目《まじめ》になったのに怒るんだぜ」

ぷりぷりと文句を言うが、本気で言っているのではない。その証拠にリグドールは笑顔だ。

「まあ、だからさ、俺は健康なんだよ。シウに教えてもらった朝の体操も続けているぞ。走って体力も付けてる。食事も偏らないように摂ってるぞ」

「背が伸びたよね」

「おう。一時期は関節が痛くて困った。そろそろ落ち着いてきたかな。あー、だけど、もうちょっと伸びてほしいかも」

シウはつい半眼になった。

「はは、お前だって伸びるよ。人によって伸びる時期が違うらしいじゃん。遅い奴だと、二十歳を超えても伸びるって。そう言えば教えてくれたのはシウじゃなかったっけ？」

「そうだね。僕はたぶん遅《おそ》咲《ざ》きだろうし」

「お、おう」

リグドールは何かを飲み込んだかのような、不思議な表情で口元をもごもごさせた。それから苦笑いだ。

「ま、シウも頑張れよ。牛乳も飲んでるんだろ？」

「毎日ね！」

「はは。俺も飲んでる。あ、そうだ。二十五歳を目安に頑張ろうぜ。どっちが伸び率いいか競争だな」

「背の高さを競わないんだ？」

「だって、元々の体質が違うんだぜ？　それにご先祖様にドワーフ族がいたらどうするんだよ。頑張ってもどうしようもない部分はあるんだ。それを補うための工夫は大事かもしんないけどさ」

だからな、とウインクする。

「伸び率で競争な」

　そんなリグドールに、シウは眩《まぶ》しい思いで目を細めた。

　近況を話し合った後は学校の話題に移った。先生や生徒の誰それがどうだったと、他愛《たわい》ない話題だ。そのうちに勉強で分からない箇所があると相談されて答える。といっても、リグドールは自力でほぼ答えに近付いていた。図書館にもよく寄っているようだ。調べ方は司書に、勉強の進め方は先生に聞くなどしている。

　なんでもかんでも人に聞いていては身に付かない。かといって一人だけで勉強を続けても遠回り過ぎる。その中間の、適度に人を頼るというやり方をリグドールはすでに学んでいた。彼は自分の持つ要領の良さを素直に生かしている。

「なるほどなぁ、ここで土属性を使うのか。複合技だから何でも重ねていいってもんじゃないんだな。順番も大事、っと」

　メモを取っていたリグドールがふと顔を上げた。

「順番と言えば、キリク様の婚約話だよな。いきなり婚約を発表したじゃん。社交界に激震が走ったらしいぞ」

「そうなの？　事前に報告に行ったって聞いたけどなあ」

「報告って誰にさ」

「王様」

「ひぇー。でもそうか、辺境伯様だもんな。上位貴族の場合は陛下の許可が要るか～」

国王の許可を得て、次は貴族院の承認だ。それから公示となる。確かに慌ただしいスケジュールだ。基本的に貴族の結婚には時間がかかる。婚約する前にも打診と調整、身上調査、それから上位者の許可が必要だ。オスカリウス辺境伯の場合は国王になる。

婚約期間も最低一年は設ける。急いで結婚すると「何か問題があったのではないか」と勘繰られる。本当に問題があるわけではない。ただ、女性の場合は「行き遅れだから」と噂《うわさ》されてしまうから、本来の期間を設けたい。

もっとも、その程度のことをキリクが気にするとは思えなかった。彼が婚約を急いだのはアマリアのためだ。彼女が政争に巻き込まれて「望まぬ相手と婚約する」といった話を、噂ごと吹き飛ばしたかった。

「他の貴族の結婚話を押しのけて話題になったから、順番がどうとかって問題になったみたいだぜ」

「え、なんで？」

「話題を攫《さら》ったから気に食わないんじゃないか？　兄弟間ならともかく、普通は他の貴族の結婚時期なんて関係ないよなぁ」

「だよね。それにキリクは年齢が年齢なんだから、先を急いでもいい気がする。あ、そうか。結婚披露宴が重なると良くないのか」

　シウは貴族の習わしを知らないが、前世で「ご祝儀貧乏」の話を聞いたことがある。適齢期になると友人の結婚式が続くため、おめでたいとはいえ出費が増えると懐が寂しい。貴族の場合は用意するものも大きいだろう。断りたくとも、下位貴族からすれば上位貴族の誘いは断れない。

　逆に上位貴族側からなら参加を見送ることができる。上位だからといって必ずしも懐に余裕があるわけではない。

　煽《あお》りを受けるのは下位貴族だ。貴族の結婚は社交でもある。招待客が少ないと何を言われるか分からない。だから必ず来てもらえるようにするには、どちらかが時期をずらすしかない。

「前々から準備していたのなら、割り込まれたって感じるかもしれないね」

「あー、そういうことか。オスカリウス辺境伯なら大々的にパーティーを開くだろうし、招待客も多いだろうな。そりゃ、予定を変更するか。せっかくの話題をかっ攫われたら嫌だよな」

　リグドールは腕を組んで「うんうん」と頷いた。それからハッと顔を上げる。

「ていうか、シウはキリク様の婚約パーティーに行ったのか？」

「呼ばれたけど行ってないんだ。予定が詰まっていて間に合うか分からなくてさ。それに貴族のパーティーだよ？　行きたくない」

「まあ、それは分かる」

「だよね！」

友人であるアマリアの婚約パーティーだ。お祝いの気持ちはある。だが、それとこれとは話が違う。それにシウがいると、ブラード家が仲人《なこうど》として間に入った意味がなくなる。だったらシウはいない方がいい。

という建前で欠席した。

「三回ぐらいパーティーをするって聞いたけど、どれもギリギリだったんだ」

「なら、仕方ないよな。ていうか、貴族の婚約パーティーって三回もやるんだ？」

「領都でもやるからかな？　大変だよね」

「オスカリウス家なら三回はやるか～。俺たちみたいな平民は一回で終わりだけどな」

「普通はそうだよね」

「兄さんの場合だと二回やるぞ。商家の跡取りは顔見せもあるんだ。そう考えたら貴族が数回パーティーを開くのも当然か」

「リグの結婚披露宴には絶対出るからね」

「お、おう」

「僕の時も出てもらうし」

「おう！　ていうか、シウが結婚って全然想像付かね〜。フェレスの方が先に相手を見付けてそうじゃん」

シウが半眼になると、リグドールはお腹を抱えて笑った。

◇◆◇◆◇

年末最後の日、シウは王都内の依頼があれば受けようと冒険者ギルドに行ってみた。年末の大掃除が間に合っていない家からの依頼があると考えたのだ。

ところが、ギルド内は駆け込みで仕事を受けたい冒険者で溢《あふ》れていた。理由は簡単だ。冒険者には期限内に一定数の依頼を受けなければならないという決まりがある。身分証明のためだけに登録されては困るからだ。ギルドの仕事を受けるからこそ会員として認めるわけで、働きもせずに立場だけはギルドに証明してもらいたいというのは良いとこ取りすぎる。

このルールは低ランクほど厳しい。高ランクは依頼数自体が少ないことや、そもそも高ランクになるまでギルドに貢献したという実績がある。級数がその証だ。だから、とりあえず身分が欲しいだけの人をふるいに掛けるためにも、低ランクは期限内に依頼をこなさなければならないと決まっていた。

もちろん、受けられる依頼がなければ低ランク用にギルドは仕事を用意するし、融通だって利く。
たとえばシウも、異動届を出すことによって猶予《ゆうよ》期間をもらっている。旅行の間はどうしても受けられないからだ。理由をきちんと説明すればギルドのルールは厳しくない。怪《け》我《が》をして働けない人にまで問答無用でルールを適用するほど、冒険者ギルドは怖い組織ではなかった。

つまり、今日この日に窓口へ駆け込む冒険者たちは「年始には依頼がない」というギルドの案内をきちんと聞かずにフラフラ遊んでいた人ばかりだ。

当然、急に「旅行だから」と言い出しても信じてもらえない。中には本当に急用がある人もいるだろう。そういう場合は精霊魂合水晶を使って調べる。実際、端の方でチェックされている冒険者もいた。

精霊魂合水晶はギルドで会員登録する際に使われる。人物の簡易鑑定ができて、犯罪者かどうかも分かる代物だ。シウも最初に鑑定を受けた。本当はいけないことだが、シウの特殊なスキルが全部バレてしまうことは避けたくて隠蔽した。

実は精霊魂合水晶を誤魔化《ごまか》すことは可能だ。シウのような魔法スキルの高レベル者や、専用の魔道具があれば騙《だま》せる。キリクも若い頃に偽名で登録したらしい。後に申し出て、会員カードは破棄されている。事情を鑑み（忖度《そんたく》されたとも言えるが）罰は与えられなかったようだ。

ともあれ、精霊魂合水晶は騙せる。

第四章

束の間の休息

ただ、こんな程度――期限内に依頼を受けられないから嘘《うそ》をつくこと――で高価な魔道具を使う冒険者はいないだろう。

受付担当の職員らも冒険者の顔を見ただけで「あなた、普段から依頼を受けていないでしょう。急用ができたから無理だなんて言い訳は通用しないのよ」と怒っていた。

この調子では依頼を受理してもらうだけでも時間がかかりそうだ。

シウは「旅行中」で猶予もある。そっとギルドを後にした。

依頼は受けなくても冒険者らしい仕事はいくらでもできる。王都内の依頼が受けられないのなら外に出ればいい。

本当はシウだって年末をゆっくりスタン爺さんと過ごしたかった。挨拶回りも終わったと話していたのだ。ところが、近所の暇なご隠居さんや、大掃除の邪魔だと子供らに追い出された年寄り店主らが集まってきた。スタン爺さんは彼等の話し相手で忙しくなった。エミナもドミトルを伴って挨拶回りに出掛けた。

シウだけが暇だった。

普段なら趣味である料理を作っただろう。しかし、この日は隣の本宅が騒がしい。どうしても料理が作りたいわけでもなかった。それならと離れ家を出てきた。

王都はどこもかしこも似たような騒がしさだ。一年の最後の締めくくりとして皆が走り回っているような気さえする。それも正門を抜けるまでだった。王都の外は普段と変わりない。

「フェレス、森に入ったら転移しようか」

「にゃ」

彼の背にはブランカが乗っている。クロはシウの肩だ。いつもの定位置である。その配置のまま《転移》し、着いたのは地下迷宮アルウェウスの近くにある森だ。最近は来ていなかったため、洞穴を中心に見て回る。

洞穴は、ロワル魔法学院の合宿中に魔獣スタンピードが発生した際、避難場所として使ったのが始まりだ。事件の後は森の中での休憩所にしていた。今は、ちょうどその頃に知り合った小型希少獣のコルに「安全な住処《すみか》」として使ってもらっている。

もしかしたら会えるかもしれない。そんな気持ちでいたが、洞穴の入り口で声を掛けるまでもなく、シウの《全方位探索》に生き物の気配は引っかからなかった。

結界はシウが張ったものだから特に解除する必要もなく中に入れる。そうでなくとも転移すれば簡単だ。気軽な気持ちで洞穴内部に入れば、がらんとしていた。コルはしばらく戻っていないようだった。

「召喚されたままなんだなあ」

「にゃ？」

「コルとエルがいないなーって話だよ。だけど戻ってくることもあるだろうし、近場の見回りはしておこうか。エルの好きな葉も増やすかな〜」

冬に枯れる種類の葉ではないが、一種類だけだと万が一もある。選ぶ楽しみもあるだろうと、シウは芋《いも》虫《むし》幻獣《げんじゅう》のエルが好むような木々の植え替えもした。栄養たっぷりの土も用意する。

「よし。こんなものかな。結界の範囲も少しだけ広げておこう」

フェレスには森の見回りを頼んだ。遊びがてらにちょうどいい。

この辺りはアルウェウスの開発が進んでいるため、大型の魔獣はいない。王都からの道も整えられており、多くの人が行き交っている。国営事業になるので兵士の見回りも頻繁だ。そのため街道に魔獣が出ることはほぼない。

近場の森には国からの依頼で定期的に冒険者が入っている。大型魔獣は追いやられ、倒されたか奥に逃げたかだ。もしくは、地下迷宮に繋《つな》がる洞穴があって逃げ込んだ可能性もある。

冒険者が定期的に森へ入るのは、こうした「別穴」を探す意味もある。

たとえば、ラトリシア国のドレヴェス領にあるインセクトゥム迷宮は別穴が多いことで有名だ。少し離れた場所にある遺跡の奥深くも繋がっていた。それに気付いたシウが穴をこっそり塞いだこともあるぐらいだ。

迷宮は時折、改変したり大型化したりする。その際に、元々あった小さな空間同士が繋がってしまう。

幸い、シウが避難用に使用した洞穴に奥行きはない。地下にも空間はないと分かっているが、念のため補強はしてある。

「ついでに洞穴の内部も《浄化》と」

荷物はほとんどなくて片付ける必要はない。ただ、コルは寝床にしか興味がないらしく、綺麗なのは寝床周りだけだった。

「奥に作ってあった個室もそのままにしてあるんだ」

避難した時、生徒の皆で協力し合って洞穴内部を居心地《いごこち》良く改良していた。奥には男女別の個室まであった。

「懐かしいな」

女子用の部屋にはまだ飾り付けが残っている。怯《おび》える女子のためにヴィヴィが少しでも慰めになるようにと小物を置いたのだ。誰かが編んだレースも掛けられたままだった。

この洞穴には何度も来ている。ガルエラドとアウレアを連れてきたこともあった。迷宮の一番下に地底竜が居座っており、竜の大繁殖期で騒がしかったから様子を見に来たのだ。ここは中継地として利用した。アウレアを連れていけなかったからだ。地下は空気を循環させていても見た目に気持ちが悪いし、何より地底竜たちの暴れる様子がひどかった。

「アウルはここまで探検に来たかな」

フェレスにお守りを頼み、アウレアはこの洞穴に残った。起きている間に探検しただろうか。女子生徒が少しでも気分が上がるようにと整えた部屋だ。可愛《かわい》らしい小物も残されていた。

「もうちょっと手を入れておけば良かったかな。明かりが届いていないから薄暗いし、壁も土色そのままだ」

　壁や床はつるりとして綺麗だった。これは岩石魔法の持ち主が整えてくれた。個室ができたのも彼のおかげだ。そういう気遣いのできる生徒だった。

「僕はダメだなあ。気が回らないや」

　せめてアウレアを置いていくのだから「家」のようにしておくべきだった。最低限の家具しか用意してなかった。

「これじゃあ、コルもアリスの家の方が居心地良いよね」

　また戻るかもしれない。彼が少しでも過ごしやすいようにと、シウは掃除と模様替えを頑張った。その間、ブランカとクロは一番広い居間で走り回っていた。

　作業は魔法を使えばあっという間に終わる。時間の余ったシウは、昼食の用意を早めに始めた。そのついでに、先日狩った魔獣を少し取り出して解体する。コカトリスを中心に肉のブロックをラップした。

　中には食べられない魔獣もあった。たとえばトイフェルアッフェがそうだ。鑑定魔法の結果、筋張っていて旨味《うまみ》がないと分かる。どのみち人型に近い猿の魔獣は食べられそうにない。すぐさま素材にした。

しばらくは研究がてらに実験を続けたが、フェレスが戻ってこない。そう気付くと途端にソワソワしてしまって集中力が切れた。シウは《全方位探索》と《感覚転移》を使ってフェレスの姿を追った。

「あれ？」

フェレスは騎獣と遊んでいた。しかも数頭いる。虎型騎獣《ティグリス》と狼型騎獣《フェンリル》、カモシカ型騎獣《ブーバルス》もいる。この組み合わせにシウは覚えがあった。以前、ロワイエ山の麓《ふもと》付近で出会った冒険者パーティーのメンバーだ。彼等は卵石《たまごいし》を専門に探す冒険者だった。

この冒険者パーティーはロワルの冒険者ギルドに登録して活動している。シウは中央地区の冒険者ギルド本部に出入りしており、彼等は東上地区の本部に所属していた。王都には本部が二ヶ所ある。更に支部が五ヶ所だ。本拠地が違えば顔を合わせることはない。他部の応援依頼も滅多にないからだ。

それでなくとも、シウの現在の活動拠点はラトリシア国にある。

「久しぶりだし、行ってみるかな」

中央地区所属の顔馴染《かおなじ》みとは話もできなかった。年末の忙しない時期だからと諦めていたが、少し寂しい気もしていた。シウは遊んでいたブランカを呼び寄せ、クロを肩に載せてから《転移》した。

ガサガサと、あえて音を立てて近付くとフェレスが真っ先に気付いて駆け寄ってきた。

「にゃ！」

「お友達を見付けたの？」

「にゃにゃ」

「遊ぶのはいいけど、皆はお仕事中だったんじゃない？」

大丈夫なのかと三頭に視線を向けると、ティグリスがハッとした顔で目を逸《そ》らした。彼の名前はカロートだ。希少獣たちのリーダー的存在である。フェンリルはラパノス、ブーバルスがサッカルという。ラパノスもサッカルも慌てた様子がない。ということは休憩時間だったのだろうか。

「にゃにゃにゃにゃーん」

「休憩中なんだね。リーダーの、誰だったっけ、皆のところにまだ戻らなくても平気？」

カロートに確認すれば「そろそろ戻らないとダメだった」と慌てている。

「一緒に行っても構わない？」

「がう」

大丈夫だと返ってきた。とはいえ、緊張気味だ。三頭ともフェレスは覚えていたけれどシウのことは忘れていた。フェレスの相棒だから「付いてきても構わない」そうだ。

「僕も君たちの主の名前を忘れているから、あいこだね」

笑うと、三頭はホッとしたようだった。

シウが他の冒険者と親しくなったのはラトリシア国に行ってからだ。ロワルにいた頃は冒険者になりたてで見習い扱いだった。地道にコツコツ依頼を受けていたから十級にはしてもらえたが、大人の冒険者たちからすれば「仕事を頑張る子供」にしか見えない。可愛がってはくれたが対等ではなかった。

ラトリシアで冒険者として対等に扱ってもらえたのは、最初にガスパロという冒険者が声を掛けてくれたからだ。新人を見付けては世話を焼く、良い先輩冒険者だった。案の定、シウの見た目が幼いからと声を掛けてくれたものの、すぐに実力を知って納得してくれた。

そもそもランクが十級なのも「成人になるまで級数を上げられない」規定があってのこと。それらを知ってからは対等に接してくれる。

顔利きのガスパロに認められたからこそ、シウはルシエラ王都の本部ギルドで徐々に名を知られた。もちろん、それだけではない。フェレスの存在も大きかった。ラトリシア国では騎獣を持つ平民がいない。そのため、騎獣持ちの冒険者は引っ張りだこだ。人の多い王都ですら冬は見掛けないほどだった。避寒する貴族の依頼で南下するからだ。それもあって、人懐こいフェレスに冒険者が群がり、その流れでシウも仲良くなれた。

ロワルではできなかった飲みニケーションにも付き合った。強面《こわもて》の冒険者らとカフェにも行った。大型魔獣が現れた時には協力し合って倒しもした。そうした一年があって、名前はおろか、定宿がどこかや好きな女性のタイプまで知るようになったのだ。

シウの本拠地はルシエラの本部ギルドと言えるだろうか。

だからこそ、ロワルの本部ギルドに寄った時に少し寂しく感じたのかもしれない。顔馴染みはいたけれど飲みに行くような関係ではなかった。もっとも、彼等は依頼を取るのに必死だったし、年末に飲むような余裕はなかっただろうが。

「いや、冒険者だったら年末だろうと飲むか」

行くところがないからと、光の日までギルドに併設された店で飲み食いしているのだ。年末年始は関係ない。

「にゃ？」

「ううん。あ、もうすぐ合流かな」

「がうがう」

カロートが振り返って「たぶん」と答えた。

彼等の主である冒険者パーティーは岩場に囲まれた平地で休憩中だった。食後らしい。皿を片付けている。

「うおっ、人っ？」

「ちょ、叫ばないでよ。水が零《こぼ》れたじゃない」

驚く皆に、シウは急いで謝った。

「ごめんなさい」

ぴょこと顔を出すと、皆が「あ」と声を上げる。

「もしかして、シウ君だっけ？」

「はい」

その時になってようやく彼等の名前が分かった。鑑定魔法のおかげだ。

「ウィルトスさん、ですよね？」

「そうそう。覚えてくれたんだ。あ、こいつらはエリアス、サブリーナ、イーリスだ」

「こんにちは。お久しぶりです」

にこやかに挨拶していると、カロートが首を傾げた。さっき、シウが名前を忘れたと言ったのを覚えていたらしい。シウは苦笑いで人差し指を口の前に立て、「しー」と内緒の合図だ。調教を済ませている騎獣だから人間の仕草に理解を示す。カロートは無言で頷いた。

「フェレスがカロートたちと森の中で再会したらしくて、僕も付いてきました」

「ああ、今は自由時間だったからね。そろそろ呼び戻そうかと思っていたところなんだ」

「ようやく帰れるわ〜」

「撤収ですか？」

「そうなんだよ。一週間のテント生活だったんだ」

「騎獣がいるのだから通いでも大丈夫なのにね！」

サブリーナが文句を言いながら、お皿を片付ける。手伝っているのはエリアスだ。イーリスは少し離れた場所で辺りを警戒中だった。テントはない。撤去を済ませたようだ。荷

第四章

束の間の休息

物置き場には兎型希少獣《クニークルス》のメリが寝ている。他に隼型希少獣《ペレギヌス》もいるはずだが近くにはいない。

「あれ、パタタはどこに？」

「君、すごいな。希少獣の名前まで覚えているんだ」

「あー、はい」

　というより、希少獣の名前だけ覚えていた。人間の方は忘れていたが、素知らぬ顔で頷く。

「パタタは偵察中だよ。今の時間はイーリスと警戒担当なんだ」

　ガラ空きになる上空を担当してもらえるので冒険者にとっては助かるだろう。シウが《全方位探索》の範囲を広げると、少し離れた場所にいると分かった。こちらに向かっているのは、シウとフェレスの存在に気付いたからだろうか。

「君も依頼で森に来たのかい？」

「いえ、依頼は取れなくて。今日は体が鈍《なま》らないよう、見回りがてら採取に来ました」

「ああ、分かるよ。年末の依頼の取れなさは異常だよね」

　ウィルトスが「ははは」と笑う。サブリーナは片付けを終えるとシウたちの前にやってきた。腰に手を当て、むくれ顔だ。

「だからって早めに依頼を幾つも取ってくるの、止めてくれない？　年始に跨《また》がらないよう必死で仕事をしたのよ。それなのに『体が鈍らないように』だなんて。余裕があって羨ましいわ。わたしも日帰りしたかった」

「あ、はい」

「ごめんごめんって。シウ君、悪いね、リーナが八つ当たりして」

八つ当たりというよりは拗《す》ねている感じだ。シウを利用してウィルトスに嫌味を言っただけで、悪気はない。むしろ同情してしまう。

「いえ。良ければお茶を淹れましょうか。撤収は急ぎですか？」

「いやいや、まだだよ。もう一ヶ所、見回らないとダメなんだけど、帰りに寄ればいいしね。ゆっくりしていたところさ」

と言うから、シウはまだ昼食を摂っていなかったのもあってお邪魔させてもらった。

竈《かまど》はまだ残っていたから再利用させてもらう。皆にはお茶を淹れ、シウは昼食を用意する。

「美味しい……。ありがとう。それにしても、こんなお茶の道具まで入っているなんて、大きなアイテムボックスはいいわねぇ」

「魔法袋はまだ手に入れてないんですか？」

「小さいサイズの鞄《かばん》なら買ったわよ。あなたに出会ってから、やっぱり欲しくなってね。皆で相談して決めたの。そうだ、あなたはもう持っているから話してもいいかしら。中央地区にベリウス道具屋という店があるのよ。そこで手に入れたわ」

「ああ、なるほど」

「もしかして知ってた？」

「うん。知り合いの店なんだ。……というか、店主の好意で離れ家を借りてる」

「あらぁ！」

不思議な縁ねぇと笑うサブリーナに、お菓子を渡す。手軽に食べられるクレープにした。バターたっぷりのシンプルなクレープだ。食感を出すためにナッツのキャラメリゼを挟んである。受け取ったサブリーナは相好を崩した。

「こんな森の中で甘いデザートを食べられるなんて！」

「リーナ、早く代わってくれよ」

「はーい。あ、美味しい。何これ。カリッとしてるし甘いし、幸せ～」

「実況するな。くそー、イーリスもいつもは早食いだろ。さっさと代わってくれ」

「むぐぐ」

今はエリアスとウィルトスが周辺の警戒担当だ。といっても実際はエリアスだけで、ウィルトスは魔獣避け薬玉《くすだま》を追加で設置しただけである。希少獣たちはお腹いっぱいで菓子に興味はないようだ。荷物の周りでゴロゴロしていた。遊び疲れたのもあるだろうか。フェレスに付き合って走り回ったに違いない。

起きている時は勝ち気なメリも、寝ていると天使のように可愛かった。

ブランカとクロは転移してくる前に食事を済ませていたので、メリと同様に寝ている。

起きているのはフェレスだけだった。

「フェレスはもう食べ終わった？」

「にゃぅ」

視線がサブリーナに向く。それからシウを見て、おねだり顔だ。

「はいはい、おやつね。角牛乳《つのうしにゅう》も温めておいたよ」

喜んで立ち上がる。食べ終わった陶器の皿は自分で咥《くわ》えて持ってきた。

「はい、どうぞ」

「にゃん！」

見ていたサブリーナが両手でクレープの残りを持ちながら「いいなぁ」と言う。

「お前、もう食べただろ。フェーレースの食べ物を見ながら言うの止めろよ」

「違うわよ。そうじゃなくて、この子が羨ましいなって話なの！」

「は？」

「シウの家の子になれば、毎食美味しい食事とデザートが付いてくるのよ。なんて幸せなのかしら」

「いや、お前、それ」

「リーナ、前にも飼い猫になりたいって話していたからねぇ。僕は猫は飼いたい派だけど」

「そういう話じゃねぇだろ。ていうか、早く誰か代わってくれ」

エリアスのぼやきに、仲間たちは笑った。

エリアスが岩に座ってクレープを食べる頃、ウィルトスが今回の依頼について教えてくれた。

「アルウェウス迷宮の整備が進むにつれて、住処を奪われた獣が大移動しているんだ。それに伴って魔獣の生息域も広がった。僕らはその調査を頼まれたんだ。ついでに追い込み作業もね。討伐は年明けになるのかな。人を集めて一斉に魔獣狩りをやる予定だ」

「事前準備も大変ですね」

「そうなんだよ。だけど、僕らが受けるしかないって思ってね」

その言葉に、シウは顔を上げた。エリアスが仕方ないといった様子で苦笑いだ。

ウィルトスが続けた。

「大勢の冒険者が立ち入るんだ。森の中は滅茶苦茶《めちゃくちゃ》になるだろう。誰も森の今後についてなんて考えない。そりゃそうだ、魔獣狩りだものね。生きるか死ぬかだ。そんな時に森がどうなるかなんて考えている暇はない。だけど、僕らは足元にいるかもしれない『逃げられない』生き物が気になる」

シウは「ああ」と小さな息を吐いた。

「僕はね、卵石を見付けるのが得意なんだ」

「出会った時も卵石を探していましたね」

「うん。あの時は見付けられなかったけどね。君は、見付けたみたいだ」

ウィルトスの視線が、すやすや眠るブランカに向く。横に並んで寝ているクロにも向けられた。

再会した時から、彼等は二頭の存在に気付いていた。けれど、チラチラ見るだけで何も言わなかった。シウが昼食を終えるのを待っていた。

「その子たちのこと、聞いてもいいかい？」

「もちろん。ニクスレオパルドスがブランカで、グラークルスがクロだよ。二頭とも風光る月に生まれたんだ。クロはもう成獣扱いでいいのかな。ブランカはまだまだ子供だね。最近になって急激に大きくなってきたけど」

「そうか、前脚が立派だものね。大きくなるだろうな。クロもなかなか飛び方が上手い」

「まだ飛行ができている、とは言えないよ。だけど自分でフェレスに飛び乗れるぐらいにはなったかな」

「パタタと遊ぶといい。似た種族がいると覚えが早いんだ」

「ありがとう」

ウィルトスと話していると、サブリーナがやってきた。

「この子たちはどうやって手に入れたの？　卵石屋？」

「ううん。友人がこの森で拾ったんだ。同時期に二つ。それを僕が譲り受けた」

「この森で？」

「そうだよ。人が通る道から外れていたみたい。人の視線と獣の視線は違うからね。少しズレただけで出会えなくなる」

ウィルトスは静かに「そうだね」と頷いた。

彼等は卵石を専門に探す冒険者だ。指名依頼も入るぐらいだから、本人の言う通り「見付けるのが得意」なのだろう。

その上、依頼を受けて渡した卵石が「望んだ希少獣ではなかった」という理由で手放したと聞くと、自分たちで引き取るようなお人《ひと》好《よ》しだ。

彼等と出会った時に、サブリーナやエリアスが初対面のシウに愚痴《ぐち》ったぐらいだ。ウィルトスは「甘い」のだろう。まだ仲間として続いているのは、ウィルトスが底抜けに「人が好い」からだ。

「そういう可哀想な子が潰されたら嫌だろう？　だから、余裕を持って早めに森へ入ったんだ」

「そうよ。本当なら三日か四日でできた仕事なの。それを一週間！」

「ごめんって。今日はもう帰るから」

「当たり前よ。ああ、だけど、大掃除なんて全くしていないから家に帰るのが怖いわ」

「あれ、皆さんは別々に暮らしているの？」

「わたしは実家暮らしよ。といっても離れを使わせてもらっているの。本当は家を出たいけれど、女の子だからダメだと言われてね。仕方ないから空いている離れを借りて、半分自立の真似事よ。そういうわけだから掃除を頼むなんてとてもできないの」

「そうだね。じゃあ、帰ったら即行で掃除かあ」

　シウが苦笑すると、サブリーナは頭を抱えた。

「嫌だぁぁ」

「リーナ、僕で良ければ手伝うと言っているのに」

「ウィルが来たら、うちの親が勘違いするでしょ！　大体、婚約者でもない相手を部屋に上げられないわよ。あなた、そういうところよ！　前から言っているでしょう？　もっと平民の常識を覚えてちょうだい」

　ウィルトスがたじたじだ。

「他の三人は一緒に暮らしているんだね？」

「そうだよ。希少獣の世話もあるしね。今はエリアスの実家の紹介で家を借りているんだ。前は僕の実家に住んでいたけれど、エリアスもイーリスも居心地が悪いって言うから」

「居心地悪いに決まってるだろ。貴族の家だ」

「わたしも世話を焼かれるのは性に合わないな」

「世話と言うけれど、食事や部屋の掃除ぐらいじゃないか。それにたかが男爵家《だんしゃくけ》だ。大した家じゃないよ」

「よく言うよ、裕福な男爵家のくせに。そもそも、商家の俺にとっては『貴族様』なんだ。

イーリスは騎《き》士爵《ししゃく》だから平気だろうけど」

「わたしの家は貧乏だからね？」

　イーリスが笑う。それを受けて、ウィルトスがサブリーナの方を向いた。

「リーナの家は余裕があるよね」

「まあね。でも、希少獣は増やさないわよ？」

「分かってるって。それに最近はカッサさんの方で良い人を紹介してもらってるじゃないか。返品もないし、大丈夫だよ」

「そんなこと言って、この間はフェーレースを引き取ろうとしたじゃない」

　彼等のやり取りにシウは苦笑いだ。すると、話の流れが分からないと気付いたのだろう、エリアスがこそっと教えてくれた。

「貴族の女性がフェーレースを部屋で飼っていたんだけど、運動させないものだから精神的に参ったみたいでさ。自傷行為があったんだ。脚を噛んで出血してたらしい。それに気付いた調教師がカッサで愚痴を零して、それが騎獣屋一同に広まった。で、皆が同時に訴えた。それが良かったのか、国から沙汰が下りたんだ。『きちんと飼うつもりがないのなら取り上げる』ってさ」

　エリアスが「すごいだろ？」と笑う。シウは「うん」と頷いた。

「最終的に女性が反省したから取り上げはなし。だけど貴族の女性に騎獣の運動はさせられないってんで騎獣屋に丸投げだ。それを聞いて、ウィルが怒ったんだよなぁ」

「相手がウィルの家よりも家格が下だったから問題にならずに済んだけれど、よく抗議に行こうと思えるわよね」

「わたしも肝が冷えたな」

「ほら。イーリスでもそうなのよ。わたしたちはもっとビクビクしたわよ」

「ウィルトスさんは熱血漢だね。見た目や喋り方はおっとりしているのに」

シウが茶化すと、全員が笑った。ウィルトス自身もだ。

「ウィルは希少獣のことになるとダメだね。基本的にはおっとりだけどさ」

「まあ、リーダーは性格は良いのよ」

「だからこそ、わたしたちのようなバラバラの性格でも一緒にまとまっていられるのだろうな」

三人がウィルトスを見ると、彼は恥ずかしそうに頭を掻《か》いた。

ウィルトスが卵石の保護に熱心なのは理由があるそうだ。

シウはお茶のお代わりを淹れ、魔法袋から取り出した椅子に座り直した。

「前に話したかもしれないが、僕の家は男爵家の割には裕福だ。商家への投資で成功してね。だから子供だった僕にも卵石が買い与えられた。つまり、どの種類の子が生まれたとしても育てる自信があったというわけだ。結果として騎獣だったから周囲の人たちは『上手くやった』だとか『当たり』だなんて話していたけれどね」

騎獣ならば使える。そう思う人は多い。最初の一年は育てるのが大変でも、成獣になれば充分に採算が取れる。商家ならば隊商の護衛として、騎士を目指すのなら騎獣持ちは有利に働く。冒険者にもなれるし、騎獣屋へ又《また》貸《が》しも可能だ。何より、貴族ならば「騎獣を持てるだけの余裕がある」として見られる。

「だからだろうね、それを羨ましく思った子爵家《ししゃくけ》の子が卵石を親に強《ね》請《だ》った」

ウィルトスは悲しそうに視線を落とした。シウは彼の話がどう続くのかが分かってしまった。

「生まれたのはウルペースだった。狐《きつね》型《がた》の騎獣だ。普通は喜ぶよね？　少なくとも僕はホッとした。だって学校での彼を知っていたから。彼ね、騎獣じゃなければ売り飛ばすと話していたんだ。生まれたのは騎獣だ。だったら大事にするだろう、そう思った」

「違ったんですね？」

「そうなんだ。彼にとっての騎獣は『格《かっ》好《こ》良《い》い』でなければならなかった。あー、その、気を悪くしないでほしいんだけど」

ウィルトスはチラッとフェレスのいる方を見て、小声になった。

「ウルペースもフェーレースと同じで、貴族の間では愛玩用とされている。女子供が可愛がるペットだ。実際、乗せられるのは一人だけ。それも訓練してようやく男性一人程度と言われている。貫《かん》禄《ろく》もない。見栄を張る貴族にとっては『騎獣』枠に入らないんだ」

「そういう話は聞いてます。僕もカッサの店に出入りしているので」

「ああ、そうだったか。そうか」

ウィルトスが表情を緩める。カッサの名が彼の心を「今」に戻した。

「結局、その子爵の子はウルペースを手放した。しばらくしてから知ったんだ。話題に上らないから変だとは思っていたのに追及しなかった僕も悪い。けれど――」

「手放した？　まさか」

「ロワイエ山の麓だ。そう聞いた」

「なんてことを」

シウが拳《こぶし》を握ると、ウィルトスがその上にポンと手を置いた。

「僕も憤った。手放すのならせめて、せめて騎獣屋や冒険者に売ったのだと思いたかった。そうしてくれれば良かった。それなのに、彼は森に放置してきたんだ」

「子供だけでそうしたんですか？」

「親の意向もあったのだと思う。今、思えばだけどね」

「でもどうして？　売ればいいのに」

「それも見栄だ。卵石から孵《かえ》った希少獣が好みでなかった、だから売り飛ばす。これを恥だと思ったようだよ。実際にそんなことをすれば白い目で見られるからね。それに売って金に換えるというのも『浅ましい』と考えた。だけど、たとえば『狩りの最中に逃げ出した』ならどうだろう？」

「それは」

「魔獣に怯えて逃げたのだと、彼は言った。捜さなかったのかと問えば『むろん、捜したさ。冒険者ギルドに依頼してまでな』と返ってきた。大事な、大事な子を一時たりとも自分の手で捜さなかったのかと……」

ウィルトスの手が震える。その上に大きな手が被《かぶ》さった。エリアスだ。

「こいつときたら殴りかかる勢いでさ。俺、同じ学校に通っていて良かったよ」

「問題になったんですか？」

「俺が止めたし、学年は離れていたけどリーナが上手く話を広めてくれてさ。なんとかなった。あの頃からリーナは口が達者だったもんな」

「そこは褒めてくれるところじゃないの？」

「ははっ。おかげで俺もウィルも怒られずに済んだんだ。親父さんにも感謝された」

「あら、でも、ウィルのお父様は『ああいう手合いは金でなんとかなる』と話していらしたわよ？」

「すっげぇ、嫌味じゃん。親父さん、あの子爵家が嫌いだったもんな～」

「僕にも『手を出すのはいけないけれど気持ちは分かる』と言ったあとに『親子揃《そろ》って好き嫌いが似ている』と笑っていたよ」

三人が笑い合う。ウィルトスは気持ちが落ち着いたのか、穏やかな表情に戻った。

「その後、父が冒険者に依頼を出して情報を集めた。けれど、誰かが拾ったという話はなかった。その時に親身になって動いてくれた冒険者が、僕にこう言ったんだ。『きっと流れの冒険者が拾って別の土地に連れていったのさ』とね」

子供への優しさだったのだろう。真実は言えなかった。まだ幼獣だったウルペースが、たった一頭で森の中で生きられるとは思えない。それを子供だったウィルトスに告げるのは酷だと考えたのかもしれなかった。夢を持たせ、希望を口にした。捜し続ける子供を諦めさせる意味もあっただろう。

ウィルトスはその冒険者の気持ちに気付いた。気付いてしまったから、諦めることを受け入れた。

「彼は『生き物を飼うというのは命を預かることだ、生半可な気持ちで飼ってはいけない』と悔しそうだったよ。本当に言いたい相手は子爵家の子だ。『お前に言っても仕方ないんだけどな』と、やりきれない顔をしていた」

「ウィルが冒険者に憧れるようになったのは、その時だよな」

「うん、まあね」

ウィルトスはそれ以来、希少獣について学ぶようになったという。冒険者になってからも何度か関わってきた。

ある日、憧れの原点となった冒険者に再会した。その時に言われたそうだ。

「お前さん、俺より希少獣に詳しいじゃないか。卵石を幾つも見付けるし、もう専門家だな」

その時にハッキリと自覚したようだ。目的にもなった。

「『僕の目指す道を示してくれてありがとう』と伝えたら、目を丸くして驚かれたよ」

「喜んでたよな。あの人たち、迷子の希少獣を捜すのが得意なんだってさ。だもんで指名依頼が多い。呼ばれては全国各地を飛び回っているそうなんだ」

「へぇ、すごいね」

「だろ？　俺たちにも、方向性は少し違うけど応用は利くだろうから頑張れって応援してくれたんだ。視野を広げるためにも依頼は多く受けるといい、なんて助言もあったな」

「というより、卵石関連の仕事だけじゃ生活できないのよ。級数も上げないとダメでしょう？　だから今回の仕事も大事だったのは分かっているわ。でもねぇ、採取依頼を幾つも取ったせいで、魔法袋の中に余分なものが入れられなくなったのよ」

　サブリーナがまたプリプリ怒るので、シウは苦笑した。

「今度、ベリウス道具屋に行って今の鞄を下取りに出してみたらどうかな？」

「え？」

「僕の名前を出してよ。もう少しサイズの大きな鞄を安く買えるように頼んでおくから」

　下取りサービスがあるかどうかは聞いていないが、彼等のような冒険者にこそ魔法袋を持ってもらいたい。こんなにも一生懸命に目標を持っている人を応援したい気持ちもあった。タダで譲るという支援の形もあるだろう。しかし、彼等はそれを良しとしない気がした。

　はたして。

「ダメよ、そんなの。高価な商品よ。あなたに皺寄せが行くんじゃない？　ウィルの話に感動したのかもしれないけれど一時の感情で決めていい話じゃないわ」

　と、シウが無理をするのではないかと心配してくれる。

「リーナが愚痴ばかり零すからだよ。シウ、彼女のこれは癖《くせ》で、本当は怒っていないんだよ？」

「怒っているのは本当よ。あと、わたしはウィルの能天気さに怒っているの。そうよ、ちょうどいいから話してしまうわ。あのね、あなたたちと違って、わたしは女の子なの！」

「し、知ってる」

　たじたじのウィルトスと、後《あと》退《ずさ》ろうとするエリアスに向かってサブリーナはむくれ顔で続けた。

「あなたたちが汚してばかりだから、夜にはもうヘトヘトで自分自身に浄化魔法が使えないの。いいこと？　女の子が一週間もお風呂に入れないって事実をもう少しじっくり考えなさい」

「「「あっ」」」

　シウまで声を上げてしまった。

　少し離れた場所で見回りを続けていたイーリスが「どうかしたか？」と聞いてくる。サブリーナは「なんでもないわよ！」と答え、またウィルトスを睨《にら》んだ。

「せめて下着の替えぐらい用意しておきたいわ。なのに、その隙間もないじゃない。何のためのアイテムボックスよ。わたし、冒険者の仕事に関するものはお父さんにお願いしないって決めているのよ？　なのに今度こそダメ、絶対にお強請りしようって、考えを変えるところだったわ」

「ご、ごめんっ」

　どうやらサブリーナは裕福な実家に頼らないよう、自分の中でルールを決めていたようだ。女の子なのに一週間の泊まり仕事というのも大変だったろう。ウィルトスが震えながら謝っている。

「あの、なんとかするから、だから」

「だから何よ？」

「パーティーから抜けないでくれる？」

「えぇー、どうしようかしら」

「頼むよ。君がいないと困る。エリアス、君もお願いして！」

「あー、はいはい。リーナ、そのへんで許してやれって。ウィルに冗談が通じないのは分かっているだろ」

「分かっているけど、それを言うなら逆もそうよ。ウィル、わたしの性格をそろそろ分かってくれないかしら？」

「え？」

　涙目のウィルトスを見て、シウとサブリーナが同時に笑った。エリアスは苦笑いだ。

この冒険者パーティーの関係性が心地良い。

シウも、こんなパーティーなら参加したいと思った。


休憩を終え、野営地を完全に片付けるとシウも一緒に王都へと向かう。

道中、シウはイーリスに「今度こそ手合わせしたいと思っていたのに」と残念がられた。

彼等と出会った経緯が「魔獣に襲われていたところを助けた」だったから、興味を持たれたのだ。

「また今度でもいい？」

「……仕方ない」

「諦めなさいよ。冒険者同士って意外と会わないもの」

サブリーナがラパノスの上で言う。四人はそれぞれ分かれて騎獣に乗っている。カロートはウィルトスだけを乗せ、サッカルにはエリアスとイーリスだ。メリもサッカルの上だった。パタタはいつもなら上空を警戒飛行するそうだが、今はフェレスに乗っている。クロと何やらお話し中だった。鳥型《とりがた》希少獣《きしょうじゅう》の先輩としてアドバイスしているようだ。可愛いのでシウはずっとニコニコ眺めていた。

「依頼を受けるとどこにでも行ってしまうのが冒険者だからね。僕たちが今回出会ったのも、すごい偶然だ」

「巡り合わせ、奇縁ですね」

シウが頷くと、エリアスが返した。

「分かるな～。そういうこと、あるよな」

いついつ会おうと決めていても急な仕事が入れば潰れてしまう。

それなのに、奇跡のような巡り合わせで再会することもある。不思議だ。

シウにも経験があった。たとえば、ガルエラドとアウレアに出会ったのがそうだ。

他にもキアヒとキルヒという双子たちの冒険者パーティーとも不思議な縁で繋がっている。剣士のグラディウスとエルフのラエティティアも彼等の仲間だ。四人にはロワルで良くしてもらった。その後、偶然にも闘技大会で再会した。闘技大会は遠く離れたデルフ国で開かれていたのにだ。

「誰かと誰かが繋がっていると知るのも面白いよな。シウがベリウス道具屋に世話になっているとは思わなかったよ」

「それを言うなら、カッサよ。そりゃ、騎獣を持っていたら関係はあるかもしれないけれど。ロワルには騎獣屋が幾つもあるのだから、すごいわ」

「僕らにも縁があったよね。エリアスと二人だけのパーティーにリーナとイーリスが来てくれたんだもの」

「そうね。きっかけって大事ね。それに見守ってくれる人の存在も大事よ」

「俺たちの場合は、ウィルの親父さんか？　ギルドの先輩冒険者もいるよな」

「わたしのお父さんもね。最初の頃、卵石の依頼を広めてくれたのよ。この間、バラされたの。おかしいと思っていたのよね。無名のパーティーに指名っておかしいもの」

「そうだったのか。なるほどな」

「え、普通に納得してるね、イーリス。僕は驚いているのだけど」

「俺は知ってた。ウィルとイーリスは知らなかっただろうな～」

　わいわい騒ぐ四人を見ながら、シウは爺様のことを思い出していた。

　爺様は晩年を樵《きこり》として過ごしたが、それはイオタ山脈を見守るためだった。無謀な山越えをする者を止めるためもあったろうし、魔獣が増えすぎないよう間引きの意味もあった。彼は狩人の活動に賛同していたし、元冒険者としての実力もある。

　無謀な山越えをした者の中にはシウの両親もいた。二人は亡くなってしまったけれど、シウは助かった。爺様はそのままシウを大事に育ててくれた。

　ただ、最近になって思う。何故、爺様は麓の村にシウを預けなかったのだろうと。

　寂れた村であったが貧しくはなかった。子供をちゃんと育てられる余裕があった。

　――もしかすると、父親がハイエルフの先祖返りだと気付いていたのではないか。

　そんな考えが頭を過る。それならば子育ての経験がないのに無理して一人で育てようとしたことにも納得がいく。何故なら、両親を追っていたハイエルフたちは人族の血が入ることを良しとしない一派だ。彼等に捕まればシウは殺されていただろう。その影響は広範囲に及ぶ。彼等は時と場所を選ばないからだ。配慮なんてない。あれば、蛮行を犯すはずがなかった。

とはいえ、爺様はシウに「母親が貴族の女性らしい」と説明した。だから、駆け落ちしたのだろうと考えたらしい。その時の爺様に嘘はなかった。彼は嘘をつくような人ではない。言いたくないことは口にしないだけで、子供のシウに対しても真摯《しんし》だった。

駆け落ちし、無謀な山越えをしようとして死んだ二人を思うと、爺様は残った赤子を彼等の親類縁者に渡すのは忍びないと考えた。そう、教えてくれたはずだ。

シウは首を振った。

「今更どうでもいいか。爺様が僕を見守ってくれていたことに違いはないんだ」

「うん？　何か言ったかい？」

「いいえ。ああ、僕にも見守ってくれる人が大勢いるなと思って」

「それはいい」

「ベリウス道具屋の店主さんもそのうちの一人？」

サブリーナが問う。シウは笑顔で頷いた。

「うん。スタン爺さんには本当によくしてもらってるんだ」

爺様と同じだ。スタン爺さんもまたシウを拾って育ててくれた。

フェレスもそうだ。彼を拾って育てたのはシウだが、本当の意味で育てられたのは自分の方だと思っている。情緒を知り、この世界に馴染めたのはフェレスのおかげだった。

「すごい縁だよねえ」

しみじみ語ると、サブリーナが笑った。

「わたし、なんだか今日はお父さんに優しくできる気がするわ。親孝行しようっと」

「お母さんにもしてあげなよ」

とはエリアスだ。彼のからかいに、サブリーナは「分かってるわよ」と答えた。

「あなたたちも久しぶりに実家に帰るんでしょ？　親孝行しなさいよね！」

「分かってるってば。ウィルじゃあるまいし」

「えっ」

「わたしも親孝行はしたいが、早めに追い出されるだろうな」

「あら、イーリス、どうして？」

「食費がかかるからね」

「ああ、そうよね。あなた、大食漢だから」

「それより、僕じゃあるまいしって――」

呆然《ぼうぜん》とするウィルトスに、残りの三人が視線を向ける。

「ウィルの場合はもう自立を諦めた方がいいよ。親父さんの応援ありきで頑張ろう。とりあえずウィルの装備や希少獣の餌代《えさだい》までだな。パーティーの活動費はなんとかなっているし」

シウは納得した。ウィルトスだけ随分と良い装備だったのだ。カロートの騎乗帯も凝っている。残りの騎獣二頭は一般的な装備だから違いがよく分かった。

皆の話が落ち着いたところで、シウはもう一度提案した。

「さっき話した鞄の下取りについてだけど、慈善事業じゃないです。ベリウス道具屋も取り分を考えているから安心してください」

　四人は顔を見合わせ、頷いた。

「それなら、お願いしようかな。これも縁だね」

「はい。縁です」

　サブリーナも反対はしなかった。代わりに。

「じゃあ、シウもわたしたちに手伝ってほしいことがあったら言ってね？」

「そうだよ、頼み事があれば引き受けるからな」

「その時に手合わせを頼もう」

「イーリスったら、もう」

「僕も合縁《あいえん》だと思っているからね」

　にこやかなウィルトスの視線の先にはクロがいる。フェレスの頭の上でパタタと共に会話を続けていた。ウィルトスの視線が動く。シウの背後だ。急に大きくなったブランカのために特製の籠をまた作った。すぐに入れなくなるだろうが構わない。

「最初に出会った時は、ただの幸運の持ち主だと思っていたんだ。実力のある子がたまたま卵石を拾って、それがたまたま騎獣だったと」

「はい」

「でも、君はきっと幸運を引き寄せた。その子たちは君を選んだんだ」

譲り受けたと説明したが、たぶん、ウィルトスが言いたいのはそういうことではない。

彼はシウが三頭を引き受けるに足る人物だと認めてくれたのだ。

「君に出会えて良かった。また新たな目標ができたよ。定まったと言うのかな」

「あ、ウィルがやる気になったぞ」

「やだわ、また計画を立てなきゃならないわね」

「リーナ、わたしも情報を集めるから」

三人はウィルトスが何を言い出そうとも応援するつもりでいるらしい。さすがは仲間だ。

少しだけ羨ましく思う。

「シウ君、いつかまた会おう」

「はい」

会える気がした。シウの勘は当たるのだ。

ガルエラドとアウレアの時もそうだった。キアヒたちも然り。

きっとまた出会える。

シウは爺様を思い出しながら、笑顔で頷いた。

第五章

新年の始まり

He is wizard, but social withdrawal?

Chapter V

年新たの月になった瞬間、シウがいたのはシュタイバーン国の王都にある神殿だ。

　新年にお参りをするのは前世にもあったが、雰囲気は少し違う。前世の場合はどこか、お祭り気分で楽しいもののように思われていた。時代を重ねるごとにそうなったような気がする。今生での新年の祈りは、厳かな空気の中で行う。本来はそれが正しいのだろう。

　シウは友人たちとお参りに来ていた。ただ、白い息を吐きながら神妙な顔をして神に祈る友人たちほど熱心になれない。というのも、シウは神様の存在を知っているからだ。つい先日も神様が夢の中に現れたばかりだった。

　神様は、確かに畏怖を覚えるほどの強い存在感がある。しかし、同時に気軽な若者言葉を使った。それはシウの前世である時代や世界観の一部で使用されたものらしい。そのせいで、シウには神様が高位の存在とは掛け離れて見えた。

　とはいえ、神は神だ。シウも皆に倣《なら》って祈りの作法に則《のっと》る。

「神様、感謝しています」

　人差し指で胸に縦一本をなぞるように動かす。これには神の一柱に愛を捧《ささ》げるという意味がある。ロワイエ大陸ではサヴォネシア信仰が主だ。その中でもシュタイバーン国は女神サヴォネを主神に据えている。国々で主神は変わり、国際結婚をした家族に多いのだが、複数の信仰も有り得た。その場合は信じる神の数だけなぞる線を増やす。二柱なら十字を切る形だ。

　信心深い家庭では、この挨拶を食事の際にもする。だからマナーとしてシウも使ってい

✦第五章✦

新年の始まり

た。シウ自身はサヴォネシア教徒ではない。前世の記憶からくる齟齬《そご》が原因の一つだろうが、他にも育ててくれた爺様《じいさま》や狩人《かりうど》から習い覚えた礼法がどうしても先に来る。最初に覚えたものが主になるのは、誰しもあることだろう。

爺様たちの礼法は精霊信仰が元になっているようだ。

精霊信仰は土着信仰に近く、日本人として生きたシウには理解しやすい。いろいろな物に命が宿っているとの考えを知っていれば、今生でも「精霊がいる」と聞かされれば「そんなものか」と納得できた。

残念ながら、シウは実際に存在しているらしい精霊を見たことがない。アストラル体と呼ばれる幽霊らしき存在も全く見えないから、そういう性質なのだろう。見るのはもう諦めている。

さて、神への挨拶は一瞬で終わった。お参りの後は年頃の少年たちのこと、夜中からずっと起きていれば当然「お腹《なか》が空いた」と言い始めた。しかし、この日だけはどの店も休みだ。稼ぎ時であろうとシウなどは思うが、カフェやレストラン、屋台でさえも開いていない。通りはシンと静まり返っていた。

「腹減った」

リグドールがお腹をさすりながら訴える。シウも笑って「だね」と相槌《あいづち》を打った。

「なぁ、シウのところさ、スタン爺さん寝てる？」

「起きているよ。フェレスたちがいるしね」

神殿には連れて行けなかった。フェレスは騎獣《きじゅう》だから体が大きい。それに厳かな雰囲気の中、尻尾《しっぽ》をフリフリする彼を連れて入る自信はなかった。その上、幼獣二頭だ。静かにねと注意して静かにしていられる子なら良かったが、少なくともブランカには無理だろう。かといってクロだけ連れて行くのも可哀想《かわいそう》だ。よって、全員を置いてきた。

「じゃあさ、シウのところに行ってもいいか？」

「いいよ」

「やった！」

喜ぶリグドールに呆《あき》れた顔を向けるのはレオンだ。その後ろでヴィヴィが忍び笑いをする。三人はシウのロワル魔法学校時代の友人だ。今も付き合いがある。彼等は平民だから王都内の神殿に参った。貴族の友人は王城内にある神殿に行くそうだ。その後、大新年会という名の社交パーティーに参加する。

「アリスやアレストロは今頃、パーティーかな。夜も遅いのに大変そう。ダンスもあるんだよね」

誰にともなくシウが話せば、リグドールが一瞬動きを止めて答えてくれた。

「そう、だな」

「成人になったから行けるのよね？」

とは、ヴィヴィだ。リグドールはこれにも答える。

「十五歳じゃなければ行かなくてもいいらしいよ」

「詳しいな、リグ。アリスさんから聞いたのか？」

レオンがニヤニヤ笑って問うと、リグドールはむくれた。

「煩《うるさ》いな、そうだよ」

リグドールは伯爵令嬢のアリスとなんとなく良い感じだ。まだ「仲の良い友人」からは抜け出ていないらしいが、互いに意識し合っている。そんな二人を見守っているヴィヴィが、レオンを「からかうのやめなさいよ」と窘《たしな》めた。レオンは肩を竦《すく》める。

「あたしは父さんが心配するから帰ろうかな。でも、シウのご飯も久しぶりに食べたいのよね」

悩むなぁ、と腕を組む。

「一度、お父さんのところに戻る？　許可をもらってから来てもいいんだし、送り迎えもするよ」

「うーん、戻るのは止めとく。同級生でも『男の家に行くのか！』なんて言い出しそうだもん。面倒だわ。このままシウの家に行く」

「僕はそれでも別にいいけど、連絡だけは入れておいてね」

「通信魔道具で？　あれ使うと、父さんビビるのよね。そろそろ慣れてほしいわ」

ヴィヴィのぼやきにレオンが小さく笑う。「どこにも心配性がいるよな」と呟《つぶや》くのは、養護施設の神官を思い出してのことだろうか。それから通信魔道具の話を始めた。

「最近よく出回っているな。俺たちでも頑張れば手に入るぐらいの価格にまで下がったんだ。工場が大きくなったらしいからな」

　レオンも持っているらしい。自慢げに取り出した。今までは学校支給の通信魔道具を使っていたから、自分専用として持てることが嬉《うれ》しいのだろう。可愛《かわい》らしいところがある。ヴィヴィも同じように思ったのかレオンに構いだした。

　そんな二人の会話には参加せず、リグドールがシウに近寄った。

「お前、儲《もう》かっているのか？」

　心配そうな顔だ。価格が下がったと聞いて気になったのだろう。

「儲けるつもりはないんだ。特許料もないに等しい。出回るようになったのは大量発注していた学校や軍の分が捌《さば》けたからじゃないかな。それに一般市民向けに改良したんだと思うよ。術式は変えられないけど製品自体は変えてもいいからね。形や素材を工夫して工場で大量生産すれば安価にできる」

「薄利多売って奴《やつ》か。俺、てっきり下位用の術式に変更されたのかと思ってた」

「あれより下位は作らないよ。通信の意味がないもの。上位の術式なら考えたけどね」

「そうなのか？」

「うん。商人ギルドにも提出した。これまでは通信魔法の持ち主に配慮して作ってなかったんだけど」

　需要があったので魔道具として作ってみたのだ。

第五章
新年の始まり

すると、リグドールが「え、上位ってどんな感じなんだ？」と身を寄せる。それに気付いたレオンとヴィヴィも集まってきた。

シウは苦笑いで、しかし、深夜だからと声を潜めて語った。

「まず《盗聴防止用通信》を作ったんだ。毎回暗号を組み込んで送るわけだけど、これ、時間を掛けたら解読できるんだよね」

「ダメじゃん」

「時間を掛けたら、だからね。元々の通信魔法よりは盗み聞きされる心配もない。あらかじめ符牒《ふちょう》を決めていたら読み解くのは益々難しいし」

「そういうものか」

「それで今度は《超高性能通信》を作ってみた。こっちは術式を盛り込んでガチガチに保護してあるから解読はほぼできない。その分、使用する魔《ま》核《かく》や魔石は良質じゃないとダメだし、中身に耐えうる容《い》れ物《もの》として最高品質の素材を用意しなきゃならない。つまり、すごく高い」

「高いのか～」

「なんで、そんなものを作ったんだ？　お前、庶民向けの魔道具を作るのが好きだっただろ？」

レオンが不思議そうに尋ねる。シウは肩を竦めた。

「普通の通信魔道具だと、長距離が不安定なんだ。僕は自前の魔法で連絡できるけど、相手側から『通じない時がある』って言われて」

主にキリクからの愚痴《ぐち》だ。愚痴というよりは文句に近いだろうか。辺境伯という忙しい立場にある彼は、仕事をサボる口実にシウをよく使う。通信の向こうで「俺は今、シウと大事な話をしているんだ」といった言い訳を何度聞いただろうか。

「もっと踏み込んだ話もしたい、だけど暗号を毎回考えるのも面倒だと、我《わ》が儘《まま》を言う人がいるんだよね」

「それ、オスカリウス辺境伯様だろ」

レオンが呆れ顔で言う。

「よく分かったね」

「あの人、相変わらずだよな」

リグドールも同じ顔になったが、すぐに「ぶはっ」と笑った。何度もキリクと顔を合わせているから親しみもあるだろうし、どんな顔で言ったのかが想像できたようだ。

破天荒な性格のキリクだが、この国では英雄として人気が高い。自領はもちろんのこと、国の要請に応じて何度もピンチを救ってきた。魔獣スタンピードにすぐさま対応できる能力の高さは、他の追随を許さない。だからこそ、通信魔道具の高性能化を待っている。

「僕としては、通信魔法持ちの仕事を奪いたくないと思ってのことだったのに『奴等《やつら》がそれだけで生活していると思うのか？　燃料要らずの分、あっちの方が立場は上だ、気にするな』って説得されて」

第五章
新年の始まり

「で、辺境伯様に唆されて上位版を作ったのか」

レオンが「どっちもどっちだ」みたいな顔でシウを見る。あのキリクと一緒にされるのは色々な意味で否定したいが、これ以上何を言ってもダメな気がする。シウは黙って頷《うなず》いた。

ベリウス道具屋も店は閉めている。年始の一日だけではない。年末からだ。こういう店は多い。飲食店以外はほとんどが年末年始を家族と過ごすために閉めていた。

普段なら店の扉から中に入るが、この日は裏に回って本宅用の正門を通った。真夜中でも家には明かりがついている。

「おお、寒かったじゃろう。ささ、はよう上がりなさい」

「はーい。お言葉に甘えて上がらせてもらいまーす！」

慣れた様子でヴィヴィが上がり込む。彼女は店の方に何度か通ううち、エミナやアキエラと親しくなったらしい。家にも来たことがあるのだろう。

レオンは余所行《よそい》きの顔だ。まだ慣れないのか緊張しているようだった。

リグドールは勝手知ったる態度で上がり、居間に入ったところで笑った。フェレスとブランカが玩具《おもちゃ》の取り合いをしていたからだ。

「にゃにゃ」

「みゃ」

フェレスが小さな頃に遊んでいた玩具だ。彼は「これはだめ」と言い、ブランカが「ほしい」と譲らない。クロはテーブルの上から二頭を冷静に眺めていた。冷静というよりは呆れているのかもしれない。

　エミナやドミトルも二頭のやり取りを眺めていた。フェレスは微笑《ほほえ》ましい喧嘩《けんか》のように思っているのだろうが、シウは少しだけハラハラする。フェレスは怒らない子だが、それだけにブランカが我が儘を通してしまう可能性もあった。それはどちらにも良くない。

様子見するか止めるか考えていると、エミナが「おかえり」とシウに声を掛けた。

「お友達もいらっしゃい」

「エミナ、起きてて大丈夫？　ずっと起きているよね？」

「もうちょっとしたら寝るわよ～。もう、シウまで煩いんだから！」

「エミナさん、夜更かししたらダメですよ。妊婦さんでしょ？」

「ヴィヴィまでお説教する……」

「ほら、エミナ。シウも帰ってきたんだ。安心したよね。皆の邪魔になるし、寝室に行こう。眠くなくても横になっていれば寝られるよ」

　ドミトルが優しい口調で促す。別に邪魔だとは思っていないが、シウだけでなく皆もエミナの体調が気になる。だから誰も止めなかった。

　エミナは味方がいないと分かると諦めた。

「はぁい。寝るわよ、寝ますわよ！　あ、ねぇ、シウ。明日、話を聞かせてね」

「いいけど、神殿に行っただけだよ？」

「巫女《みこ》様《さま》のお姿が知りたいの！　ご令嬢方の服装や髪型もね」

「えっ、見てない。神像や内装は観察してきたけど。あと、柱の装飾もすごくてね」

「そんなのは聞いてないの！」

　ぶーぶー文句を言うエミナを宥《なだ》めながら、ドミトルは皆に「お先に」と挨拶してから部屋を出ていった。

　静かになった居間で、最初に口を開いたのはリグドールだ。

「エミナさん、変わんないな」

　スタン爺さんが苦笑する。

「騒がしくてすまんのう。子を宿して、ようよう大人になるかと思えば、まだまだじゃ。一体誰に似たのやら」

「スタン爺さんの息子さんやお嫁さんじゃないんですか？」

「いやいや、それがのう、二人とも真面目《まじめ》でおとなしい性格でな」

　シウは内心で「それは隔世遺伝では？」と考えた。というのも、スタン爺さんが時折話してくれる昔話が、どう考えても「やんちゃ」なのだ。冒険者も真《ま》っ青《さお》の「冒険譚《ぼうけんたん》」が多い。だからだろう、冒険者に関する情報にも通じているし、各国の情勢をよく知っている。実際に各地を旅して歩いた人だ。本人は些細《ささい》な生活レベルの話題だと思っているのだろうが、シウは毎回話を聞くのが楽しみだった。

それにスタン爺さんは、ベリウス家の中では珍しく魔力が多い。固有スキルも持っていてレベルも高かった。当然、それを利用した商売もしてきている。そんな彼の生き様は、孫のエミナにも受け継がれていることだろう。

「ま、子を産めば少しは落ち着くじゃろうよ」

「……落ち着くかなあ」

シウが思わず零《こぼ》すと、スタン爺さんだけでなく、リグドールやヴィヴィまで笑い出した。レオンだけは素知らぬ顔でいたが、口元はむずむずしている。

ともあれ、シウは急いで朝食の用意を始めた。まだ玩具の取り合いをしているフェレスとブランカを宥めながらの調理だった。


スタン爺さんは朝食のあと、仮眠を取ると言って席を外した。希少獣《きしょうじゅう》三頭を見てくれただけでなく、夜通し起きていたのだ。疲れもする。シウには「好きにしていいからの」と言い残していった。

クロやブランカも眠そうに船をこいだ。居間に置いてあった二頭専用のクッションに移動させる。フェレスはまだ眠くないらしい。懐かしい面々に会えて嬉しいのは分かるが、テーブルの下に潜り込んで男子二人の足にちょっかいを掛ける。ヴィヴィには黙って尻尾を触らせているから、人を見るのだろうか。

シウはフェレスがエスカレートしないかチラチラ気にしつつ、皆との会話を楽しんだ。

「さっき作ってくれた、蕎麦粉《そばこ》生地のガレット？　美味《おい》しかったな～」

「好きな具材を乗せて食べられるのがいいわよね。甘いお菓子にもなって楽しかったわ」

「俺は食べ過ぎた」

　簡単な上に自分で調整できるからとガレットにしたが、皆に好評だと分かってシウは笑顔になった。スタン爺さんも珍しく食べ過ぎていた。皆、随分と頑張ったものだ。

「シウは食べ物に関しては遠慮がないよな」

「自重しないな」

「食べ物だけじゃないでしょ。魔道具を見てみなさいよ。面白いと思ったら躊躇《ためら》いがないもの」

「いや、さすがにそれは。少しは考えているよ」

「嘘《うそ》だぁ」

　ケラケラと笑う。ヴィヴィが言うのは、飛行板や歩球板のことらしい。ラトリシア国に滞在中、必要に駆られて開発したものだ。その話はリグドールたちも知っている。現物も渡しているが、飛行板の場合は風属性を持っていないと乗れない。それに街中で乗っていいような道具でもないから、ヴィヴィは実際を知らなかった。

　少年たちの「空を飛べる」「すごい」「速い」の言葉を受けて、ヴィヴィは「シウがまたやり過ぎた」と思ったのだろう。

　ところが、

「塊射機《かいしゃき》も作ったでしょう？」

と言われると、シウは言い訳できなくなった。一応、逡巡《しゅんじゅん》はしたのだ。銃に似た形の魔道具である。それを人間に向けて使われるのは怖い。

だから、シウは塊射機の開発のほとんどを安全対策に費やした。

「まあまあ、いいじゃん。シウが自重しなかったから俺は塊射機を持てたんだし、魔獣が現れても冷静に攻撃できるんだ。と言っても、大手を振って使えるようになったのは最近なんだよな」

「え、そうなの？」

「警邏隊《けいらたい》が持つようになってからだな。それまではレオンが一緒じゃないと外では使えなかった。あれ、攻撃力が高いじゃん。俺みたいなのが持ってたら目立つもん」

魔獣に対しては殺傷力を高めてある。パッと見は「すごい武器」だと勘違いされるのも無理はない。実際は、人間相手だと威力は落ちる。死なないように調整してあるからだ。

更に、キリク経由で塊射機の納品を求められたシウは、術式を改変した。術式部分もブラックボックス化することでコピーされない仕組みだ。警邏側も対人戦が多く、生け捕りを基本とする。シウの塊射機のコンセプトでもある「人間に致命傷は与えない」と合致した。銃タイプの魔道具ではあるが使うのはゴム弾だ。痣《あざ》にはなるだろうが命は奪えない。安全に制圧できるというわけだ。

もっと危険な現場で使うのなら、破壊力のある武器や魔法は他にたくさんある。むしろ塊射機は中途半端な武器として受け止められているようだった。そもそも、武器は現場に合わせて使い分けるものだ。その場その場で最善を選べばいい。

「広まって良かったよな。リグときたら『珍しい魔道具目当てに誘拐されるかも』って心配してたんだぜ」

「ばっ、馬鹿、言うなよ！」

慌てて立ち上がり、レオンの口を押さえようとする。その格好で振り返り、シウに対して首を横に振った。シウは苦笑いで頷いた。

「分かってるって。他意はないんだよね。ところでさ、リグの塊射機には防御の魔術式を付与しているから安全だよ。他にも対策してるし」

万が一、塊射機を奪われてから狙われたとしても「奪われた」と分かった時点で結界魔法が発動するようになっている。そもそも、リグドール以外の人間には持てない仕組みだ。

「え、そうなのか？」

知らなかったと、リグドールが椅子に座りなおした。レオンが笑う。

「シウは友人に甘いよな。俺にもそうだけど、リグに対しても過保護だ」

「心配性よね。まあ、心配してくれる気持ちは嬉しいんだけどね」

そうは言うが、安全対策はきちんとしておかねばならない。特に、ここは魔獣が闊歩《かっぽ》する世界だ。王都を一歩出れば盗賊にだって遭う。友人らが笑顔で語れるのは平和に過ごせる王都内の、それも比較的安全な地域に住んでいるからだ。少しでも場所が違えば、大人でも慎重にならざるを得ない。

　何より、シウは子供が辛い目に遭うのを見たくなかった。

「甘かろうと過保護であろうと、どっちでもいいよ。皆が安全に暮らせているならね。普段から気を付けておくのが大事だよ」

「始まったぞ」

　笑うレオンに、リグドールも合わせる。

「言ってやるなって。それにシウの『安全対策』も分かるんだ。自分を守れるのは自分だけだしさ。シウがよく言ってたじゃん。何かあった時に走って逃げるだけの体力が必要だって。だから毎日走るんだろ？　俺も毎日走って鍛えてる。あ、今日はサボったけど」

「俺も毎日やってるぞ。他にもいるよな。シウに感化されたクラスメイトは多い」

「アルゲオもだっけ。結構頑張ってるよな。あいつ、最初は嫌な貴族かと思ってたけど」

「最近はトゲトゲしてないわよね。話し方は相変わらず貴族っぽいけど」

「そりゃ貴族だからな」

　と、リグドールは笑った。ヴィヴィもだ。レオンは苦笑いで肩を竦める。

　その後も、皆の話は尽きない。互いに学校で何を学んでいるのか、躓《つまず》いている授業の話をする。リグドールやレオンからは飛び級できた教科の攻略方法も飛び出て、ヴィヴィが「へぇ」と興味津々だ。

　シウたちは昼過ぎまで話し込んだ。途中、昼食を摂《と》ってからの解散となった。若いから

第五章

新年の始まり

できた徹夜である。フェレスはいつの間にかテーブルの下で寝ていた。

午後になるとエミナが起きてきて「蕎麦が食べたい」と言いだした。シウは彼女の好きな鴨南蛮《かもなんばん》を作った。

「美味しい！　この味が好きなのよ〜」

はしゃぐエミナの隣では、ドミトルがゆっくり味わいながら食べている。

「しっかりとした味なのに、不思議とさっぱりした感じがあるよね。僕も好きだな」

「わしは天ぷらそばが好きじゃのう」

「お爺ちゃんは胃腸が元気だよね！　天ぷらは油で揚げているのに」

「大根おろしで良い按配《あんばい》になるんじゃよ」

スタン爺さんは、おろしぶっかけ蕎麦の天ぷら乗せを選んだ。夏場は暑さ対策として冷たいつゆを好んでいたようだが、今は熱々のつゆを掛けている。

「あたし、この醤油《しょうゆ》に慣れてきちゃったな〜。お米も好きになったし」

「計画成功だね」

「お米の美味しさを広める運動？　まだやってるの？」

エミナは笑いながら蕎麦をすすった。箸ではなくフォークを使っている。シウもフォークだ。箸は調理する時や一人での食事時にしか使わないようにしている。新しい料理レシピなら誰でも考えつくことで、かつ受け入れられるものだが、食事の作法は慣習だ。守った方がいい。もっとも、エミナやスタン爺さんなら気にしないだろうが。

「シウが作ってくれる、ほうれん草の胡麻和《ごまあ》えも好きだな～。お豆腐も美味しい。シウのレシピのおかげで産婆さんにも怒られなかったよ」

「あ、体重の増加が止まったの？」

「うん。あ、止まったわけじゃないよ。少しずつの増加なら大丈夫なんだって。あとね、産後の体重を落とすのにも良いレシピじゃないかって褒めてくれたの」

「エミナが作った料理を？」

「まさか。シウが作り溜《た》めていた分があるでしょ？　あれを見せたの」

「あ、そうなんだ」

　エミナは基本的にシュタイバーン国の料理しか作れない。作るのもそれほど好きではないという。幸いなことに、ロワルでは惣菜《そうざい》を売る屋台が冬でも出ている。飲食店も多種多様だ。とはいえ、家族が多ければ自炊の方が安上がりになるのも確かだった。

　それに何より――。

「子供が生まれたら自分で作らなきゃダメだよねぇ。我が子のためだもん。頑張るしかないか。でも、溜息《ためいき》しか出てこない！　ねぇ、シウ、料理教室よろしくね」

　年末にも言われた台詞《せりふ》だ。ドミトルも料理は簡単なものしか作れない。スタン爺さんも作れはするがレパートリーは少ないという。だからこそ、近所のヴルスト食堂によく通うのだ。

赤子にはそのうち離乳食が必要になる。さすがに離乳食は売られていない。それにちゃんと作ってあげたいという気持ちもあるのだろう。

同じ妊婦仲間だった冒険者ギルドの職員クロエが、昨年一足先に子供を産んだ。彼女も張り切って料理を覚えている最中だとか。エミナもそれに釣られて張り切っている。やる気になっている今こそ頑張り時だ。

シウは改めて「ちゃんと教えるし、頑張って覚えようね」と応援した。

◇◆◇◆◇

翌日、シウはアレストロに誘われて彼の家に行った。ロワルの魔法学校時代のクラスメイトも集まっている。主に貴族組だ。中にはアルゲオもいた。彼は貴族らしい貴族で、平民とは一線を画していた。悪く言えば、平民を見下してもいたのだろう。今は違う。

シウに対しても自分から挨拶をしてくる。

「久しぶりだな」

「うん。元気そうだね」

そこまでは良かった。本来なら「それとなく」近況を話し合うのが貴族らしい会話のはずだ。シウはマナーの授業でそう習った。ところがアルゲオは、ずいっとシウに詰め寄り早口で話し始めた。

「昨日、王城で新年会があったのは知っているな？　成人した貴族は必ず参加せねばならぬ大事なパーティーだ。当然、多くの貴族が集まった。そこで聞いたのだが、お前、オスカリウス辺境伯のご婚約に暗躍したそうだな」

「暗躍って。物騒な言い方だなあ。そんな話、誰が？」

「皆だ。誰も彼もがその話題で持ちきりだった。カスパル＝ブラードも否定はしなかったぞ」

「あ、カスパルも参加してたんだ」

「当然だろう？　貴族ならば当然参加する大事なパーティーだ。何より、婚約したばかりのオスカリウス辺境伯がいるのだぞ。仲人がいなくてどうする。無論、実際の仲人はお父上のブラード伯爵だろう。だが、カスパル殿も当事者であり功労者なのだからな。よほどの変人でない限り、参加はするものだ。新年会を無視するなど有り得ない」

　シウが「ふうん」と生返事をしていると、アレストロが横から口を挟んだ。

「そう言えば、その『有り得ない』話なんだけどね」

「うん？」

「ヒルデガルド嬢は出席されていなかった」

「ああ」

　シウが答えに困って曖昧《あいまい》に相槌を打つと、アルゲオが顔を顰《しか》めた。

「彼女は出ないのではなく『出られない』だよ。さすがに、な」

第五章
新年の始まり

その口調から、彼もすでにヒルデガルドの情報を知っていると思われた。

はたして。

ヒルデガルドが、ラトリシア国にあるシーカー魔法学院で起こした不祥事は誰もが知るところらしい。誰も、といっても貴族の間でだけだろう。

その貴族の間に広まっている噂《うわさ》が問題だ。犯した罪以上の罰が与えられているように感じる。シーカーでのルール違反に対する処罰は「退学」だった。彼女はすでに罰を受けている。最後にはシウとも話し合いをした。そこで和解はできたと思っている。

そもそも、ヒルデガルドの行き過ぎた行為の何割かは「ラトリシア貴族」に嵌《は》められた可能性が高い。その全ての責《せき》を負うのは少々憐《あわ》れだ。この状況の中、まだ婚約者のいないヒルデガルドに結婚相手が見付かるのだろうか。

シウは心配になって、あれこれ教えてくれるアルゲオに向かって零した。

「ヒルデガルドさん、大丈夫かな」

「君、この話の最中にそんなことを言えるのか。僕なら許せないが。まあ、それがシウなのかもしれないな」

「僕も最初は腹が立っていたけどさ。でも、ちょっと可哀想になってきて」

説明すると、彼でも知らない話があったらしい。なるほどなと、頷く。

それにしても、アルゲオは情報通だった。

「よく知っているね」

「これでも貴族だからな！」

胸を張って自慢顔だ。実際、シーカー魔法学院にはシュタイバーン出身の生徒も留学している。彼等も年末年始には帰省するし、貴族が多いのだから社交にも励むだろう。先ほど、アルゲオは王城の新年会参加は必須だと話していた。となれば、新年会でも話題に出ただろう。その前からも社交は始まっている。情報を集めるのは容易《たやす》そうだ。

などと考えていたら、アルゲオがニヤリとシウに笑いかけた。

「お前の噂も聞いたぞ。いろいろ、やらかしているそうだな」

「えっ」

「安心しろ。概《おおむ》ね、良い噂ばかりだ。悪い噂はヒルデガルド嬢が奪っていったな」

「そう、なんだ」

それはそれで喜べない。シウが複雑な表情でいると、アルゲオが笑顔で肩を叩《たた》いた。

「それ以上に、オスカリウス辺境伯のご婚約だよ。話題をさらっていった」

アレストロも間に入った。

「秋頃には周知の事実となっていたけれどね。年末に、駆け込みで上位貴族を中心に挨拶回りをされたのさ。時間のない年末を狙っていたのだろう。誰も詳細を聞けなかったというのだから面白いよ」

「挨拶回りってあるんだ？」

シウが知っている貴族同士の婚約発表とは、貴族院に申し出て許可をもらい――形骸化《けいがいか》しているため許可はすぐに下りる――その許可証を決められた掲示板に貼って一定期間掲示すればいいというものだった。もちろん親しい身内を招いてパーティーをするとは聞いていた。シウも、キリクから軽い口調で「来るか？」と誘われたぐらいだ。ただ、竜人族の里からいつ戻れるか分からなかったため断っている。

「挨拶回りは、上位貴族の間では必須だね。挨拶というよりは根回しに近いかもしれないけれど。秋頃に広まった噂は、国王陛下へのご報告があったからだろう。役人の誰かが噂を撒《ま》いたのさ」

「口止めしないんだね」

「祝い事だからね。とはいえ、広めすぎた。その頃、役人の入れ替えがあったそうだよ」

更迭されたという意味だろう。祝い事とはいえ、当の本人が根回ししていない時点で言いふらすのは良くない。

シウは「なるほど」と頷いたものの、貴族社会はルールが多くて大変だなと妙な感想を抱いた。


このクラス会にはアリスも参加している。リグドールやヴィヴィと話に夢中のようだ。レオンは「気が休まらない」という理由で不参加だった。平民だから貴族街に来るのが嫌なのだろう。服装だって困る。いくらアレストロが「ラフな格好でもいいし、制服でも問題ない」と言っても居心地《いごこち》は悪い。ヴィヴィだってドレスはアリスに借りているそうだ。

シウはアルゲオとの話を適度なところで切り上げると、リグドールたちのところに向かった。アリスが真っ先に気付いて話し掛けてくる。

「シウ君、お久しぶりです。今回はいつまでロワルに滞在されるのですか？」

「あと数日かな。やっぱりどうしても移動に時間がかかるし、宿題もあるから早めに戻っておきたいんだ。それに、もしかしたら野暮用が入るかもしれなくて」

「まあ。相変わらず忙しそうですね」

微笑む彼女の隣には、召喚したままのコルがいた。椅子に座って食事を楽しんでいる。

シウがコルに視線を向けたので、アリスがころころと笑った。

「最近はほとんど我が家にいてくれるのよ。たまーに、別宅へ戻るのよね？」

「カァカァ」

コルは「そうじゃ」と、頷いた。以前は人間の作った料理に不信感を抱いていたようだが、今は貴族家で出される食事を堪能《たんのう》している。随分と人間社会に慣れたようだ。

ちなみに別宅とは、シウがコルに使ってもらおうと整備した洞穴のことである。

野良《のら》希少獣だったコルはシウを介してアリスの召喚に応じた。紆余曲折《うよきょくせつ》はあったものの今では幸せに暮らしている。彼の友人エルも一緒だ。エルは芋虫型の幻獣だからとても小さい。コルの羽の中に埋《う》もれており、誰もその存在に気付いていなかった。

アリスは話を再開した。シウにも分かるように説明してくれる。

「今年から攻撃にも使える召喚術についての勉強が始まるの。それがなんだか不安で、今

から緊張していると話していたのよ」

「攻撃だから？」

「ええ。それに授業に付いていけるかどうかも不安なんです」

「専門科になると難しくなるもんな。大変だよ」

リグドールが慰めるように語りかける。アリスは「リグ君も専門科は大変ですよね」と話を振った。

アリスと同じく、リグドールも飛び級しているため専門科を取り始めている。年末に会った時も愚痴を零していた。課題も多い。卒業論文の研究と同時進行で毎日が忙しそうだ。ただ、それをアリスには言ってないらしい。格好を付けたいのだろう。

それでも、これは皆にも言えるが、学校の話題が出ると晴れやかな表情だ。充実した日々を送っていると分かる。シウも学ぶ喜びを知っているため聞いていて楽しい。

若干一名は憔悴《しょうすい》している。マルティナだ。

「ティナはどうしたの」

こっそりアリスに問うと「ええ、まあ」と言葉を濁《にご》して苦笑いだ。それから躊躇いつつも、小声でシウに教えてくれた。

「昨日のパーティーで素敵な男性に巡り合えたと話していたのですが」

「何かあったの？」

「ええ。見ていると少し近付きすぎのような気がして……。それにティナの様子も舞い上がって見えたんです。だから注意したの」

「ティナさんったら、すぐ恋愛状態になるんですもの」

アリスの従者でもあり下位貴族のコーラが横から口を挟んだ。双子のクリストフは口を閉ざしている。彼の視線の先にはマルティナがいた。

「甘い言葉に酔っている感じがありましたからね。それでアリス様と一緒にどうしようかと話し合っていたら、カリーナ様が相手の男性のお噂を集めてくださったんですよ」

カリーナとは、アリスの先輩に当たる貴族の女性だ。学校では同じ召喚魔法持ちとして仲良く付き合いを続けているらしい。その縁もあって、パーティーで顔を合わせて事情を知った彼女が手助けしてくれたというわけだ。

「それがその男、あちこちの若い女性に声を掛けていたんです。しかも、結婚を焦っているような女性にばかり！　ひどくないです？　でね、実は最初、彼は名前も爵位も名乗らなかったんですよ。『秘密だよ』だとか『当ててみて』なんて言ってたそうです」

コーラがその男性の真似《まね》をする。当ててみて、のところではウインク付きだ。シウは笑っていいのか迷いながら、皆に合わせて神妙な顔で頷いた。

「だから女の子たちも余計に気になって、謎解き気分で騒いでいたんです。もしかしたら、やんごとなき身分の方のご落胤《らくいん》かもしれない、なんて言い出してね。ところがどっこいですよ」

「コーラ、口調」

クリストフが途中で注意すると、コーラは慌てて済まし顔になった。

「その男、なんと貧乏男爵家《だんしやくけ》の出だったんです。お金目当てで若い女性を誑《たぶら》かそうとしていたんですよ！」

「それはまた……」

「しかも、女好きで有名な人だったんです！　貧乏なのも女遊びのせいなんですって。それに若く見えるけれど三十も半ばを過ぎているとか。すっごく若作りしてたんです！」

コーラはそれを遠回しに言うのではなく、ズバッとマルティナに伝えてしまったようだ。マルティナはショックを受け、昨日からずっと落ち込んでいるという。

「だけど、ティナってまだ十六歳だよね。そんなに焦る必要はないと思うけど」

「若いうちに良い相手を見付けておかないとダメなんです。良い相手は先に埋まっちゃうものなんだから」

「あー、うん、そうだね。大変だ。じゃあ、コーラも？」

焦っているのかという意味で聞くと、彼女は笑顔で胸を張った。

「わたしはもう婚約者が決まっていますから」

「え、そうなんだ。おめでとう」

「あら、ありがとう？　でももう随分前の話だから今更感があるんですけどね」

「そうなの？」

「シウ、姉さんの結婚相手が誰か知りたくない？」

「あ、知りたい。待って、もしかして僕の知っている人？」

双子の姉弟《きょうだい》は同時に頷いた。

「ミハエル兄様ですよ」

にっこり笑って答えてくれたのはアリスだった。ミハエルはアリスの二番目の兄だ。妹思いの優しい青年だった。

「え、そうだったんだ。全然気付かなかった」

「幼馴染《おさななじ》みですしね。なんとなく決まりました」

コーラは淡々と、特に恥ずかしがるでもなく答えた。

「騎士学校を今年卒業されるので、結婚はまだ先ですけどね」

「まだ先？　ああ、見習いだからか」

「それもあるけど、長子のカール兄さんがまだご結婚されてないからさ」

クリストフが教えてくれた。どうやら順番を守らないといけないらしい。シウの前世においても、昔は順番を気にする家があったという。この世界の貴族の場合もしきたりを大事にするのだろう。

「カールさんは婚約しているの？」

「してますよ。お相手は子爵《ししゃく》家のお嬢さんです。まだ在学中なので結婚はできません」

彼女の卒業を待って結婚という形になるようだ。その後、時を置いて次男のミハエルがコーラと結婚する。

コーラの双子の弟クリストフは結婚に対して焦りはないという。元々大らかな性格で、なるようになると考えているようだ。

二人は男爵家の出身だが、普通に考えれば姉であるコーラが後を継ぐことになる。ミハエルは次男なので跡継ぎではないからコーラの家に婿入りする形になるだろうか。そうなればクリストフは爵位を告げず、平民となる。それでも本人は別に構わないそうだ。ベッソール家の従者という職には就けるし、それならそれで安泰だからと笑う。

もちろん騎士学校を卒業するミハエルが騎士爵《きししやく》を選ぶ可能性もある。男爵より爵位は下になるが、騎士は武勲《ぶくん》を立てやすい。昇進すれば名ばかりの爵位よりも仕事としてはやりがいを感じるだろう。あるいは両方を持つことも可能だ。

そんな可能性を全部ひっくるめて、クリストフは「姉に任せる」らしい。

反対にマルティナは「絶対、子爵家以上の人と結婚する」と決めている。きちんと貴族としての生活ができなければ嫌だと、最初から希望はハッキリしていた。

シウはお節介だと思いつつも彼女が心配で、つい声を掛けてしまった。

「ティナ、落ち着いて探した方が良くない？　焦っていれば目も曇るし、変な人に付け込まれるかもしれないよ」

「シウは男子だから悠長に言えるのですわ。わたくしのように何の取り柄もない女は、早め早めに動かなければ良いご縁に巡り合えませんの」

早口で返される。シウが「取り柄がないなんてことはない」と口を挟む余地もない。

「オスカリウス辺境伯様のお相手を見付けていらした、あなたの手腕に縋《すが》りたいぐらいですわ」

「え、本気で？」

シウが目を丸くすると、マルティナは真面目な顔で頷いた。

「本気ですわ。それに、条件を下げても良いと思っておりますの」

そう言ってマルティナが出した条件というのが、これだ。

まずは「人品骨柄《じんぴんこつがら》卑《いや》しからず」で「紳士たる振る舞い」ができ、更に「子爵以上の貴族家で嗣子《しし》である」か「家督を継いでいる」こと。また、贅沢《ぜいたく》三昧とは言わないが、月に三度はお茶会を開き、ドレスの新調にも口を出さない人がいい。

説明し始めたマルティナを見ていると、いつもの元気な彼女に戻っている。どうやら、昨夜の痛手は忘れられたようだ。あるいは忘れようと頑張っているのかもしれない。

シウはホッとして、マルティナの「譲れない条件」の理由までをも聞き続けた。

◇◆◇◆◇

木の日になると店が開き始める。飲食店が多い。ベリウス道具屋はまだ休みだ。冒険者たちも年始は休むだろうからギルドの前を通っても静かだった。

シウの前世でも年始に店を閉める時代があった。一時期は競い合うように営業時間が延びていたけれど、いつしか落ち着いた気がする。働く人のためにも休みは必要だ。もちろん、誰かが休んでいる間に働く人はこの世界にもいる。冒険者ギルドの職員もそうだ。警邏隊も見回りはいつも通り。だから、いつも以上にシウは感謝の気持ちを抱いた。

　前世と重なる部分を懐かしく思いながら王都を出ると、森の陰に入って《転移》する。この日は爺様の家やコルディス湖にある小屋を見回った。年末に少し見回ったものの時間が足りなかった。二回に分けての念入りな見回りだ。

　当然、魔獣狩りをするのだが、なにしろ雪が積もっている。フェレスは楽しくて仕方ないと転げ回った。安全な場所に戻ると今度はクロとブランカがはしゃぐ。クロは足跡を残す遊びに夢中で、ブランカは雪にジャンプして埋もれる。そのうちフェレスが雪のトンネルを作り初めた。三頭は団子になって雪を楽しんだ。

　シウはロワイエ山の頂上付近にある一《ひと》冬《ふゆ》草《そう》を今年もせっせと採取した。これがシウの楽しみと言えるだろう。一冬草でなくてもいい。何かを採取するのが楽しいのだ。

　ロワイエ山脈の山並みは険しい。シウが生まれ育ったイオタ山脈とはまた違った険しさである。

　イオタ山脈は中型以上の魔獣が多く、森も深い。木々の多種多様さでも有名だった。人の手が入らないため下草が生い茂っている。山に入るには地元の樵《きこり》の案内が必要だ。その樵でさえも、奥地には入らない。爺様は元冒険者としての能力が高かったから山で暮らせたし、森の奥にも単身で入れた。

✦第五章✦
新年の始まり

対してロワイエ山脈は魔獣こそ多いが、ほとんどは中型までだ。森もイオタ山脈ほど鬱《うっ》蒼《そう》としていない。木々は細く高く、下草はあっても獣道が作られていて見通せる。山脈の麓《ふもと》であれば良い狩り場と言えた。ただ、中腹になると風景がガラリと変わる。急峻な崖が続くのだ。岩場や崖が行く手を阻《はば》み、深い谷もある。そのせいか風も強い。飛竜が降り立てる場所もほぼないため、目当てがない限り誰も来ない場所だ。もしも山脈の向こうに用があるのなら、山を越えるのではなく平地を遠回りした方が早い。

そうしたわけで、人の入らない高地は薬草の宝庫だ。

イオタ山脈ならば水気を含んだ薬草が多い。ロワイエ山脈は逆に風通しが良いため乾燥に強い薬草が多かった。

たとえば雪苔《ゆきごけ》という薬草がある。綺《き》麗《れい》な水と、常に新鮮な空気を必要とする苔だ。雪に埋もれることで強くなる。群生地が滅多に見付けられないのも生育条件が厳しいからだった。シウはこれを、ロワイエ山の中腹で見付けた。

雪苔は後遺症の残らない解熱薬として重宝されているが、実は飲用だけでなく塗布薬としても使える。雪苔を使った薬を体に塗れば、火の中でも歩けるほどだと言われていた。それぐらい貴重で珍しい素材だ。

耐熱用の素材は貴重だから、シウはせっせと採取を続けた。もちろん採りすぎない。来年再来年のために株を残す。

途中、クロがシウの肩から苔の上に下りてしまった。彼は「きゅぃ！」と喜んだ。雪ではない場所に足跡が付いたからだ。続けて踏もうとするのを、シウは慌てて止めた。ハッとして振り返ると、フェレスもブランカを止めている。

「フェレス、よくやった、えらい！」

「にゃ」

二頭もあと数ヶ月もすれば成獣だ。もう幼獣とは呼べない。特にブランカは最近ぐんぐんと育っている。クロは鳥型《とりがた》希少獣《きしょうじゅう》だからすでに成獣扱いだ。となれば、そろそろ分別も付く。いよいよ調教を始めないとならない。

「調教、大丈夫かな」

シウは苦笑いで二頭を眺め、どうして苔を傷付けてはいけないのか懇々と諭したのだった。

エピローグ

He is wizard, but social withdrawal?

Epilogue

全員が楽しく過ごした、その日の夜のこと。シウの夢に神様が現れた。

転生者の件だろうと居住まいを正す。ところが、神様はすぐには話し始めなかった。慕わしい少女の姿で微笑《ほほえ》んでいる。その表情にどんな感情が含まれているのか、シウには想像が付かない。

「――今回の件で随分と無理をしたの。しばらく会えないかもしれないわ」

「そうなんですか？」

「神子《みこ》ちゃんへの託宣を減らせば大丈夫かしら。ああ、だけど、あの子たちは危ういから口を出しちゃうかもしれないわ。やっぱり厳しいわね。しばらく会えないのは寂しいでしょうけど、我慢してね？」

「あ、はい」

「あっさりしてるわねぇ。もう、会えないかもしれないとは考えないの？」

「……僕は、神様とはまた会えると思っています」

直感だ。シウは今生で多くの縁に触れてきた。その経験が「きっとまた会える」と教えてくれる。

「そ。良かった」

神様もシウと同じように思っているようだ。心を読める神様が優しく微笑む。

「わたしが最初にあなたに問いかけた答えが、そこにあるのかもしれないわね」

「問いの答え、ですか」

エピローグ

そこでシウは思い出した。神様と初めて会った時のことだ。彼女はシウを、いや「愁太《しゅうた》郎《ろう》」を転生させてくれると言った。そして愁太郎に、

「どんな人生だったかは知っているけれど、どんな風に生きたいかは知らないわ」

と話した。また「次の人生をどう生きたいか」教えてほしいとも。

その時の答えは、健康な体で生きたいという望み、何も失いたくないという欲、子供や動物と触れ合いたいという願いだった。

神様はシウの答えたままにスキルやギフトを与えてくれた。

あの時は前世での後悔を今生でやり直せればと考えた。

けれど本当は、愁太郎の後悔や執着ではなく、新たにシウとして生きていく希望を口にすべきではなかったのだろうか。

「今はどう思っているの？」

心を読んだ神様が、微笑みながらシウに問う。

目を瞑《つむ》ると、今生で出会った多くの人や希少獣《きしょうじゅう》の姿が見える。

「……僕は、縁を、繋《つな》ぎたい」

自分自身と誰か、あるいは誰かと誰かを。多くの人との縁を大事にしたいと願った。

前世で孤独だった愁太郎は一人で生きて一人で死んだ。でも、納得して生きた人生だった。あの生き方を否定したくない。孤独でも頑張って生きたはずだからだ。

今生では「シウが」納得いく生き方をすればいい。

シウは笑顔で胸を張った。

「神様、僕は幸せです。これまでに多くの出会いがありました。これからも出会える。その縁を大事に、生きていきます。もちろん、神様ともまたお目に掛かれるのだと思っています」

幼い愁太郎が慕っていたかや姉さまに、シウは新たな人生を報告するつもりで告げた。

少女と同じ顔をした神様が微笑む。

「そうね。あなたがどう生きていくのかを、これからも眺めなきゃいけないものね」

だから縁は続くのだと暗に告げた神様は、表情を改めた。

「さて、では本題に入りましょうか。この間お願いしていた転生者の件よ――」

He is wizard, but
social withdrawal?

あとがき

前巻から少し間が空いてしまいました「魔《ま》法《ほう》使《つか》いで引《ひ》きこもり？」十五巻、実は第一部の最終巻となります。第一部はシウの少年期として、出会いと成長を中心に描いてきました。特にフェレスとの出会いはシウにとって大事で、その後の過ごし方にも影響を与えています。前世の記憶に引っ張られつつも、徐々に本来のシウになっていきました。

十五巻のラストでは新たな事件の兆《きざ》しが！

続きは第二部から、新キャラも出てきて始まります。こちらはシウの成人期になるでしょうか。第二部もよろしくお付き合いくださいますようお願い申し上げます。

第二部一巻は来月末の発行予定です。

さて、十五巻について少し。シウが気にしていた竜人族の里にいよいよお邪魔します。ガルエラドとアウレアに出会ってからここまでが本当に長かったです。竜人族の秘密や、アウレアのルーツでもあるハイエルフの一族もチラリと出てきます。

ハイエルフについては、シウにも関わることなので簡単には片付きません。詳細は第二部で明かされていきますのでお待ちいただければ幸いです。

今巻では竜人族の詳細が、歴史探訪シーンもあります。竜人族のキャラが多く、とても

あとがき

楽しみにしていたイラストは想像通り、いえそれ以上でした。

戸《と》部《べ》淑《すなほ》先生、十五巻も素晴らしいイラストを描いてくださりありがとうございます！

まずは表紙のシウをご覧ください。心の底から人生を楽しんでいる、幸せだと分かる笑顔です。フェレスも良い笑顔で、クロとブランカも大きくなっていて……。皆、こんなに成長したのだと思うと、謎の親目線で幸せな気持ちになりました。他のカラーも素敵です。ベッドの上の子供たち、旅の途中の様子、そして神様。かや姉様の姿をした神様があまりにも神々しい。

こんな感動を毎回くださる戸部先生に、感謝の気持ちでいっぱいです。

モノクロもどれも素晴らしく、動きがあって最高なんです。ぜひ楽しんでください。

最後になりましたが、応援してくださる皆様のおかげで十五巻が出ました。本当に本当にありがとうございます。書籍化という機会があったからこそ改稿ができ、気になっていたあれこれを直せました。書き下ろしという形で追加シーンも入れられたのです。

また、校正さんには随分助けられましたし、編集さんも然《しか》り。他にも多くの方々の助けがあっての十五巻刊行です。心より感謝申し上げます。

第二部も続けられるよう、精一杯頑張って参りますので、どうぞ今後ともよろしくお願い申し上げます。

小鳥屋《ことりや》エム

魔法使いと愉快な仲間たち
～モフモフから始める
リア充への道～
Story
冒険者で学生のシウ・アクィラはあらゆる魔法を扱えるチート能力者だ。さらには九十歳まで生きた前世の記憶も持っている。けれど目立つのが苦手なシウは力を隠し、相棒である猫型騎獣のフェレスや多くの友人と共に自由で楽しい異世界生活を送っていた。そんなある日、シウは自身を転生させた女神から「別の転生者がこの世界に送られてきたので保護してほしい」と頼まれる。そうして転生者探しに乗り出したシウが出会ったのは、魔獣に襲われボロボロになった小さなモフモフで——!?

モフモフ異世界
スローライフ物語

第二部、

10/30発売!

Author 小鳥屋エム

第一部『魔法使いで引きこもり?』は、人との交流が得意でないシウがモフモフと出会って世界に馴染んでいくお話でした。

次のシリーズ第二部『魔法使いと愉快な仲間たち』でも、もちろん新たなモフモフとの出会いが待っています。そのモフモフはなんとシウと同じ日本からの転生者。初めてできた"同じ目線"の友人のおかげで、なんでも一人でこなしてしまうシウもだんだん人に頼り甘えることを覚えていきます。

第二部はそんな、大人になっていくシウと、どんどん増えるモフモフや仲間たちの話でいっぱいです。ぜひご覧ください!

Illustrator 戸部 淑

『魔法使いで引きこもり?』シリーズから引き続きイラストを担当させていただいております。『魔法使いと愉快な仲間たち』でもこうして関わることができて、そして読み続けることができて絵描きとしてもいち読者としてもすごく嬉しいです。第二部になり大きく広がっていく人間関係や世界を読者の方々にも楽しんでいただけますと嬉しいです。どうぞよろしくお願いします!